मैं कौन हूँ?

स्वामी विवेकानंद पर केंद्रित साहित्य

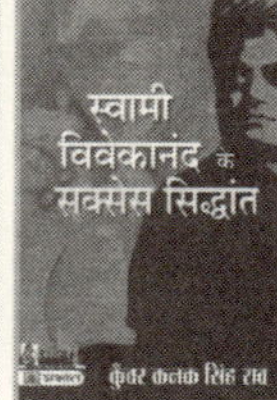

मैं कौन हूँ?

स्वामी विवेकानंद

प्रकाशक

प्रभात प्रकाशन प्रा. लि.

4/19 आसफ अली रोड, नई दिल्ली-110002

फोन : 011-23289777 • हेल्पलाइन नं. : 7827007777

इ-मेल : prabhatbooks@gmail.com ❖ वेब ठिकाना : www.prabhatbooks.com

संस्करण

2025

पेपरबैक मूल्य

तीन सौ पचास रुपए

मुद्रक

आर-टेक ऑफसेट प्रिंटर्स, दिल्ली

MAIN KAUN HOON?
by Swami Vivekananda

Published by **PRABHAT PRAKASHAN PVT. LTD.**
4/19 Asaf Ali Road, New Delhi-110002

ISBN 978-93-5562-688-2

₹ 350.00 (PB)

पुस्तक परिचय

स्वामी विवेकानंद ने भारत में उस समय अवतार लिया, जब यहाँ हिंदू धर्म के अस्तित्व पर संकट के बादल मँडरा रहे थे। पंडित-पुरोहितों ने हिंदू धर्म को घोर आडंबरवादी और अंधविश्वासपूर्ण बना दिया था। ऐसे में स्वामी विवेकानंद ने हिंदू धर्म को एक पूर्ण पहचान प्रदान की। इसके पहले हिंदू धर्म विभिन्न छोटे-छोटे संप्रदायों में बँटा हुआ था। तीस वर्ष की आयु में स्वामी विवेकानंद ने शिकागो, अमेरिका की विश्व धर्म-संसद् में हिंदू धर्म का प्रतिनिधित्व किया और इसे सार्वभौमिक पहचान दिलवाई।

गुरुदेव रवींद्रनाथ टैगोर ने एक बार कहा था, "यदि आप भारत को जानना चाहते हैं तो विवेकानंद को पढ़िए। उनमें आप सबकुछ सकारात्मक ही पाएँगे, नकारात्मक कुछ भी नहीं।"

रोम्याँ रोलाँ ने उनके बारे में कहा था, उनके द्वितीय होने की कल्पना करना भी असंभव है। वे जहाँ भी गए, सर्वप्रथम हुए¨हर कोई उनमें अपने नेता का दिग्दर्शन करता था। वे ईश्वर के प्रतिनिधि थे तथा सब पर प्रभुत्व प्राप्त कर लेना ही उनकी विशिष्टता थी। हिमालय प्रदेश में एक बार एक अनजान यात्री उन्हें देख, ठिठककर रुक गया और आश्चर्यपूर्वक चिल्ला उठा, "शिव! यह ऐसा हुआ, मानो उस व्यक्ति के आराध्य देव ने अपना नाम उनके माथे पर लिख दिया हो।"

उनतालीस वर्ष के संक्षिप्त जीवनकाल में स्वामी विवेकानंद जो काम कर गए, वे आने वाली अनेक शताब्दियों तक पीढ़ियों का मार्गदर्शन करते रहेंगे।

वे केवल संत ही नहीं थे, एक महान् देशभक्त, ओजस्वी वक्ता, प्रखर विचारक, रचनाधर्मी लेखक और करुण मानवप्रेमी भी थे। अमेरिका से लौटकर उन्होंने देशवासियों का आह्वान करते हुए कहा था, "नया भारत निकल पड़े मोची की दुकान से, भड़भूजे के भाड़ से, कारखाने से, हाट से, बाजार से; निकल पड़े झाड़ियों, जंगलों, पहाड़ों, पर्वतों से।

और जनता ने स्वामीजी की पुकार का उत्तर दिया। वह गर्व के साथ निकल पड़ी। गांधीजी को आजादी की लड़ाई में जो जन-समर्थन मिला, वह विवेकानंद के आह्वान का ही फल था। इस प्रकार वे भारतीय स्वतंत्रता-संग्राम के भी एक प्रमुख प्रेरणा-स्रोत बने।

उनका विश्वास था कि पवित्र भारतवर्ष धर्म एवं दर्शन की पुण्यभूमि है। यहीं बड़े-बड़े महात्माओं तथा ऋषियों का जन्म हुआ, यहीं संन्यास एवं त्याग की भूमि है तथा यहीं, केवल यहीं आदिकाल से लेकर आज तक मनुष्य के लिए जीवन के सर्वोच्च आदर्श एवं मुक्ति का द्वार खुला हुआ है।

उनके कथन—उठो, जागो, स्वयं जगकर औरों को जगाओ। अपने नर-जन्म को सफल करो और तब तक रुको नहीं, जब तक कि लक्ष्य प्राप्त न हो जाए— पर अमल करके व्यक्ति अपना ही नहीं, सार्वभौमिक कल्याण कर सकता है। यही उनके प्रति हमारी सच्ची श्रद्धांजलि होगी।

प्रस्तुत पुस्तक 'मैं कौन हूँ ?' में स्वामीजी ने सरल शब्दों में एक आम आदमी के उन सवालों के जवाब दिए हैं। उन जिज्ञासाओं को शांत करने का प्रयास किया है, जिनमें वह अकसर उलझकर रह जाता है कि आखिर वह है कौन ? ये आत्मा-परमात्मा कौन हैं ? स्वयं को कैसे जाना जा सकता है ? उसके जीवन का उद्देश्य क्या है ? धर्म का जीवन में क्या महत्त्व है ? जीवन की सार्थकता क्या है ? ऐसे ही अनेक सवालों की जिज्ञासाओं की प्रतिपूर्ति करने वाली एक प्रेरक और ज्ञानवर्द्धक पुस्तक है।

अनुक्रम

मनुष्य : श्रेष्ठतम जीव

सब प्रकार के शरीरों में मानव-शरीर ही श्रेष्ठतम है, मनुष्य ही श्रेष्ठतम जीव है। मनुष्य सब प्रकार के प्राणियों से—यहाँ तक कि देवादि से भी श्रेष्ठ है। मुनष्य से श्रेष्ठतर कोई और नहीं। देवताओं को भी ज्ञानलाभ के लिए मनुष्य देह धारण करनी पड़ती है। एकमात्र मनुष्य ही ज्ञानलाभ का अधिकारी है, यहाँ तक कि देवता भी नहीं। यहूदी और मुसलमानों के मतानुसार, ईश्वर ने देवदूत और अन्य समुदय सृष्टियों के बाद मनुष्य की सृष्टि की। मनुष्य के सृजन के बाद ईश्वर ने देवदूतों से मनुष्य को प्रणाम और अभिनंदन कर आने के लिए कहा, इबलीस को छोड़कर बाकी सबने ऐसा किया। अतएव ईश्वर ने इबलीस को अभिशाप दे दिया। इससे वह शैतान बन गया। इस रूपक के पीछे यह महान् सत्य निहित है कि संसार में मनुष्य जन्म ही अन्य सबकी अपेक्षा श्रेष्ठ है।

आश्चर्य की बात है कि सभी धर्म एक स्वर से घोषणा करते हैं कि मनुष्य पहले निष्पाप और पवित्र था, पर आज उसकी अवनति हो गई है। इस भाव को फिर वे रूपक की भाषा में या दर्शन की स्पष्ट भाषा में अथवा कविता की सुंदर भाषा में क्यों न प्रकाशित करें, पर वे सब के सब अवश्य इस एक तत्त्व की घोषणा करते हैं।

अतएव मनुष्य का प्रकृत स्वरूप एक ही है, वह अनंत और सर्वव्यापी है, और यह प्रातिभासिक जीव मनुष्य के इस वास्तविक स्वरूप का एक सीमाबद्ध भाव मात्र है। इसी अर्थ में पूर्वोक्त पौराणिक तत्त्व भी सत्य हो

सकते हैं कि प्रातिभासिक जीव, चाहे वह कितना की महान् क्यों न हो, मनुष्य के इस अतींद्रिय प्रकृत स्वरूप का धुँधला प्रतिबिंब मात्र है। अतएव मनुष्य का प्रकृत स्वरूप—आत्मा-कार्य-कारण से अतीत होने के कारण, देश-काल से अतीत होने के कारण, अवश्य मुक्त स्वभाव है। वह कभी बद्ध नहीं थी, न ही बद्ध हो सकती थी। यह प्रातिभासिक जीव, यह प्रतिबिंब, देशकाल-निमित्त के द्वारा सीमाबद्ध होने के कारण बद्ध है; अथवा हमारे कुछ दार्शनिकों की भाषा में, 'प्रतीत होता है, मानो वह बद्ध हो गई है, पर वास्तव में वह बद्ध नहीं है।'

संपूर्ण शास्त्र एवं विज्ञान मनुष्य के रूप में प्रकट होने वाली इस आत्मा की महिमा की कल्पना भी नहीं कर सकते। यह समस्त ईश्वरों में श्रेष्ठ है, एकमात्र वही ईश्वर है, जिसकी सत्ता सदैव थी, सदैव है और सदैव रहेगी।

आदमी भ्रमवश अपने से बाहर विभिन्न देवताओं की तलाश में रहता है, पर जब उसके अज्ञान का चक्कर समाप्त होता है, तो वह पुनः लौटकर अपनी आत्मा पर आ टिकता है। जिस ईश्वर की खोज में वह दर-दर भटकता रहा, वन-प्रांतर तथा मंदिर-मसजिद को छानता रहा, जिसे वह स्वर्ग मैं बैठकर संसार पर शासन करने वाला मानता रहा, वह कोई अन्य नहीं, बल्कि उसकी अपनी ही आत्मा है। वह मैं है, और मैं वह (जो आत्मा हूँ) ब्रह्म हूँ, मेरे इस तुच्छ 'मैं' का कभी अस्तित्व नहीं रहा।

ईश्वरोपासना करने के लिए प्रतिमा आवश्यक है, तो उससे कहीं श्रेष्ठ मानव-प्रतिमा मौजूद ही है। यदि ईश्वरोपासना के लिए मंदिर निर्माण करना चाहते हो, तो करो, किंतु सोच लो कि उससे भी उच्चतर, उससे भी महान् मानव देह रूपी मंदिर तो पहले से ही मौजूद है।

जीवित ईश्वर तुम लोगों के भीतर रहते हैं, तब भी तुम मंदिर, गिरजाघर आदि बनाते हो और सब प्रकार की काल्पनिक झूठी चीजों में विश्वास करते हो। मनुष्य-देह में स्थित मानव-आत्मा ही एकमात्र उपास्य ईश्वर है। पशु भी भगवान् के मंदिर हैं, किंतु मनुष्य ही सर्वश्रेष्ठ मंदिर है। यदि मैं उसकी उपासना नहीं कर सका, तो अन्य किसी भी मंदिर में कुछ भी उपकार नहीं होगा। जिस

क्षण मैं प्रत्येक मनुष्य देह रूपी मंदिर में उपविष्ट ईश्वर की उपलब्धि कर सकूँगा, जिस क्षण मैं प्रत्येक मनुष्य के सम्मुख भक्तिभाव से खड़ा हो सकूँगा और वास्तव में उनमें ईश्वर देख सकूँगा, जिस क्षण मेरे अंदर यह भाव आ जाएगा, उसी क्षण मैं संपूर्ण बंधनों से मुक्त हो जाऊँगा—बाँधने वाले पदार्थ हट जाएँगे और मैं मुक्त हो जाऊँगा। यह आदर्श अवस्था वह है, जिसमें मनुष्य का अहंभाव पूर्णतया नष्ट हो जाता है, उसका स्वत्व-भाव लुप्त हो जाता है, जब उसके लिए ऐसी कोई वस्तु नहीं रह जाती, जिसे वह 'मैं' और 'मेरी' कह सके, जब वह पूर्णतया आत्म-विसर्जन कर देता है, मानो अपनी आहुति दे देता है। इस प्रकार अवस्थापन्न व्यक्ति के अंतर में स्वयं ईश्वर निवास करता है, क्योंकि ऐसे व्यक्ति की अहं-वासना पूर्ण रूप से नष्ट हो गई है, एकदम निर्मूल हो गई है। यह है आदर्श व्यक्ति।

जिस परिमाण में मनुष्य इंद्रिय-परायणता को छोड़कर उच्च भाव-जगत् में अवस्थान करने का सामर्थ्य प्राप्त कर लेता है, जिस परिमाण में वह विशुद्ध चिंतन रूपी प्राणवायु फेफड़ों के भीतर खींचने में समर्थ हो जाता है तथा जितने अधिक समय तक वह उस उच्च अवस्था में रह सकता है, केवल इसी आधार पर उसका विकास आँका जा सकता है।

पहले हमें ईश्वर बन लेने दो। तत्पश्चात् दूसरों को ईश्वर बनाने में सहायता देंगे। बनो और बनाओ, यही हमारा मूल-मंत्र रहे।

ऐसा न कहो कि मनुष्य पापी है। उसे यह बताओ कि तू ब्रह्म है। यदि कोई शैतान हो, तो भी हमारा कर्तव्य यही है कि हम ब्रह्म का ही स्मरण करें, शैतान का नहीं।

जब तुम अपने आपको शरीर समझते हो, तुम विश्व से अलग हो; जब तुम अपने आपको जीव समझते हो, तब तुम अनंत अग्नि के एक स्फुलिंग हो; जब तुम अपने आपको आत्मस्वरूप मानते हो, तभी तुम विश्व हो।

चालाकी से कोई बड़ा काम पूरा नहीं हो सकता। प्रेम, सत्यानुराग और महान् वीर्य की सहायता से सभी कार्य होते हैं। 'तत्कुरु पौरुषम्', इसलिए पुरुषार्थ को प्रकट करो।

हम नियम नहीं चाहते, हम चाहते हैं नियम को तोड़ने का सामर्थ्य। हम नियमों से बाहर चले जाना चाहते हैं। यदि तुम नियमों से बँधे हो, तो मिट्टी के ढेले की भाँति निर्जीव हो। प्रश्न यह नहीं है कि तुम नियमातीत हो या नहीं; किंतु यह धारणा कि हम नियमातीत हैं, समस्त मानव इतिहास की आधारशिला है।

प्रत्येक मनुष्य पहले से ही अनंत है, केवल इन सब विभिन्न अवस्था-चक्र रूपी द्वारों या प्रतिबंधों ने उसे बद्ध कर रखा है। इन प्रतिबंधों को हटाने मात्र से ही उसकी वह अनंत शक्ति बड़े वेग के साथ अभिव्यक्त होने लगती है।

योगी कहते हैं कि योगी के अतिरिक्त अन्य सब मानो गुलाम हैं—खाने-पीने के गुलाम, अपनी स्त्री के गुलाम, अपने लड़के-बच्चों के गुलाम, रुपए-पैसे के गुलाम, स्वदेशवासियों के गुलाम, नाम-यश के गुलाम, जलवायु के गुलाम, इस संसार के हजारों विषयों के गुलाम! जो मनुष्य इन बंधनों में से किसी में भी नहीं फँसे, वे ही यथार्थ मनुष्य हैं—यथार्थ योगी हैं।

प्रत्येक मनुष्य के लिए उसके अपने वर्तमान उन्नति-क्षेत्र के भीतर स्वयं को उन्नत बनाने के लिए अवसर विद्यमान हैं। हम अपना नाश नहीं कर सकते, हम अपने भीतर की जीवनीशक्ति को नष्ट या दुर्बल नहीं कर सकते, परंतु उस शक्ति को विभिन्न दिशा में परिचालित करने के लिए हम स्वतंत्र हैं।

व्यावहारिक और शरीर से सबल होने की शिक्षा देनी चाहिए। ऐसे केवल बारह नर-केसरी संसार पर विजय प्राप्त कर सकते हैं; परंतु लाख-लाख भेड़ों द्वारा यह नहीं होने का। और दूसरे, किसी व्यक्तिगत आदर्श के अनुकरण की शिक्षा नहीं देनी चाहिए, चाहे वह आदर्श कितना ही बड़ा क्यों न हो!

मनुष्य एक छोटे बक्से में कुंडलित अनंत स्प्रिंग जैसा है, जोकि अपने को खोलने का प्रयत्न कर रहा है। हम लोग जो भी सामाजिक व्यवस्था देखते हैं, वह इस अभिव्यक्ति का प्रयत्न मात्र है।

आप तो ईश्वर की खान हैं, अमर आनंद के भागी हैं, पवित्र और पूर्ण आत्मा हैं। आप इस मर्त्यभूमि पर देवता हैं। आप भला पापी? मनुष्य को पापी कहना ही पाप है, वह मानवस्वरूप पर घोर लांछन है। आप उठें! हे सिंहो! आएँ, और इस मिथ्या भ्रम को झटककर दूर फेंक दें कि आप भेड़ हैं।

हम सभी एक जीवाणु-कोष से उत्पन्न हुए हैं और हम लोगों में जो कुछ भी शक्ति है, वह उसी में कुंडलीय-रूप में बैठी थी। तुम लोग यह नहीं कह सकते कि वह खाद्य में से आई है; ढेर-की-ढेर खाद्य-सामग्री लेकर एक पर्वत बना डालो, किंतु देखोगे, उसमें से कोई शक्ति नहीं निकलती। हम लोगों के भीतर शक्ति पहले से ही अव्यक्त भाव में निहित थी, और वह थी अवश्य। इसी प्रकार मनुष्य की आत्मा के भीतर अनंत शक्ति भरी पड़ी है, मनुष्य को उसका ज्ञान हो या न हो। उसे केवल जानने की ही अपेक्षा है। धीरे-धीरे मानो वह अनंत शक्तिमान दैत्य जाग्रत् होकर अपनी शक्ति का ज्ञान प्राप्त कर रहा है और जैसे-जैसे वह सचेतन होता जाता है, वैसे-वैसे एक के बाद एक उसके बंधन टूटते जाते हैं, शृंखलाएँ छिन्न-भिन्न होती जाती हैं; और वह दिन अवश्य ही आएगा, जब वह अपनी अनंत शक्ति के पूर्ण ज्ञान के साथ अपने पैरों पर उठ खड़ा होगा। आओ, हम सब लोग उस महिमामयी निष्पत्ति को शीघ्र लाने में सहायता करें।

□

आत्मतत्त्व : आत्मा

तुममें से बहुतों ने मैक्समूलर की सुप्रसिद्ध पुस्तक—'वेदांत दर्शन पर तीन व्याख्यान' को पढ़ा होगा, और शायद कुछ लोगों ने इसी विषय पर प्रोफेसर डायसन की जर्मन भाषा में लिखित पुस्तक भी पढ़ी हो। ऐसा लगता है कि पाश्चात्य देशों में भारतीय धार्मिक चिंतन के बारे में जो कुछ लिखा या पढ़ाया जा रहा है, उसमें भारतीय दर्शन की अद्वैतवाद नामक शाखा प्रमुख स्थान रखती है। यह भारतीय धर्म का अद्वैतवाद वाला पक्ष है, और कभी-कभी ऐसा भी सोचा जाता है कि वेदों की सारी शिक्षाएँ इस दर्शन में सन्निहित हैं। खैर, भारतीय चिंतन-धारा के बहुत सारे पक्ष हैं; और यह अद्वैतवाद तो अन्य वादों की तुलना में सबसे कम लोगों द्वारा माना जाता है। अत्यंत प्राचीनकाल से ही भारत में अनेकानेक चिंतन-धाराओं की परंपरा रही है, और चूँकि शाखा विशेष के अनुयायिओं द्वारा अंगीकार किए जाने वाले मतों को निर्धारित करने वाला कोई सुसंघटित या स्वीकृत धर्मसंघ अथवा कतिपय व्यक्तियों के समूह वहाँ कभी नहीं रहे, इसलिए लोगों को सदा से ही अपने मन के अनुरूप धर्म चुनने, अपने दर्शन को चलाने तथा अपने संप्रदायों को स्थापित करने की स्वतंत्रता रही। फलस्वरूप हम पाते हैं कि चिरकाल से ही भारत में मत-मतांतरों की बहुतायत रही है। आज भी हम कह नहीं सकते कि कितने सौ धर्म वहाँ फल रहे हैं और कितने नए धर्म हर साल उत्पन्न होते हैं! ऐसा लगता है कि उस राष्ट्र की धार्मिक उर्वरता असीम है।

भारत में प्रचलित इन विभिन्न मतों को मोटे तौर पर दो भागों में विभक्त किया जा सकता है—आस्तिक और नास्तिक। जो मत हिंदू धर्मग्रंथों अर्थात् वेदों को सत्य की शाश्वत निधि श्रुति मानते हैं, उन्हें आस्तिक कहते हैं, और जो वेदों को न मानकर अन्य प्रमाणों पर आधारित हैं, उन्हें भारत में नास्तिक कहते हैं। आधुनिक नास्तिक हिंदू मतों में दो प्रमुख हैं—बौद्ध और जैन। आस्तिक मतावलंबी कोई-कोई कहते हैं कि शास्त्र हमारी बुद्धि से अधिक प्रामाणिक हैं, जबकि दूसरे मानते हैं कि शास्त्रों के केवल बुद्धिसम्मत अंश को ही स्वीकार करना चाहिए, शेष को छोड़ देना चाहिए।

आस्तिक मतों की भी फिर तीन शाखाएँ हैं—सांख्य, न्याय और मीमांसा। इनमें से पहली दो शाखाएँ किसी संप्रदाय की स्थापना करने में सफल न हो सकीं, यद्यपि दर्शन के रूप में उनका अस्तित्व अभी भी है। एकमात्र संप्रदाय, जो अभी भारत में प्राय: सर्वत्र प्रचलित है, वह है उत्तरमीमांसा अथवा वेदांत। इस दर्शन को 'वेदांत' कहते हैं। भारतीय दर्शन की समस्त शाखाएँ वेदांत, यानी उपनिषदों से ही निकली हैं। किंतु अद्वैतवादियों ने यह नाम खासकर अपने लिए रख लिया, क्योंकि वे अपने संपूर्ण धर्म-ज्ञान तथा दर्शन को एकमात्र वेदांत पर ही आधारित करना चाहते थे। आगे चलकर वेदांत ने प्राधान्य प्राप्त किया और भारत में अब जो अनेकानेक संप्रदाय हैं, वे किसी-न-किसी रूप में उसी की शाखाएँ हैं। फिर भी ये विभिन्न शाखाएँ अपने विचारों में एकमत नहीं हैं।

हम देखते हैं कि वेदांतियों के तीन प्रमुख भेद हैं। पर एक विषय पर सभी सहमत हैं। वह यह कि ईश्वर के अस्तित्व में सभी विश्वास करते हैं। सभी वेदांती यह भी मानते हैं कि वेद शाश्वत आप्तवाक्य हैं, यद्यपि उनका ऐसा मानना उस तरह का नहीं, जिस तरह ईसाई अथवा मुसलमान लोग अपने-अपने धर्मग्रंथों के बारे में मानते हैं। वे अपने ढंग से ऐसा मानते हैं। उनका कहना है कि वेदों में ईश्वर संबंधी ज्ञान सन्निहित है और चूँकि ईश्वर चिरंतन है, अत: उसका ज्ञान भी शाश्वत रूप से उसके साथ है। अत: वेद भी शाश्वत हैं। दूसरी बात, जो सभी वेदांती मानते हैं, वह है सृष्टि संबंधी चक्रीय सिद्धांत।

सब यह मानते हैं कि सृष्टि चक्रों या कल्पों में होती है। संपूर्ण सृष्टि का आगम और विलय होता है। आरंभ होने के बाद सृष्टि क्रमशः स्थूलतर रूप लेती जाती है, और एक अपरिमेय अवधि के पश्चात् पुनः सूक्ष्मतर रूप में बदलना शुरू करती है तथा अंत में विघटित होकर विलीन हो जाती है। इसके बाद विराम का समय आता है। सृष्टि का फिर उद्‌भव होता है और फिर इसी क्रम की आवृत्ति होती है। ये लोग दो तत्त्वों को स्वतः प्रमाणित मानते हैं—एक को 'आकाश' कहते हैं, जो वैज्ञानिकों के 'ईश्वर' से मिलता-जुलता है और दूसरे को 'प्राण' कहते हैं, जो एक प्रकार की शक्ति है। 'प्राण' के विषय में इनका कहना है कि इसके कंपन से विश्व की उत्पत्ति होती है। जब सृष्टि-चक्र का विराम होता है, तो व्यक्त प्रकृति क्रमशः सूक्ष्मतर होते-होते आकाश तत्त्व के रूप में विघटित हो जाती है, जिसे हम न देख सकते हैं और न अनुभव ही कर सकते हैं; किंतु इसी से पुनः समस्त वस्तुएँ उत्पन्न होती हैं।

प्रकृति में हम जितनी शक्तियों देखते हैं, जैसे गुरुत्वाकर्षण, आकर्षण, विकर्षण अथवा विचार, भावना एवं स्नायविक गति—सभी अंततोगत्वा विघटित होकर प्राण में परिवर्तित हो जाती हैं और प्राण का स्पंदन रुक जाता है। इस स्थिति में वह तब तक रहता है, जब तक सृष्टि का कार्य पुनः प्रारंभ नहीं हो जाता। उसके प्रारंभ होते ही 'प्राण' में पुनः कंपन होने लगते हैं। इस कंपन का प्रभाव 'आकाश' पर पड़ता है और तब सभी रूप और आकार एक निश्चित क्रम में बाहर प्रक्षिप्त होते हैं।

सबसे पहले जिस दर्शन की चर्चा मैं तुमसे कहूँगा, वह द्वैतवाद के नाम से प्रसिद्ध है। द्वैतवादी यह मानते हैं कि विश्व का स्रष्टा और शासक ईश्वर शाश्वत रूप से प्रकृति एवं जीवात्मा से पृथक् है। ईश्वर नित्य है, प्रकृति नित्य है तथा सभी आत्माएँ भी नित्य हैं। प्रकृति तथा आत्माओं की अभिव्यक्ति होती है एवं उनमें परिवर्तन होते हैं, परंतु ईश्वर ज्यों-का-त्यों रहता है। द्वैतवादियों के अनुसार, ईश्वर सगुण है; उसके शरीर नहीं है, पर उसमें गुण हैं। मानवीय गुण उसमें विद्यमान हैं; जैसे वह दयावान है, वह न्यायी है, वह सर्वशक्तिमान है, वह बलवान है, उसके पास पहुँचा जा सकता है, उसकी प्रार्थना की जा

सकती है, उसकी भक्ति की जा सकती है, भक्ति से वह प्रसन्न होता है, आदि। संक्षेप में वह मानवीय ईश्वर है, अंतर इतना है कि वह मनुष्य से अनंत गुना बड़ा है तथा मनुष्य में जो दोष हैं, वह उनसे परे है। 'वह अनंत शुभ गुणों का भंडार है'—ईश्वर की यही परिभाषा लोगों ने दी है। वह उपादानों के बिना सृष्टि नहीं कर सकता। प्रकृति ही वह उपादान है, जिससे वह समस्त विश्व की रचना करता है। कुछ वेदांतेतर द्वैतवादी, जिन्हें 'परमाणुवादी' कहते हैं, यह मानते हैं कि प्रकृति असंख्य परमाणुओं के सिवा और कुछ नहीं है और ईश्वर की इच्छा-शक्ति इन परमाणुओं में सक्रिय होकर सृष्टि करती है; वेदांती लोग इस परमाणु सिद्धांत को नहीं मानते। उनका कहना है कि यह नितांत तर्कहीन है। अविभाज्य परमाणु रेखागणित के बिंदुओं की तरह हैं, खंड और परमाणु रहित। किंतु ऐसी खंड और परमाणु रहित वस्तु को अगर असंख्य बार गुणित किया जाए, तो भी वह ज्यों-की-त्यों रहेगी। फिर कोई वस्तु, जिसके अवयव नहीं, ऐसी वस्तु का निर्माण नहीं कर सकती, जिसके विभिन्न अवयव हों। चाहे जितने भी शून्य इकट्ठे किए जाएँ, उनसे कोई पूर्ण संख्या नहीं बन सकती। इसलिए अगर ये परमाणु अविभाज्य हैं तथा परिमाण रहित हैं, तो इनसे विश्व की सृष्टि सर्वथा असंभव है। अतएव वेदांती द्वैतवादी, अविशिष्ट एवं अविभेद्य प्रकृति में विश्वास करते हैं, जिससे ईश्वर सृष्टि की रचना करता है।

भारत में अधिकांश लोग द्वैतवादी हैं, मानव प्रकृति सामान्यत: इससे अधिक उच्च कल्पना नहीं कर सकती। हम देखते हैं कि संसार में धर्म में विश्वास रखने वालों में नब्बे प्रतिशत लोग द्वैतवादी ही हैं। यूरोप तथा एशिया के सभी धर्म द्वैतवादी हैं, वैसा होने के लिए विवश हैं। कारण, सामान्य मनुष्य उस वस्तु की कल्पना नहीं कर सकता, जो मूर्त न हो। इसलिए स्वभावत: वह वस्तु से चिपकना चाहता है, जो उसकी बुद्धि की पकड़ में आती है। तात्पर्य यह कि वह उच्च आध्यात्मिक भावनाओं को तभी समझ सकता है, जब वे उसके स्तर पर नीचे उतर आएँ। वह सूक्ष्म भावों को स्थूल रूप में ही ग्रहण कर सकता है। संपूर्ण विश्व में सामान्य लोगों के लिए यही धर्म है। वे एक ऐसे ईश्वर में विश्वास करते हैं, जो उनसे पूर्णतया पृथक्, मानो एक बड़ा राजा,

अत्यंत बलिष्ठ सम्राट् हो। साथ ही वे उसे पृथ्वी पर के राजाओं की अपेक्षा अधिक पवित्र बना देते हैं। वे उसे समस्त दुर्गुणों से रहित और समस्त सद्‍गुणों का आधार बना देते हैं। जैसे कहीं अशुभ के बिना शुभ और अंधकार के बिना प्रकाश संभव हो।

सभी द्वैतवादी सिद्धांतों के साथ एक कठिनाई यह है कि असंख्य सद्‍गुणों के भंडार, न्यायी तथा दयालु ईश्वर के राज्य में इतने कष्ट कैसे हो सकते हैं? यह प्रश्न ही द्वैतवादी धर्म के समक्ष है, पर हिंदुओं ने कभी भी इसे सुलझाने के लिए शैतान की कल्पना नहीं की। हिंदुओं ने एकमत से स्वयं मनुष्य को ही दोषी माना है, और उनके लिए ऐसा मानना आसान भी था। क्यों? इसलिए कि जैसा मैंने तुमसे अभी कहा, वे मानते हैं कि आत्मा की सृष्टि शून्य से नहीं हुई है। इस जीवन में हम देखते हैं कि हम अपने भविष्य का निर्माण करते हैं, हममें से प्रत्येक हर रोज आने वाले कल के निर्माण में लगा रहता है। आज हम कल के भाग्य को निश्चित करते हैं, और इसी तरह यह क्रम चलता रहता है। इसलिए इस तर्क को हम यदि पीछे की ओर ले चलें, तो भी यह पूर्णत: युक्तिसंगत होगा। अगर हम अपने ही कर्मों से भविष्य को निश्चित करते हैं, तो यही तर्क हम अतीत के लिए भी क्यों न लागू करें? अगर किसी अनंत शृंखला की कुछ कड़ियों की पुनरावृत्ति होते हम बारंबार देखें, तो कड़ियों के इन समूहों के आधार पर हम समूची शृंखला की भी व्याख्या कर सकते हैं।

इसी तरह इस अनंत काल के कुछ भाग को लेकर अगर हम उसकी व्याख्या कर सकें और समझ सकें, तो यही व्याख्या समय की समूची अनंत शृंखला के लिए भी सत्य होगी; यदि प्रकृति में एकरूपता हो, तो काल की संपूर्ण शृंखला पर यही व्याख्या लागू होंगी। अगर यह सत्य है कि इस छोटी सी अवधि में हम अपने भविष्य का निर्माण करते हैं, और अगर यह सत्य है कि हर कार्य के लिए कारण अपेक्षित है, तो यह भी सत्य है कि हमारा वर्तमान हमारे संपूर्ण अतीत के लिए मनुष्य ही उत्तरदायी है, और कोई नहीं। यहाँ जो कुछ भी अशुभ दीखता है, उसके कारण तो हम ही हैं। हम लोग ही सारे पापों की जड़ हैं। और जिस तरह हम यह देखते हैं कि पापों का परिणाम दु:खद

होता है, उसी तरह यह भी अनुमान किया जा सकता है कि आज जितने कष्ट देखने को मिलते हैं, उन सबके मूल में वे पाप हैं, जिन्हें मनुष्य ने अतीत में किया है। इसलिए इस सिद्धांत के अनुसार मनुष्य ही उत्तरदायी है; ईश्वर पर दोष नहीं लगाया जा सकता। वह जो चिरंतन परम दयालु पिता है, कैसे दोषी माना जा सकता है? 'हम जो बोते हैं, वही काटते हैं।'

द्वैतवादियों का एक दूसरा विचित्र सिद्धांत यह है कि सभी आत्माएँ कभी-न-कभी मोक्ष को प्राप्त कर ही लेंगी; कोई भी छूटेगी नहीं। नाना प्रकार के उत्थान-पतन तथा सुख-दुःख के भोग के उपरांत अंत में ये सभी आत्माएँ मुक्त हो जाएँगी। आखिर मुक्त किससे होंगी? सभी हिंदू संप्रदायों का मत है कि इस संसार से मुक्त हो जाना है। न तो यह संसार, जिसे हम देखने तथा अनुभव करते हैं, और न वह, जो काल्पनिक है, अच्छा, और वास्तविक हो सकता है, क्योंकि दोनों ही शुभ और अशुभ से भरे पड़े हैं। द्वैतवादियों के अनुसार, इस संसार से परे एक ऐसा स्थान है, जहाँ केवल सुख और केवल शुभ ही है; जब हम उस स्थान पर पहुँच जाते हैं, तो जन्म-मरण के पाश से मुक्त हो जाते हैं। कहना न होगा कि यह कल्पना उन्हें कितनी प्रिय है! वहाँ न तो कोई व्याधि होगी और न मृत्यु; वहाँ शाश्वत सुख होगा और सदा ईश्वर के समक्ष रहते हुए परमानंद का अनुभव करते रहेंगे। उनका विश्वास है कि सभी प्राणी—कीट से लेकर देवदूत और देवता तक, कभी-न-कभी उस लोक में पहुँचेंगे ही, जहाँ दुःख का लेश भी नहीं होगा। किंतु अपने इस जगत् का अंत नहीं होगा; तरंग की भाँति यह सतत चलता रहेगा। निरंतर परिवर्तित होते रहने के बावजूद इसका कभी अंत नहीं होता।

मोक्ष प्राप्त करने वाली आत्माओं की संख्या अपरिमित है। उनमें से कुछ तो पौधों में हैं, कुछ पशुओं में, कुछ मनुष्यों में तथा कुछ देवताओं में हैं। पर सब-के-सब उच्चतम देवता भी अपूर्ण हैं, बंधन में हैं। यह बंधन क्या है? जन्म और मरण की अपरिहार्यता। उच्चतम देवों को भी मरना पड़ता है। देवता क्या हैं? वे विशिष्ट अवस्थाओं या पदों के प्रतीक हैं। उदाहरणस्वरूप, इंद्र, जो देवताओं के राजा है, एक पद विशेष के प्रतीक हैं। कोई अत्यंत उच्च आत्मा

इस कल्प से उस पद पर विराजमान हैं। इस कल्प के बाद पुनः मनुष्य के रूप में पृथ्वी पर अवतरित होगी और इस कल्प में जो दूसरी उच्चतम आत्मा होगी, वह उस पद पर जाकर आसीन होगी। ठीक यही बात अन्य सभी देवताओं के बारे में भी है। वे विशिष्ट पदों के प्रतीक हैं, जिन पर एक के बाद एक, करोड़ों आत्माओं ने काम किया है और वहाँ से उतरकर मनुष्य का जन्म लिया है। जो मनुष्य कल की आकांक्षा से इस लोक में परोपकार तथा अच्छे काम करते हैं और स्वयं यश-प्राप्ति की आशा करते हैं; वे मरने पर देवता बनकर अपने किए का फल भोगते हैं।

याद रहे कि यह मोक्ष नहीं है। मोक्ष फल की आशा रखने से नहीं मिलता। मनुष्य जिस किसी भी चीज की आकांक्षा करता है; ईश्वर उसे वह देता है। आदमी शक्ति चाहता है, पद चाहता है, देवताओं की भाँति सुख चाहता है; उसकी इच्छाएँ तो पूरी हो जाती हैं, पर उसके कर्म का कोई शाश्वत फल नहीं होता। एक निश्चित अवधि के बाद उनके पुण्य का प्रभाव समाप्त हो जाता है—चाहे वह अवधि कितनी ही लंबी क्यों न हो! उसके समाप्त होने पर उसका प्रभाव समाप्त हो जाएगा और तब वे देवता पुनः मनुष्य हो जाएँगे और उन्हें मोक्ष-प्राप्ति का दूसरा अवसर मिलेगा। निम्न कोटि के पशु क्रमशः मनुष्यत्व की ओर बढ़ेंगे, फिर देवत्व की ओर, और तब शायद पुनः मनुष्य बनेंगे अथवा पशु हो जाएँगे। यह क्रम तब तक चलता रहेगा, जब तक वे वासना से रहित नहीं हो जाते, जीवन की तृष्णा को छोड़ नहीं देते और 'मैं और मेरा' के मोह से मुक्त नहीं हो जाते। यह 'मैं और मेरा' ही संसार में सारे पापों का मूल है। अगर तुम किसी द्वैतवादी से पूछो कि क्या तुम्हारा बच्चा तुम्हारा है ? तो फौरन वह कहेगा—"यह तो ईश्वर का है; मेरी संपत्ति मेरी नहीं, बल्कि ईश्वर की है।" सबकुछ ईश्वर का है—ऐसा ही मानना चाहिए।

भारत में ये द्वैतवादी पक्के निरामिष तथा अहिंसावादी हैं। किंतु उनके ये विचार बौद्ध लोगों के विचारों से भिन्न हैं। अगर तुम किसी बौद्ध धर्मावलंबी से पूछो, "आप क्यों अहिंसा का उपदेश देते हैं ?" तो वह उत्तर देगा, "हमें किसी के प्राण लेने का अधिकार नहीं है।" किंतु अगर तुम किसी द्वैतवादी

से पूछो, "आप जीव-हिंसा क्यों नहीं करते?" तो वह कहेगा, "क्योंकि सभी जीव तो ईश्वर के हैं।" इस तरह द्वैतवादी मानते हैं कि 'मैं और मेरा' का प्रयोग केवल ईश्वर के संबंध में ही करना चाहिए। 'मैं' का संबोधन केवल वही कर सकता है, और सारी चीजें भी उसी की हैं। जब मनुष्य इस स्तर पर पहुँच जाए कि 'मैं और मेरा' का भाव उसमें न रहे, सारी चीजों को ईश्वरीय मानने लगे, हर प्राणी से प्रेम करने लगे और किसी पशु के लिए भी अपना जीवन देने के लिए तैयार रहे और ये सारे भाव बिना किसी प्रतिफल की आकांक्षा से हों, तो उसका हृदय स्वत: पवित्र हो जाएगा तथा उस पवित्र हृदय में ईश्वर के प्रति प्रेम उत्पन्न होगा। ईश्वर ही सभी आत्माओं के आकर्षण का केंद्र है। द्वैतवादी कहते हैं—"अगर कोई सुई मिट्टी से ढकी हो, तो उस पर चुंबक का प्रभाव न होगा; पर ज्यों ही उस पर से मिट्टी को हटा दिया जाएगा, त्यों ही वह चुंबक की ओर आकृष्ट हो जाएगी।"

ईश्वर चुंबक है और मनुष्य की आत्मा सुई; पापरूपी मल इसको ढके रहता है। जैसे ही कोई आत्मा इस मल से रहित हो जाती है, वैसे ही प्राकृतिक आकर्षण से वह ईश्वर के पास चली आती है और सनातन रूप से उसके साथ रहने लगती है, यद्यपि उसका ईश्वर से कभी तादात्म्य नहीं होता। पूर्ण आत्मा अपनी इच्छा के अनुरूप स्वरूप ग्रहण कर सकती है। अगर वह चाहे तो सैकड़ों रूप धारण कर सकती है, और चाहे तो कोई भी रूप न ले। यह लगभग सर्वशक्तिमती हो जाती है, अंतर केवल इतना रहता है कि यह सृष्टि नहीं कर सकती। सृष्टि करने की शक्ति केवल ईश्वर ही को है, चाहे कोई कितना भी पूर्ण क्यों न हो, वह विश्वनियंता नहीं हो सकता; यह काम केवल ईश्वर ही कर सकता है। किंतु जो आत्माएँ पूर्ण हो जाती हैं, वे सभी आनंद से ईश्वर के साथ रहती हैं। द्वैतवादी लोगों की यही धारणा है।

ये द्वैतवादी एक दूसरा भी उपदेश देते हैं—"प्रभु, मुझे यह दो, मुझे वह दो।" ईश्वर से इस तरह की प्रार्थना करने पर इन लोगों को आपत्ति है। ये समझते हैं कि ऐसा नहीं करना चाहिए। अगर मनुष्य को कुछ-न-कुछ वरदान माँगना ही है, तो वह ईश्वर से न माँगे, बल्कि छोटे-छोटे देवी-देवताओं अथवा

पूर्ण आत्माओं से माँगे। ईश्वर केवल प्रेम के लिए है, यह तो कलंक की बात है कि हम ईश्वर से भी 'मुझे यह दो, वह दो' ऐसा निवेदन करते हैं। इसलिए द्वैतवादी कहते हैं कि मनुष्य अपनी वासनाओं की पूर्ति तो निम्न कोटि के देवताओं को प्रसन्न करके कर ले, पर अगर वह मोक्ष चाहता है, तो उसे ईश्वर की पूजा करनी होगी। भारतवर्ष में असंख्य लोगों का यही धर्म है।

असली वेदांत दर्शन विशिष्टाद्वैत से प्रारंभ होता है। इस संप्रदाय का कहना है कि कार्य कभी कारण से भिन्न नहीं होता। कारण ही परिवर्तित रूप में कार्य बनकर आता है। अगर सृष्टि कार्य है और ईश्वर कारण, तो ईश्वर और सृष्टि दो नहीं हैं। वे अपना तर्क इस तरह आरंभ करते हैं कि ईश्वर जगत् का निमित्त तथा उपादान कारण है। अर्थात् इस सृष्टि का ईश्वर ही स्वयं कर्ता है और वही स्वयं इसका उपादान भी है, जिससे संपूर्ण प्रकृति प्रक्षिप्त हुई है। तुम्हारी भाषा में जो 'क्रिएशन' शब्द है, वस्तुतः संस्कृत में उसका समानार्थक शब्द नहीं है, क्योंकि भारत में ऐसा कोई संप्रदाय नहीं, जो पाश्चात्य लोगों की तरह यह मानता हो कि प्रकृति की स्थापना शून्य से हुई है। हो सकता है कि आरंभ में कुछ लोग ऐसा मानते भी हों, पर शीघ्र ही उनको दबा दिया गया होगा। मेरे जानते आजकल कोई ऐसा संप्रदाय नहीं है, जो इस धारणा में विश्वास करता हो। सृष्टि से हम लोगों का तात्पर्य है, किसी ऐसी वस्तु का प्रक्षेपण, जो पहले से ही हो। इस विशिष्टाद्वैत संप्रदाय के अनुसार तो सारा विश्व स्वयं ईश्वर ही है। वेदों में कहा गया है, 'जिस तरह मकड़ी अपने ही शरीर से तंतुओं को निकालती है, उसी तरह यह सारा विश्व भी ईश्वर से प्रादुर्भूत हुआ है।'

अब अगर कार्य कारण का ही दूसरा रूप है, तो प्रश्न उठता है कि ईश्वर, जो चेतन और शाश्वत ज्ञानस्वरूप है, किस तरह इस भौतिक, स्थूल और अचेतन जगत् का कारण हो सकता है? अगर कारण परम शुद्ध और पूर्ण हो, तो कार्य अन्यथा कैसे हो सकता है? ये विशिष्टवादी क्या कहते हैं? उनका एक विचित्र सिद्धांत है। उनका कहना है कि ईश्वर, प्रकृति एवं आत्मा एक है। ईश्वर मानो जीव है और प्रकृति तथा आत्मा उसके शरीर हैं। जिस तरह

मेरे एक शरीर है तथा एक आत्मा है, ठीक उसी तरह संपूर्ण विश्व एवं सारी आत्माएँ ईश्वर के शरीर हैं और ईश्वर सारी आत्माओं की आत्मा हैं। इस तरह ईश्वर विश्व का उपादान कारण हैं। शरीर परिवर्तित हो सकता है—तरुण या वृद्ध, सबल या दुर्बल हो सकता है, किंतु इससे आत्मा पर कोई प्रभाव नहीं पड़ता। एक ही शाश्वत सत्ता शरीर के माध्यम से सदा अभिव्यक्त होती है। शरीर आता-जाता रह सकता है, पर आत्मा कभी परिवर्तित नहीं होती। ठीक इसी तरह समस्त जगत् ईश्वर का शरीर है और इस दृष्टि से वह ईश्वर ही है; किंतु जगत् में जो परिवर्तन होते हैं, उनसे ईश्वर प्रभावित नहीं होता।

जगदरूपी उपादान से वह सृष्टि करता है और हर कल्प के अंत में उसका शरीर सूक्ष्म होता है, वह संकुचित होता है; फिर परवर्ती कल्प के प्रारंभ में वह विस्तृत होने लगता है और उससे विभिन्न जगत् निकलते हैं।

फिर द्वैतवादी एवं विशिष्टाद्वैतवादी, दोनों यह मानते हैं कि आत्मा स्वभावत: पवित्र है, किंतु अपने कर्मों से यह अपने को अपवित्र बना लेती है। विशिष्टाद्वैतवादी इसको द्वैतवादियों की अपेक्षा अधिक सुंदर ढंग से कहते हैं। उनका कहना है कि आत्मा की पवित्रता एवं पूर्णता कभी संकुचित हो जाती है, पर फिर ज्यों-की-त्यों हो जाती है। हमारा प्रयास यह है कि उसकी अवस्था को बदलकर पुन: उसकी पूर्णता, पवित्रता एवं शक्ति को स्वाभाविक स्थिति में ले आएँ।

आत्मा के अनेक गुण हैं, पर उसमें सर्वशक्तिमत्ता या सर्वज्ञता नहीं है। हर पापकर्म उसकी प्रकृति को संकुचित कर देता है और पुण्य कर्म विस्तीर्ण। जिस तरह किसी प्रज्वलित अग्नि से उसी जैसे करोड़ों स्फुलिंग निकलते हैं, उसी तरह इस अपरिमेय सत्ता (ईश्वर) से सभी आत्माएँ निकली हैं। सबका उद्देश्य एक ही है। विशिष्टाद्वैतवादियों का ईश्वर भी सगुण है, पर विशेषता यह है कि वह विश्व की हर चीज में व्याप्त है। वह विश्व की हर वस्तु में हर जगह अंतर्निहित है। जब शास्त्र कहते हैं कि ईश्वर सबकुछ है, तो उनका तात्पर्य यही रहता है कि ईश्वर सबमें व्याप्त है। उदाहरणत: ईश्वर दीवाल नहीं हो जाता, बल्कि वह दीवाल में व्याप्त है। विश्व में कोई ऐसा कण नहीं, ऐसा

अणु नहीं, जिसमें वह न हो। आत्माएँ सीमित हैं; वे सर्वव्यापी नहीं हैं। जब उनकी शक्तियों का विस्तार होता है और वे पूर्ण हो जाती हैं, तो जनम-मरण के चक्र से मुक्ति पा जाती हैं और सदा के लिए ईश्वर में ही वास करती हैं।

अब हम अद्वैतवाद पर आते हैं। मेरे विचार में अब तक विश्व के किसी भी देश में दर्शन एवं धर्म के क्षेत्र में जो प्रगति हुई है, उसका चरमतम विकास एवं सुंदरतम पुष्प अद्वैतवाद में है। यहाँ मानव-विचार अपनी अभिव्यक्ति की पराकाष्ठा प्राप्त कर लेता है और अभेद्य प्रतीत होने वाले रहस्य से भी पार चला जाता है। यह है अद्वैत वेदांतवाद। अपनी दुरूहता और अतिशय उत्कृष्टता के कारण यह जनसमुदाय का धर्म नहीं बन पाया। आगे चलकर हम देखेंगे कि संसार महत्तम चिंतनशील व्यक्तियों को भी इसको समझने में कठिनाई होती रही है। हमने अपने को इतना दुर्बल बना लिया है, इतना नीचे गिरा लिया है। हम बातें चाहे जितनी बड़ी-बड़ी करें, पर सत्य तो यह है कि स्वभावत: हम किसी दूसरे का सहारा चाहते हैं। हमारी दशा उन कमजोर पौधों की है, जो किसी सहारे के बिना नहीं रह सकते। ओह, कितनी बार लोगों ने मुझसे 'एक आरामदायक धर्म' की माँग की! बस, कुछ ही लोग हैं, जो सत्य की जिज्ञासा करते हैं, उससे भी कम लोग ऐसे मिलेंगे, जो सत्य को जानने का साहस करते हैं, और उससे भी कम ऐसे हैं, जो सत्य को जानकर हर प्रकार से उसको कार्यरूप में परिणत करते हैं। यह उनका दोष नहीं, बल्कि उनके मस्तिष्क का दोष है।

हर नया विचार, खासकर उच्चकोटि का, लोगों को अस्त-व्यस्त कर देता है, उनके मस्तिष्क में नया मार्ग बनाने लगता और उनके संतुलन को नष्ट कर देता है। साधारणत: लोग अपने इर्द-गिर्द के वातावरण में रमे रहते हैं और इससे ऊपर उठने के लिए प्राचीन अंधविश्वासों, वंशानुगत अंधविश्वासों, वर्ग, नगर, देश के अंधविश्वासों तथा इन सबकी पृष्ठभूमि में स्थित मानव-प्रकृति में सन्निहित अंधविश्वासों की विशाल राशि पर विजय प्राप्त करनी होती है। फिर भी कुछ तो ऐसे वीर लोग संसार में हैं ही, जो सत्य को जानने का साहस करते हैं, जो उसे धारण करने तथा अंत तक उसका पालन करने का साहस

करते हैं। तो अद्वैतवादी लोगों का क्या कहना है ? उनका कहना है कि अगर कोई ईश्वर है, तो वह ईश्वर सृष्टि का निमित्त तथा उपादान कारण, दोनों है। इस तरह केवल वह स्रष्टा नहीं, अपितु सृष्टि भी है। वह स्वयं विश्व है। पर यह कैसे संभव है ? शुद्ध, चेतनस्वरूप ईश्वर विश्व कैसे बन सकता है ? यह इस तरह संभव है, जिसे अज्ञानी लोग विश्व कहते हैं, वस्तुतः उसका अस्तित्व है ही नहीं। तब तुम और में और ये सारी चीजें जिन्हें हम देखते हैं, क्या हैं ? ये तो मात्र आत्मसम्मोहन हैं; सत्ता तो केवल एक है, और वह अनादि, अनंत और शाश्वत शिवस्वरूप है। उस सत्ता के अंतर्गत ही हम ये सारे सपने देखते हैं। एक आत्मा है, जो इन सारी चीजों से परे है, जो अपरिमेय है, जो ज्ञात से तथा ज्ञेय से परे है। हम उसी में तथा उसी के माध्यम से विश्व को देखते हैं। एकमात्र सत्य वही है। वही सत्ता यह मेज है, दर्शक है, दीवाल है, सबकुछ है; पर वह नाम और रूप नहीं है। मेज में से नाम और रूप को हटा दो; जो बचेगा, वही वह सत्ता है। वेदांती लोग उस सत्ता में लिंग-भेद नहीं मानते—लिंग तो मानव-मस्तिष्क से उत्पन्न एक भ्रम है—आत्मा का कोई लिंग नहीं। जो लोग भ्रम में हैं, जो पशु के सदृश हो गए हैं, वे पुरुष या स्त्री को देखते हैं, किंतु जो जीता-जागता देवता है, वह नर या नारी में अंतर नहीं जानता। जो सारी चीजों से ऊपर उठ चुका है, उसके लिए लिंग-संबंधी झमेला क्या ?

हर व्यक्ति, हर वस्तु शुद्ध आत्मा है, जो पवित्र है, लिंगहीन है तथा शाश्वत शिव है। नाम, रूप और शरीर, जो भौतिक है, सारी भिन्नताओं के मूल हैं। अगर तुम नाम और रूप के अंतर को हटा दो, तो सारा विश्व एक है; दो की सत्ता नहीं है, बल्कि सर्वत्र एक ही है। सर्वत्र एक है। तुम और मैं एक हैं। न तो प्रकृति है, न ईश्वर और न विश्व; बस एक ही अपरिमेय सत्ता है, जिससे नाम और रूप के आधार पर ये तीनों बने हैं।

ज्ञाता स्वयं को कैसे जान सकता है ? वह नहीं जान सकता। तुम अपने आपको कैसे देख सकते हो ? तुम अपने को प्रतिबिंबित भर कर सकते हो। इस तरह यह सारा विश्व एक शाश्वत सत्ता, आत्मा की प्रतिच्छाया मात्र है। और चूँकि प्रतिच्छाया अच्छे या बुरे प्रतिक्षेपक पर पड़ती है, इसलिए तदनुरूप

अच्छे या बुरे बिंब बनते हैं। अगर कोई व्यक्ति हत्यारा है तो उसमें प्रतिक्षेपक बुरा है, न कि आत्मा। दूसरी ओर अगर कोई साधु है, तो उसमें प्रतिक्षेपक शुद्ध है। आत्मा तो स्वरूपतः शुद्ध है। एक वही सत्ता है, जो कीट से लेकर पूर्णतया विकसित प्राणी तक में प्रतिबिंबित है। इस तरह यह संपूर्ण विश्व एक है; भौतिक, मानसिक, नैतिक, आध्यात्मिक—हर दृष्टि से इस एक सत्ता को ही हम विभिन्न रूपों में देखते हैं, अपने मन से अनेक बिंब इस पर अध्यस्त करते हैं। जिस प्राणी ने अपने को मनुष्यत्व तक ही सीमित रख लिया है, उसे ऐसा लगता है कि यह संसार मनुष्यों का है। किंतु तो चेतना के उच्चतर स्तर पर है, उसे यह संसार स्वर्ग सा दीखता है। वस्तुतः एक ही सत्ता या आत्मा अखिल ब्रह्मांड में व्याप्त है। इसका न तो आना होता है, न जाना। न यह पैदा होती है, न मरती है और न पुनः अवतरित होती है। आखिर यह मर भी कैसे सकती है ? यह जाए तो कहाँ जाए ? संसार और स्वर्ग आदि सारे स्थानों की व्यर्थ कल्पना, तो हमने कर रखी है। न तो वे कभी रहे हैं, न अभी हैं और न भविष्य में कभी होंगे।

मैं सर्वव्यापी हूँ, शाश्वत हूँ, तो फिर मैं जा कहाँ सकता हूँ ? मैं कहाँ नहीं हूँ, जहाँ जाऊँ ? मैं तो प्रकृतिरूपी पुस्तक को पढ़ रहा हूँ। पृष्ठ पर पृष्ठ उलटता जा रहा हूँ और जीवन का एक-एक स्वप्न समाप्त होता जा रहा है। एक पन्ना पढ़ता हूँ, तो एक स्वप्न समाप्त होता है; और इसी तरह यह क्रम जारी है। जब सारी पुस्तक पढ़ डालूँगा, तो उसे लेकर एक किनारे रख दूँगा; यही मेरे खेल का अंत होगा। आखिर वेदांतियों के इन सारे कथनों का तात्पर्य क्या है ?

आत्मा का श्रेष्ठत्व! संसार में जो देवता कभी पूजे जाते थे या पूजे जाएँगे, उन्हें निकाल बाहर कर वेदांतियों ने उनके स्थान पर मनुष्य की आत्मा को आसीन किया, वह आत्मा, जो चंद्र, सूर्य और स्वर्ग की तो बात ही क्या, अखिल ब्रह्मांड से भी श्रेष्ठ है। संपूर्ण शास्त्र एवं विज्ञान मनुष्य के रूप में प्रकट होने वाली इस आत्मा की महिमा की कल्पना भी नहीं कर सकते। यह समस्त ईश्वरों में श्रेष्ठ है, एकमात्र वही ईश्वर है, जिसकी सत्ता सदैव थी,

सदैव है और सदैव रहेगी। इसलिए मैं किसी अन्य की नहीं, बल्कि अपनी ही पूजा करूँगा। 'मैं अपनी आत्मा की पूजा करता हूँ'—यही वेदांती कहता है। मैं किसे नमन करूँ? स्वयं को। मैं सहायता माँगू भी तो किससे? कौन मुझे एकमात्र अपरिमेय सत्ता को सहायता देने वाला है? ये सब केवल भ्रम और स्वप्न हैं। कब, किसने, किसकी सहायता की है? अगर तुम द्वैतवाद में विश्वास करने वाले किसी कमजोर प्राणी को गिड़गिड़ाते और स्वर्ग से सहायता की भीख माँगते देखो, तो यही समझो कि वह व्यक्ति जानता नहीं कि स्वर्ग उसके भीतर ही है! यह ठीक है कि उसकी याचना सार्थक भी होती है, उसे सहायता मिलती है, पर यह सहायता स्वर्ग से नहीं, अपितु उसके अंदर से ही आती है। भ्रमवश वह समझ लेता है कि वह बाहर से आती है।

एक उदाहरण लो। कोई रोगी है। उसे किवाड़ खटखटाने की आवाज सुनाई पड़ती है, वह जाकर किवाड़ खोलता है, पर उसे कोई नहीं दीखता। वह लौटकर आ जाता है। पर फिर खटखटाहट होती है और वह जाकर दरवाजा ख़ोलता है, पर फिर कोई नहीं दीखता। इस बार वह आकर सोता है, तो पाता है कि वह खटखटाहट तो स्वयं उसके हृदय की धड़कन है। इसी तरह आदमी भ्रमवश अपने से बाहर विभिन्न देवताओं की तलाश में रहता है, पर जब उसके अज्ञान का चक्कर समाप्त होता है, तो वह पुनः लौटकर अपनी आत्मा पर आ टिकता है। जिस ईश्वर की खोज में वह दर-दर भटकता रहा, वन-प्रांतर तथा मंदिर-मसजिद को छानता रहा, जिसे वह स्वर्ग में बैठकर संसार पर शासन करने वाला मानता रहा, वह कोई अन्य नहीं, बल्कि उसकी अपनी ही आत्मा है। वह मैं है, और मैं वह। मैं ही (जो आत्मा हूँ) ब्रह्म हूँ, मेरे इस तुच्छ 'मैं' का कभी अस्तित्व नहीं रहा।

तथापि किस प्रकार वह पूर्ण ब्रह्म भ्रमित हुआ है? वह भ्रमित नहीं हुआ। किस प्रकार पूर्ण ब्रह्म स्वप्न देख सकता है? उसने कभी स्वप्न नहीं देखा। सत्य कभी स्वप्न नहीं देखता। यह प्रश्न ही कि आत्मा को भ्रम कैसे हुआ, बेतुका है। भ्रम से भ्रम की उत्पत्ति होती है। पर जैसे ही सत्य का दर्शन होता है, भ्रम दूर हो जाता है। भ्रम सदा भ्रम पर आधारित रहता है; सत्य, ईश्वर

तथा आत्मा कभी उसके आधार नहीं हो सकते। तुम कदापि भ्रम में नहीं हो; वही भ्रम है, जो तुम्हें, तुम्हारे सन्मुख है। एक बादल है; दूसरा आता है और पहले को हटा देता है। जैसे अनंत नीले आकाश में रंगारंग बादल आते हैं, क्षण भर ठहरते हैं और अंतर्हित हो जाते हैं; पर आकाश ज्यों-का-त्यों शाश्वत नील रूप में विद्यमान रहता है, वैसे ही तुम भी शाश्वत पूर्णता और शुद्धता के साथ विद्यमान हो, यद्यपि भ्रम के बादल आते-जाते रहते हैं। तुम्हीं वास्तविक विश्व-देवता हो, बल्कि दो की भावना ही अयथार्थ है—एक ही तो सत्ता है। 'तुम और मैं' कहना ही गलत है, केवल 'मैं' कहो। मैं ही तो करोड़ों मुँह से खा रहा हूँ; फिर मैं भूखा कैसे रह सकता हूँ ? मैं ही तो करोड़ों करों से काम कर रहा हूँ; फिर मैं निष्क्रिय कैसे हो सकता हूँ ? मैं ही समस्त विश्व का जीवन जी रहा हूँ; मेरे लिए मृत्यु कहाँ है ? मैं जीवन और मृत्यु के परे हूँ। मुक्ति की खोज कहाँ करूँ ? मैं तो स्वभाव से ही मुक्त हूँ। मुझे इस विश्व के ईश्वर को बाँध कौन सकता है ? संसार के धर्मग्रंथ मानो छोटे-छोटे नक्शे हैं, जो मेरी महिमा को, मुझ अनंत विस्तारी सत्ता को चित्रित करने का प्रयास करते हैं। ये पुस्तकें मेरे लिए क्या हैं ? इस प्रकार अद्वैतवादी कहते हैं।

'सत्य को जान लो और क्षण भर में तुम मुक्त हो जाओ।' सारा अज्ञान भाग जाएगा। जब एक बार मनुष्य विश्व की अनंत सत्ता से अपने को एकीभूत कर लेता है, जब विश्व की सारी पृथकता विनष्ट हो जाती है, जब सारे देवता और देवदूत, नर-नारी, पशु और पौधे उस 'एकत्व' में विलीन हो जाते हैं—तब कोई भय नहीं रह जाता। क्या मैं अपने आपको चोट पहुँचा सकता हूँ ? अपने को मार सकता हूँ ? क्या मैं अपने को आघात पहुँचा सकता हूँ ? डरना किससे ? अपने आपसे डर कैसा ? जब ऐसा भाव आ जाएगा, तब समस्त दुःखों का अंत हो जाएगा। मेरे दुःख का कारण क्या हो सकता है ? मैं ही तो समस्त विश्व की एकमात्र सत्ता हूँ। तब किसी से ईर्ष्या नहीं रह जाएगी; क्योंकि ईर्ष्या किससे ? स्वयं से ? तब समस्त अशुभ भावनाएँ समाप्त हो जाएँगी। किसके विपक्ष में मैं अशुभ भावना रख सकता हूँ ? स्वयं के विरुद्ध ? विश्व में मेरे सिवा और है कौन ? और वेदांती कहता है कि ज्ञान प्राप्ति का ही एकमात्र

मार्ग है—विभेद के भाव को विनष्ट कर डालो, यह अंधविश्वास विविधता का अस्तित्व है, इसे समाप्त कर डालो। "जो अनेकता में एकता का दर्शन करता है, जो इस अचेतन जड़ पिंड में एक ही चेतना का अनुभव करता है एवं जो छायाओं के जगत् में 'सत्य' को ग्रहण कर पाता है, केवल उसी मनुष्य को शाश्वत शांति मिल सकती है और किसी को नहीं, और किसी को नहीं।"

ईश्वर के संबंध में भारतीय दर्शन ने जो तीन कदम उठाए, उनकी ये ही प्रमुख विशेषताएँ हैं। हमने देखा कि इसका प्रारंभ ऐसे ईश्वर की कल्पना से हुआ, जो सगुण व्यक्ति है तथा विश्व से परे है। यह दर्शन बृहत् ब्रह्मांड से सूक्ष्म ब्रह्मांड, ईश्वर तक आया, जिसे विश्व में अंतर्व्याप्त माना गया। अंत में आत्मा ही को परमात्मा मानकर संपूर्ण विश्व में एक सत्ता की अभिव्यक्ति को स्वीकार किया गया। वेदों की यही चरम शिक्षा है। इस तरह यह दर्शन द्वैतवाद से प्रारंभ होकर विशिष्टाद्वैत से होता हुआ शुद्ध अद्वैतवाद में विकसित होता है। हम लोग जानते हैं कि संसार में बहुत कम लोग ही इस अंतिम अवस्था तक आ सकते हैं, यहाँ तक कि इसमें विश्वास करने का साहस रख सकते हैं, और इसे व्यवहार में लाने वाले तो उनसे ही विरले हैं। फिर भी इतना तो स्पष्ट है कि संपूर्ण नीतिशास्त्र और आध्यात्मिकता का रहस्य यही है। क्यों सब लोग कहते हैं—"दूसरे की भलाई करो?" इसका कारण कहाँ है? क्यों सभी महान् व्यक्ति मानवजाति में विश्व-बंधुत्व की शिक्षा देते हैं और महत्तर व्यक्ति समस्त प्राणियों में? कारण यह है कि चाहे वे जानें या न जानें, पर उनकी हर धारणा उनके हर तर्कहीन एवं वैयक्तिक अंधविश्वास के मूल में निहित एक आत्मा का शाश्वत प्रकाश बार-बार अपनी अनंत व्यापकता को प्रकट करता है, अनेक रूपों में विद्यमान अपनी एक सत्ता का प्रतिपादन करता है।

फिर भारतीय दर्शन अपनी चरमावस्था पर पहुँचकर विश्व की यों व्याख्या करता है—विश्व एक ही है, पर इंद्रियों को यह भौतिक लगता है, बुद्धि को आत्माओं का संग्रह दिखता है और आध्यात्मिक दृष्टि से ईश्वर के रूप में प्रकट होता है। उस व्यक्ति को, जो अपने ऊपर पापों का परदा डाले रहता है, यह गर्हित लगेगा, किंतु जो सतत आनंद की खोज में है, उसे यह स्वर्ग

सा लगेगा और जो आध्यात्मिक रूप से पूर्णतः विकसित है, उसके लिए यह सब अंतर्हित हो जाएगा, उसे केवल अपनी ही आत्मा का विस्तार प्रतीत होगा।

अभी वर्तमान समय में समाज की जैसी स्थिति है, उसमें दर्शन की इन तीनों अवस्थाओं की नितांत आवश्यकता है; ये अवस्थाएँ परस्पर-विरोधी नहीं, बल्कि एक-दूसरे की पूरक हैं।

अद्वैतवादी अथवा विशिष्टाद्वैतवादी यह नहीं कहते कि द्वैतवाद गलत है। वे कहते हैं कि द्वैतवाद भी ठीक ही है, पर कुछ निम्न स्तर का। यह भी सत्य की ओर ले जाता है; इसलिए हर व्यक्ति को अपना-अपना जीवनदर्शन अपने विचारों के अनुसार निश्चित करने की स्वतंत्रता है। तुम किसी को आघात मत पहुँचाओ, किसी की स्थिति को अस्वीकार मत करो; जिस स्थिति में वह है, स्वीकार करो और यदि तुम कर सकते हो, तो उसे अपने हाथों का सहारा दो, उसे एक उच्चतर स्तर पर ले जाओ, पर उसे हानि न पहुँचाओ और उसे विनष्ट मत करो। अंत में तो सबको सत्य को पाना ही है। जब सारी वासनाओं का अंत हो जाएगा, तब यह नश्वर मानव ही अमर बनेगा, तब यह मानव ही ईश्वर बन जाएगा।

(अमेरिका में दिया गया व्याख्यान)

□

आत्मा : बंधन तथा मुक्ति

अद्वैत दर्शन के अनुसार विश्व में केवल एक वस्तु सत्य है, और वह है, ब्रह्म। ब्रह्मेतर समस्त वस्तुएँ मिथ्या हैं। ब्रह्म ही उन्हें माया के योग से बनाता एवं अभिव्यक्त करता है। उस ब्रह्म की पुनः प्राप्ति ही हमारा उद्देश्य है। हम, हममें से प्रत्येक वही ब्रह्म है, वही परमतत्त्व है, पर माया से युक्त। अगर हम इस माया अथवा अज्ञान से मुक्त हो सकें, तो हम अपने असली स्वरूप को पहचान लेंगे। इस दर्शन के अनुसार प्रत्येक व्यक्ति तीन तत्त्वों से बना है—देह, अंतरींद्रिय अथवा मन और आत्मा, जो इन सबके पीछे है। शरीर आत्मा का बाहरी आवरण है और मन भीतरी। यह आत्मा ही वस्तुतः द्रष्टा और भोक्ता है तथा यही शरीर में बैठी-बैठी मन के द्वारा शरीर को संचालित करती रहती है।

मानव-शरीर में आत्मा का ही एकमात्र अस्तित्व है और यह आत्मा चेतन है। चूँकि यह चेतन है, इसलिए यह यौगिक नहीं हो सकती। चूँकि यह यौगिक नहीं है, इसलिए इस पर कार्य-कारण का नियम नहीं लागू हो सकता। अतः यह अमर है, उसका कोई आदि नहीं हो सकता; क्योंकि जिस वस्तु का आदि होता है, उसका अंत भी संभव है। इससे यह भी सिद्ध होता है कि उसका कोई रूपाकार नहीं होगा, उसका रूप भौतिक के बिना संभव नहीं। जिस वस्तु का कोई रूपाकार होगा, उसका आदि और अंत भी होगा ही। हम लोगों में से किसी ने कभी ऐसी वस्तु नहीं देखी, जिसका आकार तो हो, पर आदि और अंत न हो। रूपाकार की सृष्टि शक्ति एवं भौतिक द्रव्य के संयोग से होती है।

इस कुरसी का एक विशिष्ट आकार है, अर्थात् एक निश्चित परिणाम वाले भौतिक द्रव्य पर कुछ शक्तियों ने इस प्रकार काम किया कि इसका यह रूप बन गया है। आकार शक्ति एवं भौतिक द्रव्य के संयोग का परिणाम है। पर कोई भी संयोग अनंत नहीं होता। कभी-न-कभी उसका विघटन होता ही है। इस तरह यह सिद्ध होता है कि हर रूप का आदि और अंत है।

हम जानते हैं कि हमारा यह शरीर एक-न-एक दिन नष्ट होगा। जिसका जन्म हुआ है, इसलिए मरण भी होगा ही। किंतु आत्मा का कोई रूप नहीं है, इसलिए वह आदि और अंत से परे है। इसका अस्तित्व अनादिकाल से है। जैसे काल शाश्वत है, वैसे ही मनुष्य की आत्मा भी शाश्वत है। फिर यह अवश्य ही सर्वव्यापक होगी। केवल उन्हीं वस्तुओं का विस्तार सीमित होता है, जिनका कोई रूप होता है। जिसका कोई रूप ही नहीं, उसके विस्तार की क्या सीमा है ? इसलिए अद्वैत वेदांत के अनुसार, आत्मा, जो मुझमें, तुममें, सबमें है, सर्वव्यापक है। और जब ऐसी ही बात है, तब तो सूर्य में, पृथ्वी पर, अमेरिका में, इंग्लैंड में, हर जगह तुम सामान्य रूप से वर्तमान हो। किंतु आत्मा शरीर और मन के माध्यम से ही काम करती है। अतः जहाँ शरीर और मन है, वहीं उसका कार्य दृष्टिगोचर होता है।

हमारा हर कार्य, जो हम करते हैं, हर विचार, जो हम सोचते हैं, मन पर एक छाप छोड़ जाता है, जिसे संस्कृत में 'संस्कार' कहते हैं। ये सभी संस्कार मिल-जुलकर एक ऐसी महती शक्ति का रूप लेते हैं, जिसे 'चरित्र' कहते हैं। उसने स्वयं के लिए, जो निर्माण किया है, वह उस मनुष्य का चरित्र है; यह मानसिक एवं दैहिक क्रियाओं का परिणाम है, जिन्हें उसने अपने जीवन में किया है। संस्कारों की समष्टि वह शक्ति है, जिससे यह निश्चित होता है कि मृत्यु के बाद मनुष्य किस दिशा में जाएगा! मनुष्य के मरने पर उसका शरीर तत्त्वों में मिल जाता है। किंतु संस्कार मन में संलग्न रहते हैं, और चूँकि मन शरीर की अपेक्षा अधिक तत्त्वों से बना है, इसलिए विघटित नहीं होता। क्योंकि भौतिक द्रव्य जितना ही सूक्ष्मतर होता है, उतना ही दृढ़तर होता है। अगत्या मन भी विघटित होता है। हम सभी उसी विघटन की स्थिति के लिए संघर्ष कर रहे

हैं। इस संबंध में सबसे अच्छा उदाहरण जो मेरी समझ में अभी आ रहा है, वह चक्रवात का है। विभिन्न वायु-तरंगें विभिन्न दिशाओं से आकर एक बिंदु पर मिलती हैं और एकाकार होकर मिल जाती हैं और मिलन-बिंदु में वे संघटित हो जाती हैं तथा चक्र बनाती जाती हैं। चक्राकार स्थिति में वे धूलि-कण, कागज के टुकड़े आदि नाना पदार्थों का एक रूप बना लेती हैं, जिन्हें बाद में वे गिराकर पुन: किसी दूसरे स्थान पर जाकर यही क्रम फिर रचती हैं। ठीक इसी प्रकार वे शक्तियाँ, जिन्हें संस्कृत में 'प्राण' कहते हैं, परस्पर मिलकर भौतिक पदार्थों के संयोग से मन तथा शरीर की रचना करती हैं। चक्रवात की तरह ही वे कुछ समय में इन पदार्थों को गिराकर अन्यत्र यही कार्य पुन: करती हुई आगे बढ़ती जाती हैं। किंतु पदार्थ के बिना शक्ति की कोई गति नहीं, इसलिए जब शरीर छूट जाता है, तब मनस्तत्व रह जाता है, जिसमें संस्कारों के रूप में प्राण कार्य करते हैं। किसी दूसरे बिंदु पर जाकर ये पुन: नए पदार्थों का चक्र खड़ा करते हैं। इस तरह ये तब तक भ्रमण करते रहते हैं, जब तक संस्काररूपी शक्तियों का पूर्णत: क्षय नहीं हो जाता। संपूर्ण संस्कारों के साथ जब मन का पूर्णत: क्षय हो जाएगा, तब हम मुक्त हो जाएँगे। इसके पहले हम बंधन में हैं। हमारी आत्मा मन के चक्रवात से ढकी रहती है और सोचती है कि वह एक स्थान से दूसरे स्थान में ले जाई जाती है। जब चक्रवात समाप्त हो जाता है, तब वह अपने को सर्वत्र व्याप्त पाती है। उसे तब अनुभव होता है कि वह तो स्वेच्छा से कहीं भी जा सकती है, वह पूर्णत: स्वतंत्र है और चाहे तो अनेकानेक शरीर और मन की रचना कर सकती है। किंतु जब तक चक्रवात की समाप्ति नहीं होती, उसे उसके साथ ही चलना पड़ेगा। हम सभी इस चक्रवात से मुक्ति के लक्ष्य की ओर बढ़ रहे हैं।

मान लो कि इस कमरे में एक गेंद है और हम सबके हाथ में एक-एक बल्ला है, सैकड़ों बार हम उसे मारते हुए इधर-से-उधर करते रहते हैं, जब तक कि वह कमरे से बाहर नहीं चला जाता। किस वेग से एवं किस दिशा में वह बाहर जाएगा, यह इस बात पर निर्भर करेगा कि जब वह कमरे में था, तो उस पर कितनी शक्तियाँ कार्य कर रही थीं! उसके ऊपर जितनी शक्तियों का

प्रयोग किया गया है, उन सबका प्रभाव उस पर पड़ेगा। हमारी मानसिक और शारीरिक क्रियाएँ ऐसे ही आघात हैं। मानव-मन वह गेंद है, जिसे आघात दिया जाता है। यह संसार मानो एक कमरा है, जिसमें मनरूपी गेंद के ऊपर हमारे नाना कार्य-कलापों का प्रभाव पड़ता है एवं इसके बाहर जाने की दिशा एवं गति इन सारी शक्तियों के ऊपर निर्भर है। इस तरह संसार में हम जो भी कार्य करते हैं, उन्हीं के आधार पर हमारा भावी जीवन निश्चित होगा। इसलिए हमारा वर्तमान जीवन हमारे विगत जीवन का परिणाम है।

एक उदाहरण लो—मान लो, मैं तुमको एक ऐसी श्रृंखला देता हूँ, जिसका आदि-अंत नहीं है। उस श्रृंखला में हर सफेद कड़ी के बाद एक काली कड़ी है और वह भी आदि-अंतहीन है। अब मैं तुमसे पूछता हूँ कि वह श्रृंखला किस प्रकृति की थी? पहले तो इसकी प्रकृति बतलाने में तुमको कठिनाई होगी, क्योंकि वह श्रृंखला तो अनंत है, पर शीघ्र ही तुमको पता चलेगा कि यह तो एक ऐसी श्रृंखला है, जिसकी रचना काली और सफेद कड़ियों को क्रमशः जोड़ने से हुई है। और इतना भर जान लेने से ही तुमको संपूर्ण श्रृंखला की प्रकृति का ज्ञान हो जाता है, क्योंकि यह एक पूर्ण आकृति है। बार-बार जन्म लेकर हम एक ऐसी ही अनंत श्रृंखला की रचना करते हैं, जिसमें हर जीवन की एक कड़ी है और इस कड़ी का आदि है जन्म और अंत है मरण।

अभी जो हम हैं और जो हम करते हैं, किंचित् परिवर्तन के साथ उसी की आवृत्ति बार-बार होती है। इस तरह अगर हम जन्म और मरण, इन दो कड़ियों को समझ लें, तो हम उस संपूर्ण मार्ग को समझ सकते हैं, जिससे होकर हमें गुजरना है। हम देखते हैं कि हमारे वर्तमान जीवन को तो हमारे पूर्व जीवन के कार्य-कलापों ने ही निश्चित कर दिया था। जिस प्रकार हमारे वर्तमान जीवन के कार्य-कलापों का प्रभाव आने वाले जीवन पर पड़ेगा, उसी प्रकार हमारे पूर्वजन्मों के कर्मों का प्रभाव भी हमारे वर्तमान जीवन पर पड़ रहा है। कौन हमें ले आता है? हमारे प्रारब्ध कर्म। कौन हमें ले जाता है? हमारे क्रियमान कर्म। और इसी प्रकार हम आते और जाते हैं। जैसे कीड़ा अपने ही भीतर के

पदार्थों से बने तंतुओं को मुँह से निकाल-निकालकर अपने चारों तरफ कोया बना लेता है और उसमें अपने को बाँध लेता है, वैसे ही हम भी अपने ही कर्मों के जाल में स्वयं बद्ध हो जाते हैं। कार्य-कारण-नियम के इस जाल में हम एक बार उलझ क्या जाते हैं कि इससे बाहर निकलना मुश्किल हो जाता है। एक बार हमने यह चक्र चला दिया और अब इसी में पिस रहे हैं। इस तरह यह दर्शन बतलाता है कि मनुष्य अपने ही अच्छे-बुरे कर्मों से बँधता चला जाता है।

आत्मा न कभी आती है, न जाती है; यह न तो कभी जन्म लेती है और न कभी मरती है। प्रकृति ही आत्मा के सम्मुख गतिशील है और इस गति की छाया आत्मा पर पड़ती रहती है। भ्रमवश आत्मा सोचती है कि प्रकृति नहीं, बल्कि वही गतिशील है। जब तक आत्मा ऐसा सोचती रहती है, तब तक वह बंधन में रहती है; किंतु जब उसे यह पता चल जाता है कि वह सर्वव्यापक है, तो वह मुक्ति का अनुभव करती है। जब तक आत्मा बंधन में रहती है, तब तक उसे जीव कहते हैं। इस तरह तुमने देखा कि समझने की सुविधा के लिए ही हम ऐसा कहते हैं कि आत्मा आती और जाती है, ठीक वैसे ही, जैसे खगोलशास्त्र में सुविधा के लिए यह कल्पना करने के लिए कहा जाता है कि सूर्य पृथ्वी के चारों तरफ घूमता है, यद्यपि वस्तुतः बात वैसी नहीं है। तो जीव अर्थात् आत्मा ऊँचे या नीचे स्तर पर आता-जाता रहता है। यही सुप्रसिद्ध पुनर्जन्मवाद का नियम है; सृष्टि इसी नियम से बद्ध है।

इस देश में लोगों को यह बात विचित्र लगती है कि आदमी पशु के स्तर से आया है। क्यों ? अगर ऐसा न हो तो इन करोड़ों पशुओं की क्या गति होगी ? क्या उनका कोई अस्तित्व नहीं है ? अगर हमारे अंदर आत्मा का निवास है, तो उनके अंदर भी है और अगर उनके अंदर नहीं है, तो हमारे अंदर भी नहीं है। यह कहना कि केवल मनुष्यों में ही आत्मा होती है, पशुओं में नहीं, बिल्कुल बेतुका है। मैंने पशु से भी गए-गुजरे मनुष्यों को देखा है। मानवात्मा ने ऊँचे तथा नीचे विभिन्न स्तरों पर निवास किया है। संस्कारों के चलते यह एक से दूसरा रूप बदलती रहती है। किंतु जब यह मनुष्य के रूप में उच्चतम स्तर पर रहती है, तभी मुक्ति उसे मिल पाती है। इस तरह मनुष्यत्व का धरातल

सबसे ऊँचा धरातल है, देवत्व से भी ऊँचा, क्योंकि मनुष्यत्व के धरातल पर ही आत्मा को मुक्ति मिल सकती है।

यह संपूर्ण विश्व कभी ब्रह्म में ही था। ऐसा लगता है कि ब्रह्म से इसका प्रक्षेपण हुआ और तब से सतत भ्रमण करता हुआ यह पुनः अपने उद्गम-स्थान पर पहुँच जाना चाहता है। यह सारा क्रम कुछ ऐसा ही है, जैसे डाइनेमो से बिजली का निकलना और विभिन्न धाराओं से चक्कर काटकर पुनः उसी में चले जाना। आत्मा ब्रह्म से प्रक्षेपित होकर विभिन्न रूपों वनस्पति तथा पशुलोकों से होती हुई मनुष्य के रूप में आविर्भूत होती है। मनुष्य ब्रह्म के सबसे अधिक समीप है। वस्तुतः जीवन का सारा संघर्ष इसीलिए है कि पुनः आत्मा ब्रह्म में मिल जाए। लोग इस बात को समझते हैं या नहीं—यह उतना महत्त्व नहीं रखता। विश्व भर में द्रव्यों, वनस्पतियों अथवा पशुओं में जो कुछ भी गति दीख पड़ती है, वह सारा संघर्ष इसीलिए है कि आत्मा अपने मौलिक केंद्र पर चली जाए और शांति लाभ करे। प्रारंभ में साम्यावस्था रही, पर वह नष्ट हो गई और अब सारे अणु-परमाणु इसी संघर्ष में हैं कि पुनः वह साम्यावस्था आ जाए। इस संघर्ष में ये अनेक बार एक-दूसरे से मिलते और नए-नए स्वरूप धारण करते हैं, जिसके परिणास्वरूप प्रकृति में विभिन्न दृश्य देखने को मिलते हैं। वनस्पतियों में, पशुओं में तथा सर्वत्र ही जो प्रतिद्वंद्विता, जो संघर्ष, सामाजिक तनाव और युद्ध होते हैं, वे सभी शाश्वत संघर्ष की अभिव्यक्तियाँ हैं, जो मौलिक साम्यावस्था की प्राप्ति के लिए हो रहा है।

जन्म से मृत्यु तक की इस यात्रा को संस्कृत में 'संसार' कहते हैं, जिसका शाब्दिक अर्थ है, जन्म-मरण का चक्र। इस चक्र से गुजरती हुई सारी सृष्टि ही कभी-न-कभी मोक्ष को प्राप्त करेगी। अब प्रश्न हो सकता है कि जब सब को मोक्ष-प्राप्ति होगी ही, तब 'संघर्ष' की क्या आवश्यकता है ? जब सब लोग मुक्त हो ही जाएँगे, तो क्यों न हम चुपचाप बैठकर इसकी प्रतीक्षा करें ? इतना तो सत्य अवश्य है कि कभी-न-कभी सभी जीव मुक्त हो जाएँगे; कोई नहीं रह जाएगा। किसी का भी विनाश नहीं होगा, सबका उद्धार हो जाएगा। अगर ऐसा हो तो संघर्ष से क्या लाभ ? पहली बात तो यह है कि संघर्ष से ही हम

मौलिक केंद्र पर पहुँच पाएँगे, दूसरी बात यह है कि हम स्वयं नहीं जानते कि हम संघर्ष क्यों करते हैं? हमें संघर्ष करते रहना है बस। 'सहस्रों लोगों में कुछ ही लोग यह जानते हैं कि वे मुक्त हो जाएँगे।' संसार के असंख्य लोग अपने भौतिक कार्य-कलापों से ही संतुष्ट हैं। पर कुछ लोग भी अवश्य मिलेंगे, जो जाग्रत् हैं और जो संसार-चक्र से ऊब गए हैं। वे अपनी मौलिक साम्यावस्था में पहुँचना चाहते हैं। ऐसे विशिष्ट लोग जान-बूझकर मुक्ति के लिए संघर्ष करते हैं, जबकि आम लोग अनजाने ही उसमें रत रहते हैं।

वेदांत दर्शन का आदि-अंत है—'संसार त्याग दो'—असत्य को छोड़कर सत्य की खोज करो। जिन्हें संसार से आसक्ति है, वे पूछ सकते हैं कि "क्यों हम संसार से विमुख होने का प्रयास करें? क्यों हम मौलिक केंद्र पर लौट चलने के लिए संघर्ष करें? माना कि हम सभी ईश्वर के यहाँ से आए हैं, पर हम इस संसार को पर्याप्त आनंदप्रद पाते हैं। और तब हम क्यों न संसार का अधिकाधिक उपभोग करें? इससे विमुख होने के लिए प्रयास ही क्यों करें?" वे कहते हैं—देखो, संसार में कितना विकास हो रहा है, आनंद के कितने प्रसाधन निकाले जा रहे हैं। यह सबकुछ तो आनंदोपभोग के लिए ही है न! हम क्यों इन सारी चीजों से मुँह मोड़कर उस वस्तु के लिए तपस्या करें, जो इन सबसे भिन्न है? इन सारी बातों के लिए जवाब यह है कि इस संसार का निश्चय ही अंत होगा, यह खंड-खंड होकर विनष्ट हो जाएगा। इन सारे आनंदों को हम कई जन्मों में भोग चुके हैं। जिन चीजों को अभी हम देख रहे हैं, उनका आविर्भाव कई बार हो चुका है। मैं यहाँ कितनी ही बार आ चुका हूँ और तुमसे बातें कर चुका हूँ। जिन शब्दों को तुम अभी सुन रहे हो, उन्हें इसके पहले भी अनेक बार सुन चुके हो और अभी और भी कितनी बार सुनोगे। हमारे शरीर बदलते रहते हैं, पर आत्माएँ तो एक ही रहती हैं। दूसरी बात यह है कि जिन चीजों को तुम अभी देख रहे हो, वे कालांतर से आती ही रहती हैं। यह इस उदाहरण से स्पष्ट हो जाएगा।

मान लो कि तीन-चार पाँसे हैं और जब तुम उन्हें फेंकते हो तो किसी में पाँच, किसी में चार, किसी में तीन और किसी में दो अंक निकल आते हैं।

अगर तुम उन्हें बार-बार फेंकते रहो, तो निश्चय ही ये अंक दुहराए जाएँगे। हाँ, यह नहीं कहा जा सकता कि कितनी बार फेंकने से ऐसा होगा; वह तो संयोग पर निर्भर करता है। ठीक यही बात आत्माओं तथा उनसे संबद्ध वस्तुओं के संबंध में भी कही जा सकती है। एक बार जो रचनाएँ हुईं और उनके विघटन हुए, उन्हीं की आवृत्ति बार-बार होगी, चाहे दो आवृत्तियों के बीच जितना भी समय लगे। पैदा होना, खाना-पीना और फिर मर जाना—जीवन का यह क्रम न जाने कितनी बार आता-जाता रहेगा। कुछ लोग तो ऐसे हैं, जो सांसारिक भोग से ऊपर उठ ही नहीं सकते। पर वे लोग, जो ऊपर उठना चाहते हैं, यह अनुभव करते हैं कि ये आनंद पारमार्थिक नहीं हैं, वरन् नगण्य हैं।

हम ऐसा कह सकते हैं कि कीट से लेकर मनुष्य तक जितने स्वरूप दीख पड़ते हैं, सभी 'शिकागो हिंडोले' के डिब्बों की तरह हैं। वह हिंडोला हमेशा घूमता रहता है, पर उसके डिब्बों में बैठने वाले बदलते रहते हैं। कोई मनुष्य किसी डिब्बे में घुसता है, हिंडोले के साथ घूमता है और फिर बाहर निकल आता है। किंतु हिंडोला घूमता ही रहता है। इसी प्रकार कोई जीव किसी शरीर में प्रवेश करता है, उसमें कुछ समय के लिए निवास करता है, फिर उसे छोड़कर दूसरे शरीर को धारण करता है और उसे भी छोड़कर फिर अन्य शरीर में प्रवेश कर जाता है। यह चक्र तब तक चलता रहता है, जब तक कि जीव इस चक्र से बाहर आकर मुक्त नहीं हो जाता।

हर देश में, हर समय अगर कोई व्यक्ति भूत-भविष्य की बात बतलाता है, तो उसे विस्मय की दृष्टि से देखा जाता है। किंतु इसकी व्याख्या यह है कि जब तक आत्मा कार्य-कारणवाद की परिधि में रहती है—यद्यपि उसकी अंतर्निहित स्वतंत्रता तब भी बनी रहती है, जिसकी वजह से कुछ लोग आवागमन के चक्र से निकलकर मुक्त हो जाते हैं—तब तक उसके क्रियाकलापों पर कार्य-कारण-नियम का बड़ा प्रभाव रहता है, जिसके चलते अंतर्दृष्टि रखने वाले महात्मा भूत और भविष्य की बातें बता देते हैं।

जब तक मनुष्य में वासना बनी रहेगी, तब तक उसकी अपूर्णता स्वतः प्रमाणित होती रहेगी। एक पूर्ण एवं मुक्त प्राणी कभी किसी चीज की आकांक्षा

नहीं करता। ईश्वर कुछ चाहता नहीं है। अगर उसके भीतर भी इच्छाएँ जगें, तो वह ईश्वर नहीं रह जाएगा; वह अपूर्ण हो जाएगा। इसलिए यह कहना कि ईश्वर यह चाहता है, वह चाहता है, वह क्रमशः क्रुद्ध एवं प्रसन्न होता है—महज बच्चों का तर्क है, जिसका कोई अर्थ नहीं। इसलिए सभी उपदेशकों ने कहा है, "वासना को छोड़ो, कभी कोई आकांक्षा न रखो और पूर्णतः संतुष्ट रहो।"

बच्चा जब संसार में आता है, तो उसके दाँत नहीं रहते और वह घुटने के बल चलता है; जब वृद्ध होकर आदमी संसार से विदा लेने लगता है, तब भी उसके दाँत नहीं रहते और उसे भी घुटने के बल चलना पड़ता है। दोनों ही सिरे एक से हैं। पर एक ओर जहाँ जीवन का कोई अनुभव नहीं रहता, वहाँ दूसरी ओर व्यक्ति जीवन के सारे अनुभवों को देख चुका होता है। इसी तरह जब ईश्वर की तरंगों के कंपन धीमे रहते हैं, तो हम प्रकाश नहीं देखते, अंधकार रहता है। पर जब ये कंपन अत्यंत तेज हो जाते हैं, तब भी अंधकार हो जाता है। इससे तो यही सिद्ध होता है कि दो अतियों या सिरों की स्थिति समान होती है, पर उनमें आकाश-पाताल का अंतर रहता है। दीवाल की कोई वासना नहीं होती और पूर्ण व्यक्ति की भी कोई वासना नहीं रहती। पर दीवाल को किसी चीज की कामना के लिए चेतना ही नहीं है, जबकि पूर्ण व्यक्ति को किसी चीज की कामना ही शेष नहीं रह जाती। ऐसे भी मूर्ख मिलेंगे ही, जो अपनी अज्ञता के कारण किसी तरह की आकांक्षा नहीं रखते, साथ ही पूर्णत्व की स्थिति में भी कोई आकांक्षा नहीं रह जाती। पर जीवन की इन दोनों स्थितियों में आकाश-पाताल का अंतर है; एक जहाँ पशुत्व के समीप है, वहीं दूसरी ब्रह्मत्व के।

(अमेरिका में दिया गया व्याख्यान)

□

आत्मा, प्रकृति तथा ईश्वर

वेदांत दर्शन के अनुसार, मनुष्य को तीन तत्त्वों से बना हुआ कह सकते हैं। उसका बाह्यतम अंश शरीर है, अर्थात् मनुष्य का स्थूल रूप, जिसमें आँख, नाक, कान आदि संवेदन के साधन हैं। यह आँख भी दृष्टि का कारण नहीं है, यह केवल यंत्र भर है। इसके पीछे इंद्रिय हैं। इसी प्रकार कान श्रोतेंद्रिय नहीं हैं, वे केवल साधन हैं, उनके पीछे इंद्रिय हैं अथवा वह है, जिसे आधुनिक शरीरशास्त्र की भाषा में केंद्र कहते हैं। इनको संस्कृत में इंद्रिय कहते हैं। यदि आँखों को नियंत्रित करने वाले केंद्र नष्ट हो जाएँ, तो आँखें देख न सकेंगी। यही बात हमारी सभी इंद्रियों के संबंध में है। फिर इंद्रियाँ जब तक अन्य किसी एक दूसरी वस्तु से संलग्न नहीं, तब तक वे स्वयं किसी चीज के संवेदन में समर्थ नहीं हो पातीं। वह वस्तु है मन। तुमने अनेक बार देखा होगा कि जब तुम किसी चिंतन में तल्लीन थे, तुमने घड़ी की टिन्-टिन् को नहीं सुना। क्यों? तुम्हारे कान अपने स्थान पर थे, तरंगों का उनमें प्रवेश भी हुआ, वे मस्तिष्क की ओर परिचालित भी हुईं, फिर भी तुमने नहीं सुना, क्योंकि तुम्हारी इंद्रिय के साथ तुम्हारा मन संयुक्त नहीं था। बाह्य वस्तुओं की प्रतिमाएँ इंद्रियों के ऊपर पड़ती हैं और जब इंद्रियों से मन जुड़ जाता है, तब वह उस प्रतिमा को ग्रहण करता है और वह उसे जो रूप-रंग प्रदान करता है, उसे अहंता अथवा 'मैं' कहते हैं।

एक उदाहरण लो—मैं किसी कार्य में व्यस्त हूँ और एक मच्छर मेरी उँगली में काट रहा है। मैं इसका अनुभव नहीं करता, क्योंकि मेरा मन किसी दूसरी वस्तु में लगा हुआ है। बाद में जब मेरा मन इंद्रियों से प्रेषित प्रतिमाओं

से संयुक्त हो जाता है, तब प्रतिक्रिया होती है। इस प्रतिक्रिया के फलस्वरूप मैं मच्छर की उपस्थिति के प्रति सचेत हो जाता हूँ। इसी प्रकार केवल मन का इंद्रिय से संयुक्त हो जाना पर्याप्त नहीं है, इच्छा के रूप में प्रतिक्रिया का होना भी आवश्यक है। वह शक्ति जहाँ से प्रतिक्रिया उत्पन्न होती है, जो ज्ञान और निश्चय करने की शक्ति है, उसे 'बुद्धि' कहते हैं। प्रथम, बाह्य साधन, फिर इंद्रिय और फिर मन का इंद्रिय से संयुक्त होना और इसके बाद बुद्धि की प्रतिक्रिया अत्यावश्यक है; और जब ये सब बातें पूरी हो जाती हैं, तब तुरंत 'मैं और बाह्य वस्तु' का विचार तत्काल स्फुरित होता है। तभी प्रत्यक्ष, प्रत्यय और ज्ञान की निष्पत्ति होती है। बाह्य इंद्रिय, जो साधन मात्र है, वह शरीर का अवयव है और उसके पीछे ज्ञानेंद्रिय है, जो उससे सूक्ष्मतर है, तब क्रमशः मन, बुद्धि और अहंकार है। वह अहंकार कहता है—'मैं' मैं देखता हूँ, मैं सुनता हूँ इत्यादि। यह संपूर्ण प्रक्रिया जिन शक्तियों द्वारा परिचालित होती है, उन्हें तुम जीवनी-शक्तियाँ कह सकते हो। संस्कृत में उन्हें 'प्राण' कहते हैं।

मनुष्य का यह स्थूल रूप, यह शरीर, जिसमें बाह्य साधन हैं, संस्कृत में 'स्थूल शरीर' कहा गया है। इसके पीछे इंद्रिय से प्रारंभ होकर मन, बुद्धि तथा अहंकार का सिलसिला है। ये तथा प्राण मिलकर जो यौगिक बनाते हैं, उसे सूक्ष्म शरीर कहते हैं। ये शक्तियाँ अत्यंत सूक्ष्म तत्त्वों से निर्मित हैं, इतने सूक्ष्म कि शरीर पर लगने वाला बड़ा-से-बड़ा आघात भी उन्हें नष्ट नहीं कर सकता। शरीर के ऊपर पड़ने वाली किसी भी चोट के बाद वे जीवित रहते हैं। हम देखते हैं कि स्थूल शरीर स्थूल तत्त्वों से बना हुआ है और इसीलिए वह हमेशा नूतन और परिवर्तित होता रहता है। किंतु मन, बुद्धि और अहंकार आदि आभ्यंतर इंद्रिय सूक्ष्मतम तत्त्वों से निर्मित हैं, इतने सूक्ष्म कि वे युग-युग तक चलते रहते हैं। वे इतने सूक्ष्म हैं कि कोई भी वस्तु उनका प्रतिरोध नहीं कर सकती, वे किसी भी अवरोध को पार कर सकते हैं। स्थूल शरीर भी ज्ञान-शून्य है। यद्यपि एक भाग मन, दूसरा बुद्धि तथा तीसरा अहंकार कहा जाता है, पर एक ही दृष्टि में हमें विदित हो जाता है कि इनमें से किसी को भी 'ज्ञाता' नहीं कहा जा सकता। इनमें से कोई भी प्रत्यक्षकर्ता, साक्षी, कार्य का भोक्ता अथवा क्रिया को देखने वाला नहीं है। मन की ये समस्त गतियाँ बुद्धितत्त्व अथवा

अहंकार अवश्य ही किसी दूसरे के लिए हैं। सूक्ष्म भौतिक द्रव्य से निर्मित होने के कारण ये स्वयं प्रकाशक नहीं हो सकतीं। उनका प्रकाशक तत्त्व उन्हीं में अंतर्निहित नहीं हो सकता।

उदाहरणार्थ, इस मेज की अभिव्यक्ति किसी भौतिक वस्तु के कारण नहीं हो सकती। अत: उन सबके पीछे कोई-न-कोई अवश्य है, जो वास्तविक प्रकाशक, वास्तविक दर्शक और वास्तविक भोक्ता है, जिसे संस्कृत में 'आत्मा' कहते हैं—मनुष्य की आत्मा, मनुष्य का वास्तविक 'स्व'। वस्तुओं का असली देखने वाला यही है। बाह्य साधन तथा इंद्रियाँ प्रभावों को ग्रहण करती हैं, उन्हें मन तक पहुँचाती हैं, मन उन्हें बुद्धि तक ले जाता है, बुद्धि उन्हें दर्पण की भाँति प्रतिबिंबित करती हैं, और इन सबका आधार आत्मा है, जो उनकी देखभाल करता है तथा अपनी आज्ञाएँ तथा निर्देश प्रदान करता है। वह इन सभी यंत्रों का शासक है, घर का स्वामी तथा शरीर का सिंहासनारूढ़ राजा है। अहंकार, बुद्धि और चिंतन की शक्तियाँ, इंद्रियाँ, उनके यंत्र, शरीर और ये सब उसकी आज्ञा का पालन करते हैं। इन सबको प्रकाशित करने वाला वही है। यह मनुष्य की आत्मा है। इसी प्रकार हम देख सकते हैं कि जो विश्व के एक छोटे से अंश के संबंध में सत्य है, वहीं संपूर्ण विश्व के संबंध में भी होना चाहिए। यदि समानरूपता विश्व का नियम है, तो विश्व का प्रत्येक अंश उसी योजना के अनुसार बना हुआ होना चाहिए, जिसके अनुसार संपूर्ण विश्व बना हुआ है। इसलिए हमारा यह सोचना स्वाभाविक है कि विश्व कहे जाने वाले इस स्थूल भौतिक रूप के पीछे एक सूक्ष्मतर तत्त्वों का विश्व अवश्य होगा, जिसे हम विचार करते हैं और उसके पीछे एक आत्मा होगी, जो इस समस्त विचार को संभव बनाती है, जो आज्ञा देती है और जो इस विश्व की सिंहासनारूढ़ सम्राट् है। वह आत्मा, जो प्रत्येक मन और शरीर के पीछे है, 'प्रत्यगात्मा' अथवा व्यक्तिगत आत्मा कही जाती है और जो आत्मा विश्व के पीछे उसकी पथप्रदर्शक, नियंत्रक और शासक है, वह ईश्वर है।

दूसरी विचारणीय बात यह है कि ये सभी वस्तुएँ कहाँ से आईं? उत्तर है—आने का क्या अर्थ है? यदि यह अर्थ है कि शून्य से किसी वस्तु की उत्पत्ति हो सकती है, तो यह असंभव है। यह सारी सृष्टि, यह समस्त

अभिव्यक्ति शून्य से उत्पन्न नहीं हो सकती। बिना कारण कोई वस्तु उत्पन्न नहीं हो सकती और कार्य, कारण के पुनरुत्पादन के अतिरिक्त और कुछ नहीं है। यहाँ यह शीशे का गिलास है। मान लो इसके हम टुकड़े-टुकड़े कर दें, इसे पीस दें और रासायनिक पदार्थों की मदद से इसका प्राय: उन्मूलन सा कर दें, तो क्या इस सबसे वह शून्य में जा सकता है? कदापि नहीं। आकार नष्ट हो जाएगा, किंतु जिन परमाणुओं से वह निर्मित है, वे बने रहेंगे, वे हमारी ज्ञानेंद्रियों से परे भले ही हो जाएँ, परंतु वे बने रहते हैं। यह नितांत संभव है कि इन्हीं पदार्थों से एक दूसरा गिलास भी बन सके। यदि यह बात एक दृष्टांत के संबंध में सत्य है, तो प्रत्येक उदाहरण में भी सत्य होगी। कोई वस्तु शून्य से नहीं बनाई जा सकती। न कोई वस्तु शून्य में पुन: परिवर्तित की जा सकती है। यह सूक्ष्म से सूक्ष्मतर और फिर स्थूल से स्थूलतर रूप ग्रहण कर सकती है।

वर्षा की बूँद समुद्र से निकलकर भाप के रूप में ऊपर उठती है और वायु द्वारा पहाड़ों की ओर परिचालित होती है, वहाँ वह पुन: जल में बदल जाती है और सैकड़ों मील बहकर फिर अपने जनक समुद्र में मिल जाती है। बीज से वृक्ष उत्पन्न होता है। वृक्ष मर जाता है और केवल बीज छोड़ जाता है। वह पुन: दूसरे वृक्ष के रूप में उत्पन्न होता है, जिसका पुन: बीज के रूप में अंत होता है और यही क्रम चलता है। एक पक्षी का दृष्टांत लो, कैसे वह अंडे से निकलता है, एक सुंदर पक्षी बनता है, अपना जीवन पूरा करता है और अंत में मर जाता है। वह केवल भविष्य के बीज रखने वाले कुछ अंडों को ही छोड़ जाता है। यही बात जानवरों के संबंध में सत्य है और यही मनुष्यों के संबंध में भी। लगता है कि प्रत्येक वस्तु कुछ बीजों से, कुछ प्रारंभिक तत्त्वों से अथवा कुछ सूक्ष्म रूपों से उत्पन्न होती है और जैसे-जैसे वह विकसित होती है, वैसे-वैसे स्थूलतर होती जाती है, और फिर अपने सूक्ष्म रूप को ग्रहण करके शांत पड़ जाती है। समस्त विश्व इसी क्रम से चल रहा है। एक ऐसा भी समय आता है, जब यह संपूर्ण विश्व गलकर सूक्ष्म हो जाता है, अंत में मानो पूर्णतया विलुप्त जैसा हो जाता है, किंतु अत्यंत सूक्ष्म भौतिक पदार्थ के रूप में विद्यमान रहता है।

आधुनिक विज्ञान और खगोल विद्या से हमें विदित होता है कि यह पृथ्वी कालांतर में खंड-खंड होकर अधिकाधिक सूक्ष्म होती हुई पुन: आकाश के रूप में परिवर्तित हो जाएगी। किंतु उस सामग्री की रचना के निमित्त, जिससे दूसरी पृथ्वी प्रक्षिप्त होगी, परमाणु विद्यमान रहेंगे। यह प्रक्षिप्त पृथ्वी भी विलुप्त होगी और फिर दूसरी आविर्भूत होगी। इस प्रकार यह जगत् अपने मूल कारणों में प्रत्यावर्तन करेगा और उसकी सामग्री संघटित होकर—अवरोह-आरोह करती, आकार ग्रहण करती लहर के सदृश—पुन: आकार ग्रहण करेगी।

कारण में बदलकर लौट जाने और फिर पुन: बाहर निकल जाने की प्रक्रिया को संस्कृत में क्रमश: 'संकोच' और 'विकास' कहते हैं, जिनका अर्थ सिकुड़ना और फैलना होता है। इस प्रकार समस्त विश्व संकुचित होता और प्रसार जैसा करता है। आधुनिक विज्ञान के अधिक मान्य शब्दों का प्रयोग करें, तो हम कह सकते हैं कि वह अंतर्भूत और विकसित होता है। तुम विकास के संबंध में सुनते हो कि किस प्रकार सभी आकार निम्नतर आकारों से विकसित होते हैं और धीरे-धीरे अधिकाधिक विकसित होते रहते हैं। यह बिल्कुल ठीक है, लेकिन प्रत्येक विकास के पहले अंतर्भाव का होना आवश्यक है।

हमें यह ज्ञात है कि जगत् में उपलब्ध ऊर्जा का पूर्ण योग सदैव समान रहता है और भौतिक पदार्थ अविनाशी हैं। तुम किसी भी प्रकार भौतिक पदार्थ का एक परमाणु भी बाहर नहीं ले जा सकते। न तो तुम थोड़ी भी ऊर्जा कम कर सकते हो और न जोड़ सकते हो। संपूर्ण योग सदैव वही रहेगा। संकोचन और विकास के कारण केवल अभिव्यक्ति में अंतर होता है। इसलिए यह प्रस्तुत चक्र अपने पूर्वगामी चक्र के अंतर्भाव या संकोचन से प्रसूत विकास का चक्र है और यह पुन: अंतर्भूत या संकुचित होगा; सूक्ष्म से सूक्ष्मतर होता जाएगा और उससे फिर दूसरे चक्र का उद्भव होगा। समस्त विश्व इसी क्रम से चल रहा है। इस प्रकार हम देखते हैं कि सृष्टि का यह अर्थ नहीं कि अभाव से भाव की रचना हुई है। अधिक उपयुक्त शब्द का व्यवहार करें, तो हम कहेंगे कि अभिव्यक्ति हो रही है और ईश्वर विश्व को अभिव्यक्त करने वाला है। यह विश्व मानो उसका नि:श्वास है, जो उसी में समाहित हो जाता है और जिसे वह फिर बाहर निकाल देता है।

वेदों में एक अत्यंत सुंदर उपमा दी गई है—वह अनादि पुरुष निःश्वास के रूप में इस विश्व को प्रकट करता है और श्वास रूप में इसे अपने में अंतर्निहित करता है। उसी प्रकार जिस प्रकार कि हम एक छोटे से धूलि-कण को साँस द्वारा निकालते और साँस द्वारा उसे पुनः भीतर ले जाते हैं। यह सब तो बिल्कुल ठीक है, लेकिन प्रश्न हो सकता है, प्रथम चक्र में इसका क्या रूप था? उत्तर है—प्रथम चक्र से क्या आशय है? वह तो था ही नहीं। यदि तुम काल का प्रारंभ बतला सकते हो तो समय की समस्त धारणा ही ध्वस्त हो जाती है। उस सीमा पर विचार करने की चेष्टा करो, जहाँ काल का प्रारंभ हुआ। तुमको उस सीमा के परे के समय के संबंध में विचार करना पड़ेगा, जहाँ देश प्रारंभ होता है, उस पर विचार करो; तुमको उसके परे के देश के संबंध में भी सोचना पड़ेगा। देश और काल अनंत हैं, अतः न तो उनका आदि है और न अंत। ईश्वर ने पाँच मिनट में विश्व की रचना की और फिर वे सो गए और तब से आज तक सो रहे हैं, इस धारणा की अपेक्षा यह उपर्युक्त धारणा कहीं अच्छी है। दूसरी ओर यह धारणा अनंत स्रष्टा के रूप में हमें ईश्वर प्रदान करती है। लहरों का एक क्रम है, वे उठती हैं और गिरती हैं और ईश्वर इस अनंत प्रक्रिया का संचालक है। जिस प्रकार विश्व अनादि और अनंत है, उसी प्रकार ईश्वर भी।

हम देखते हैं कि ऐसा होना अनिवार्य है, क्योंकि यदि हम कहें कि किसी समय सृष्टि नहीं थी, सूक्ष्म अथवा स्थूल रूप में भी, तो हमें यह कहना पड़ेगा कि ईश्वर भी नहीं था, क्योंकि हम ईश्वर को साक्षी, विश्व के द्रष्टा के रूप में समझते हैं। जब विश्व नहीं था, तब वह भी नहीं था। एक प्रत्यय के बाद ही दूसरा प्रत्यय आता है। कार्य के विचार से हम कारण के विचार तक पहुँचते हैं और यदि कार्य नहीं होगा, तो कारण भी नहीं होगा। इससे यह स्वाभाविक निष्कर्ष निकलता है कि जिस प्रकार विश्व शाश्वत है, उसी प्रकार ईश्वर भी शाश्वत है।

आत्मा भी शाश्वत है। क्यों? सबसे पहले तो यह कि वह पदार्थ नहीं है। वह स्थूल शरीर भी नहीं है, न वह सूक्ष्म शरीर है, जिसे मन अथवा विचार कहा गया है। न तो वह भौतिक शरीर है और न ईसाई मत में प्रतिपादित सूक्ष्म शरीर

है। स्थूल शरीर और सूक्ष्म शरीर परिवर्तनशील हैं। स्थूल शरीर तो प्राय: प्रत्येक मिनट बदलने वाला है और उसकी मृत्यु हो जाती है, किंतु सूक्ष्म शरीर सुदीर्घ अवधि तक बना रहता है, जब तक कि हम मुक्त नहीं हो जाते, और तब वह भी विलग हो जाता है। जब व्यक्ति मुक्त हो जाता है, तब उसका सूक्ष्म शरीर विघटित हो जाता है। स्थूल शरीर तो जितनी बार वह मरता है, उतनी ही बार विघटित होता रहता है। आत्मा किसी प्रकार के परमाणुओं से निर्मित न होने के कारण निश्चय ही अविनाशी है।

विनाश से हम क्या समझते हैं? विनाश उन उपादानों का उच्छेदन है, जिनसे किसी वस्तु का निर्माण होता है। यदि यह गिलास चूर-चूर हो जाए, तो इसके उपादान विघटित हो जाएँगे और वही गिलास का नाश होगा। अणुओं का विघटन ही हमारी दृष्टि में विनाश है, इससे यह स्वाभाविक निष्कर्ष निकलता है कि जो वस्तु परमाणुओं से निर्मित नहीं है, वह नष्ट नहीं की जा सकती, वह कभी विघटित नहीं हो सकती। आत्मा का निर्माण भौतिक तत्त्वों से नहीं हुआ है। यह एक अविभाज्य इकाई है। इसलिए वह अनिवार्यत: अविनाशी है। इसी कारण इसका अनादि और अनंत होना भी अनिवार्य है। अत: आत्मा अनादि और अनंत है। तीन सत्ताएँ हैं। एक तो प्रकृति है, जो अनंत है, परंतु परिवर्तनशील है। समग्र प्रकृति अनादि और अनंत है, परंतु इसके अंतर्गत विभिन्न प्रकार के परिवर्तन हो रहे हैं। यह उस नदी के समान है, जो हजारों वर्षों तक समुद्र में निरंतर प्रवाहित होती रहती है। नदी सदैव वही रहती है, परंतु वह प्रत्येक क्षण परिवर्तित हुआ करती है, जलकण निरंतर अपनी स्थिति बदलते रहते हैं। फिर ईश्वर है, जो अपरिवर्तनशील एवं नियंता है और फिर आत्मा है, जो ईश्वर की भाँति अपरिवर्तनशील तथा शाश्वत है, परंतु नियंता के अधीन है। एक तो स्वामी है, दूसरा सेवक और तीसरी प्रकृति है।

ईश्वर विश्व की सृष्टि, स्थिति तथा प्रलय का कारण है, अत: कार्य की निष्पत्ति के लिए कारण का विद्यमान होना अनिवार्य है। केवल यही नहीं, कारण ही कार्य बन जाता है। शीशे की उत्पत्ति कुछ भौतिक पदार्थों एवं शक्तियों का योग है। जिन शक्तियों का प्रयोग हुआ है, वे शक्तियाँ संयोजन या लगाव की शक्ति बन गई हैं और यदि वह शक्ति चली जाती है, तो शीशा

बिखरकर चूर-चूर हो जाएगा, यद्यपि वे पदार्थ निश्चित रूप से उस शीशे में हैं। केवल उनका रूप परिवर्तन होता है। कारण ने कार्य का रूप धारण किया है। जो भी कार्य तुम देखते हो, उसका विश्लेषण तुम कारण के रूप में कर सकते हो। कारण ही कार्य के रूप में अभिव्यक्त होता है। इसका यह अर्थ है कि यदि ईश्वर सृष्टि का कारण है और सृष्टि कार्य है, तो ईश्वर ही सृष्टि बन गया है। यदि आत्माएँ कार्य और ईश्वर कारण हैं, तो ईश्वर ही आत्माएँ बन गया है। अतः प्रत्येक आत्मा ईश्वर का अंश है। 'जिस प्रकार एक अग्निपिंड से अनेक स्फुलिंग उद्भूत होते हैं। उसी प्रकार उस अनंत सत्ता से आत्माओं का यह समस्त विश्व प्रादुर्भूत हुआ है।'

हमने देखा कि एक तो अनंत ईश्वर है और दूसरी अनंत प्रकृति है तथा अनंत संख्याओं वाली अनंत आत्माएँ हैं। यह धर्म की पहली सीढ़ी है। इसे 'द्वैतवाद' कहते हैं—अर्थात् वह अवस्था जिसमें मनुष्य अपने और ईश्वर को शाश्वत रूप से पृथक् मानता है, जहाँ ईश्वर स्वयं एक पृथक् सत्ता है और मनुष्य एक स्वयं पृथक् सत्ता है तथा प्रकृति स्वयं एक पृथक् सत्ता है। फिर द्वैतवाद यह मानता है कि प्रत्येक वस्तु में द्रष्टा और दृश्य (विषय और विषयी) एक-दूसरे के विपरीत होते हैं। जब मनुष्य प्रकृति को देखता है, तब वह द्रष्टा (विषयी) है और प्रकृति दृश्य (विषय) है। यह द्रष्टा और दृश्य के बीच में द्वैत देखता है। जब वह ईश्वर की ओर देखता है, तब वह ईश्वर को दृश्य के रूप में देखता है और स्वयं को द्रष्टा के रूप में। वे पूर्णरूपेण पृथक् हैं। यह ईश्वर और मनुष्य के बीच का द्वैत है। यह साधारणतः धर्म के प्रति पहला दृष्टिकोण है।

इसके पश्चात् धर्म का दूसरा दृष्टिकोण आता है, जिसमें अभी मैंने तुमको दिग्दर्शन कराया है। मनुष्य यह समझने लगता है कि यदि ईश्वर स्वयं ही विश्व की आत्माएँ बन गया है और वह (मनुष्य) उस संपूर्ण ईश्वर का अंशमात्र है। हम लोग छोटे-छोटे जीव हैं, उस अग्नि-पिंड के स्फुलिंग हैं और समस्त सृष्टि ईश्वर की साक्षात् अभिव्यक्ति है। यह दूसरी सीढ़ी है। संस्कृत में इसे 'विशिष्टाद्वैतवाद' कहते हैं। जिस प्रकार हमारा यह शरीर है और यह शरीर आत्मा के आवरण का कार्य करता है और आत्मा इस शरीर में एवं इसके

माध्यम से स्थित है, उसी प्रकार अनंत आत्माओं का यह विश्व एवं प्रकृति ही मानो ईश्वर का शरीर है। जब अंतर्भाव का समय आता है, तब ब्रह्मांड सूक्ष्म से सूक्ष्मतर होता चला जाता है, फिर भी वह ईश्वर का शरीर बना रहता है। जब स्थूल अभिव्यक्ति होती है, तब भी सृष्टि ईश्वर के शरीर के रूप में बनी रहती है।

जिस प्रकार मनुष्य की आत्मा, मनुष्य के शरीर और मन की आत्मा है, उसी प्रकार ईश्वर हमारी आत्माओं की आत्मा है। तुम सब लोगों ने इस उक्ति को प्रत्येक धर्म में सुना होगा, 'हमारी आत्माओं की आत्मा'। इसका आशय यही है। मानो वह उनमें रमता है, उनमें निर्देश देता है और उस सबका शासक है। प्रथम दृष्टि, द्वैतवाद के अनुसार, हम सभी ईश्वर और प्रकृति से शाश्वत रूप से पृथक् व्यक्ति हैं। दूसरी दृष्टि के अनुसार, हम व्यक्ति हैं, परंतु ईश्वर के साथ एक हैं। हम सब उसी में हैं। हम सब उसी के अंश हैं, हम सब एक हैं। फिर भी मनुष्य और मनुष्य में, मनुष्य और ईश्वर में एक कठोर व्यक्तिता है, जो पृथक् है और पृथक् नहीं भी।

अब इससे भी सूक्ष्मतर प्रश्न उठता है। प्रश्न है—क्या अनंत के अंश हो सकते हैं? अनंत के अंशों से क्या तात्पर्य है? यदि तुम इस पर विचार करो तो देखोगे कि यह असंभव है। अनंत के अंश नहीं हो सकते, वह हमेशा अनंत ही रहता है और दो अनंत भी नहीं हो सकते। यदि उसके अंश किए जा सकते हैं, तो वे एक-दूसरे को ससीम कर देंगे और दोनों ही ससीम हो जाएँगे। अनंत केवल एक तथा अविभाज्य ही हो सकता है। इस प्रकार निष्कर्ष यह निकलता है कि अनंत एक है, अनेक नहीं; और वही एक अनंत आत्मा, पृथक् आत्माओं के रूप में प्रतीत होने वाले असंख्य दर्पणों में प्रतिबिंबित हो रही है। यह वही अनंत आत्मा है, जो विश्व का आधार है, जिसे हम ईश्वर कहते हैं। वही अनंत आत्मा मनुष्य के मन का आधार भी है, जिसे हम 'जीवात्मा' कहते हैं।

□

आत्मा : स्वरूप और लक्ष्य

आद्यतम धारणा यह है कि जब मनुष्य मरता है, तो उसका विलोप नहीं हो जाता। कुछ वस्तु मनुष्य के मर जाने के बाद भी जीती है और जीती चली जाती है। संसार के तीन सर्वाधिक पुरातन राष्ट्रों—मिस्त्रियों, बेबीलोनियनों और प्राचीन हिंदुओं—की तुलना करना और उन सबसे इस धारणा को ग्रहण करना शायद अधिक अच्छा होगा। मिस्त्रियों और बेबीलोनियनों में हमें आत्म-विषयक जो एक प्रकार की धारणा मिलती है—वह है प्रतिरूप देह। उनके अनुसार, इस देह के भीतर एक बाह्य देह और है, जो वहाँ गति तथा क्रिया करती रहती है; और जब बाह्य देह मरती है, तो प्रतिरूप बाहर चला जाता है तथा एक निश्चित समय तक जीता रहता है; किंतु इस प्रतिरूप का जीवन बाह्य शरीर के परिरक्षण पर अवलंबित है। यदि प्रतिरूप देही द्वारा छोड़े हुए देह के किसी अंग को क्षति पहुँचे, तो उसके भी उन्हीं अंगों का क्षतिग्रस्त हो जाना निश्चित है। इसी कारण मिस्त्रियों और बेबीलोनियनों में शव-लेपन और पिरामिड निर्माण द्वारा किसी व्यक्ति के मृत शरीर को सुरक्षित रखने के प्रति इतना आग्रह मिलता है। बेबीलोनियनों और प्राचीन मिस्त्रियों, दोनों में यह धारणा भी मिलती है कि यह प्रतिरूप चिरंतन काल जीता नहीं रह सकता; अधिक-से-अधिक वह केवल एक निश्चित समय तक ही जीता रह सकता है, अर्थात् केवल उतने समय तक, जब तक उसके द्वारा त्यागे देह को सुरक्षित रखा जा सके।

दूसरी विचित्रता इस प्रतिरूप से संबंधित भय का तत्त्व है। प्रतिरूप देह सदैव दुःखी और विपन्न रहती है; उसके अस्तित्व की दशा अत्यंत कष्ट की

होती है। वह उन खाद्य और पेय पदार्थों तथा भोगों को माँगने के निमित्त जीवित व्यक्तियों के निकट बारंबार आती रहती है, जिनको वह अब प्राप्त नहीं कर सकती। वह नील नदी के जल को, उसके उस ताजे जल को पीना चाहती है, जिसको वह अब पी नहीं पाती। वह उन खाद्य पदार्थों को पुनः प्राप्त करना चाहती है, जिनका आनंद वह इस जीवन में लिया करती थी और जब वह देखती है कि वह उन्हें नहीं पा सकती, तो वह दूसरी देह क्रूर हो जाती है, और यदि उसे वैसा आहार न दिया जाए, तो वह कभी-कभी जीवित व्यक्तियों को मृत्यु एवं विपत्ति से धमकाती है।

आर्य विचारधारा पर दृष्टि डालते ही हमें तत्काल एक बड़ा अंतर मिलता है। प्रतिरूप की धारणा वहाँ भी है, किंतु वह एक प्रकार की आध्यात्मिक देह का रूप ले लेता है और एक बड़ा अंतर यह है कि इस आध्यात्मिक देह आत्मा या तुम उसे जो भी कहो, उसका जीवन उसके द्वारा त्यागे हुए शरीर द्वारा परिसीमित नहीं होता, वरन् इसके विरुद्ध वह इस शरीर से स्वतंत्रता प्राप्त कर लेती है और मृत शरीर को जला देने की विचित्र आर्य प्रथा इसी का कारण है। वे व्यक्ति द्वारा त्यागे शरीर से छुटकारा पा जाना चाहते हैं, जबकि मिस्री दफनाकर, शव-लेपन कर या पिरामिड बनाकर उसे सुरक्षित रखना चाहते हैं। मृतकों को नष्ट करने की नितांत आदिम पद्धति के अतिरिक्त किसी सीमा तक विकसित राष्ट्रों में मृत व्यक्तियों के शरीरों से मुक्ति पाने की उनकी प्रणाली आत्मा संबंधी उनकी धारणा का एक उत्तम परिचायक होती है। जहाँ-जहाँ अपगत आत्मा की धारणा मृत शरीर की धारणा से घनिष्ठ रूप से संबद्ध मिलती है, वहाँ हमें शरीर को सुरक्षित रखने की प्रवृत्ति भी सदैव मिलती है और दफन करने का कोई-न-कोई रूप भी। दूसरी ओर, जिनमें यह धारणा विकसित हो गई है कि आत्मा शरीर से एक स्वतंत्र वस्तु है और शव के नष्ट कर दिए जाने पर भी उसे कोई क्षति नहीं पहुँचती, उनमें सदैव दाह की पद्धति का ही आश्रय लिया जाता है। इसीलिए सभी प्राचीन आर्य जातियों में हमें शव की दाह-क्रिया मिलती है, यद्यपि पारसियों ने शव को एक मीनार पर खुला छोड़ देने के रूप में उसको परिवर्तित कर लिया है। किंतु उस मीनार के स्वयं

नाम (दख्म) का ही अर्थ है एक दाह-स्थान, जिससे प्रकट है कि पुरातन काल में वे भी अपने शवों का दाह करते थे। दूसरी विशेषता यह है कि आर्यों में इन प्रतिरूपों के प्रति कभी भय का तत्त्व नहीं रहा। वे आहार या सहायता माँगने के निमित्त नीचे नहीं आते और न सहायता मिलने पर क्रूर हो उठते हैं और न वे जीवित लोगों का विनाश ही करते हैं। वरन् वे हर्षयुक्त होते हैं और स्वतंत्र हो जाने के कारण प्रसन्न। चिता की अग्नि विघटन की प्रतीक है। इस प्रतीक से कहा जाता है कि वह अपगत आत्मा को कोमलता से ऊपर ले जाए और उस स्थान पर ले जाए, जहाँ पितर निवास करते हैं, इत्यादि।

वे दोनों धारणाएँ हमें तत्काल ही एक समान प्रतीत होती हैं—एक आशावादी है और दूसरी प्रारंभिक होने के साथ निराशावादी। पहली दूसरी का ही प्रस्फुटन है। यह नितांत संभव है कि अत्यंत प्राचीनकाल में स्वयं आर्य भी ठीक मिस्त्रियों जैसी धारणा रखते थे या रखते रहे हों। उनके पुरातनतम आलेखनों के अध्ययन से हमें इसी धारणा की संभावना उपलब्ध होती है। किंतु यह पर्याप्त दीप्तिमान वस्तु होती है, कोई ऐसी वस्तु, जो दीप्तिमान है। मनुष्य के मरने पर यह आत्मा पितरों के साथ निवास करने चली जाती है और उनके सुख का रसास्वादन करती हुई वहाँ जीती रहती है। वे पितर उसका स्वागत बड़ी दयालुता से करते हैं। भारत में आत्मा-विषयक इस प्रकार की धारणा प्राचीनतम है। आगे चलकर यह धारणा उत्तरोत्तर उच्च होती जाती है। तब यह ज्ञात हुआ कि जिसे पहले आत्मा कहा जाता था, वह वस्तुत: आत्मा है ही नहीं। यह द्युतिमय देह कितनी ही सूक्ष्म क्यों न हो, फिर भी है शरीर ही; और सभी देहों का स्थूल या सूक्ष्म पदार्थों से निर्मित होना अनिवार्य है। रूप और आकार से युक्त जो भी है, होना अनिवार्य है और वह नित्य नहीं हो सकता। प्रत्येक आकार में परिवर्तन अंतर्निहित है। जो परिवर्तनशील है, वह नित्य कैसे हो सकता है? अत: इस द्युतिमय देह के पीछे उनको एक वस्तु मानो ऐसी मिल गई, जो मनुष्य की आत्मा है। उसको आत्मा की संज्ञा मिली। यह आत्मा की धारणा तभी आरंभ हुई। उसमें भी विविध परिवर्तन हुए। कुछ लोगों का विचार था कि यह आत्मा नित्य है, बहुत ही सूक्ष्म है, लगभग उतनी ही सूक्ष्म,

जितना एक परमाणु; वह शरीर के एक अंग-विशेष में निवास करती है और मनुष्य के मरने पर अपने साथ द्युतिमय देह को लिये वह आत्मा प्रस्थान कर जाती है। कुछ लोग ऐसे भी थे, जो उसी आधार पर आत्मा के पारमाणविक स्वरूप को अस्वीकार करते थे, जिससे प्रेरित होकर उन्होंने इस द्युतिमय देह को आत्मा मानना अस्वीकार किया था।

इन सभी विभिन्न मतों से सांख्य दर्शन का प्रादुर्भाव हुआ, जिसमें हमें तत्काल ही विशाल विभेद मिलते हैं। उसकी धारणा यह है कि मनुष्य के पास पहले तो यह स्थूल शरीर है, स्थूल शरीर के पीछे सूक्ष्म शरीर है, जो मन के यान जैसा है और उसके भी पीछे—जैसा कि सांख्यवादी उसे कहते हैं—मन का साक्षी आत्मा या पुरुष है और यह सर्वव्यापक है। अर्थात् तुम्हारी आत्मा, मेरी आत्मा, एक ही समय में सर्वत्र विद्यमान है। यदि वह निराकार है, तो कैसे माना जा सकता है कि वह देश में व्याप्त है ? देश को व्याप्त करने वाली हर वस्तु का आकार होता है। निराकार केवल अनंत ही हो सकता है। अत: प्रत्येक आत्मा सर्वत्र है। जो एक अन्य सिद्धांत प्रस्तुत किया गया, वह और भी अधिक आश्चर्यजनक है। प्राचीनकाल में यह सभी अनुभव करते थे कि मानव प्राणी उन्नतिशील है, कम-से-कम उनमें बहुत से तो हैं ही। पवित्रता, शक्ति और ज्ञान में वे बढ़ते ही जाते हैं और तब यह प्रश्न किया गया—मनुष्यों द्वारा अभिव्यक्त यह ज्ञान, यह पवित्रता, यह शक्ति कहाँ से आई है ? उदाहरणार्थ, यहाँ किसी भी ज्ञान से रहित एक शिशु है। वही शिशु बढ़ता है और एक बलिष्ठ, शक्तिशाली और ज्ञानी मनुष्य हो जाता है। उस शिशु को ज्ञान और शक्ति की अपनी यह संपदा कहाँ से प्राप्त हुई ? उत्तर मिला कि वह आत्मा में है; शिशु की आत्मा में यह ज्ञान और शक्ति आरंभ से ही थी। यह शक्ति, यह पवित्रता और यह बल उस आत्मा में थे, किंतु वे थे अव्यक्त, अब वे व्यक्त हो उठे हैं। इस व्यक्त या अव्यक्त होने का अर्थ क्या है ? जैसा कि सांख्य में कहा जाता है, प्रत्येक आत्मा शुद्ध और पूर्ण, शक्तिमान और सर्वज्ञ है; किंतु बाह्यतया वह स्वयं को केवल अपने मन के अनुरूप ही व्यक्त कर सकती है। मन आत्मा का प्रतिबिंबक दर्पण जैसा है, मेरा मन एक निश्चित सीमा तक मेरी

आत्मा की शक्तियों को प्रतिबिंबित करता है; इसी प्रकार तुम्हारा मन और हर किसी का मन अपनी शक्तियों को प्राप्त करता है। जो दर्पण अधिक निर्मल होता है, वह आत्मा को अधिक अच्छी तरह प्रतिबिंबित करता है। अतः आत्मा की अभिव्यक्ति मन के अनुरूप विविधतामय होती है; किंतु आत्माएँ स्वरूपतः शुद्ध और पूर्ण होती हैं।

एक दूसरा संप्रदाय भी था, जिसका मत यह था कि यह सब ऐसा नहीं हो सकता। यद्यपि आत्माएँ स्वरूपतः शुद्ध और पूर्ण हैं, उनकी यह शुद्धता और पूर्णता, जैसा कि लोगों ने कहा है, कभी संकुचित और कभी प्रसूत हो जाती हैं। कतिपय कर्म और कतिपय विचार ऐसे हैं, जो आत्मा के स्वरूप को संकुचित जैसा कर देते हैं, और फिर ऐसे भी विचार और कर्म हैं, जो उसके स्वरूप को प्रकट करते हैं, व्यक्त करते हैं, फिर उसकी व्याख्या की गई है। ऐसे सभी विचार और कर्म, जो आत्मा की पवित्रता और शक्ति को संकुचित कर देते हैं, अशुभ कर्म और अशुभ विचार हैं, और ये सभी विचार एवं कर्म, जो स्वयं को व्यक्त करने में आत्मा को सहायता देते हैं, शक्तियों को प्रकट जैसा होने देते हैं, शुभ और नैतिक हैं। इन दो सिद्धांतों में अंतर अत्यंत अल्प है, वह कम-अधिक प्रसारण और संकुचन शब्दों का खेल है। वह मत, जो विविधता को केवल आत्मा के उपलब्ध मन पर निर्भर मानता है, निस्संदेह अधिक उत्तम व्याख्या है। लेकिन संकुचन और प्रसारण का सिद्धांत इन दो शब्दों की शरण लेना चाहता है; उनसे पूछा जाना चाहिए कि संकुचन और प्रसारण का अर्थ क्या है ? आत्मा एक निराकार चेतन वस्तु है। प्रसार और संकोच का क्या अर्थ है ? यह प्रश्न तुम किसी सामग्री के संबंध में ही कर सकते हो, चाहे वह स्थूल हो, जिसे हम भौतिक द्रव्य कहते हैं, चाहे वह सूक्ष्म मन हो, किंतु इसके परे, यदि वह देश-काल से आबद्ध भौतिक द्रव्य नहीं है, उसको लेकर प्रसार और संकोच शब्दों की व्याख्या कैसे की जा सकती है ? अतएव यह सिद्धांत, जो मानता है कि आत्मा सर्वदा शुद्ध और पूर्ण है, केवल उसका स्वरूप कुछ मनों में अधिक और कुछ में कम प्रतिबिंबित होता है, अधिक उत्तम प्रतीत होता है। जैसे-जैसे मन परिवर्तित होता है, उसका रूप विकसित एवं अधिकाधिक निर्मल सा होता

जाता है और वह आत्मा का अधिक उत्तम प्रतिबिंब देने लगता है। यह इसी प्रकार चलता रहता है और अंततः वह इतना शुद्ध हो जाता है कि वह आत्मा के गुण का पूर्ण प्रतिबिंबन कर सकता है, तब आत्मा मुक्त हो जाती है।

यही आत्मा का स्वरूप है। उसका लक्ष्य क्या है ? भारत में सभी विभिन्न संप्रदायों में आत्मा का लक्ष्य एक ही प्रतीत होता है। उन सबमें एक ही धारणा मिलती है और वह है मुक्ति की। किंतु अभी जिस सीमा से उसका अस्तित्व है, वह उसका स्वरूप नहीं है। किंतु इन सीमाओं के मध्य वह अनंत, असीम, अपने जन्मसिद्ध अधिकार, अपने स्वरूप को प्राप्त कर लेने तक आगे और ऊपर बढ़ने के निमित्त संघर्ष कर रहा है। हम अपने आसपास, जो इन सब संघातों और पुनर्संघातों तथा अभिव्यक्तियों को देखते हैं, वे लक्ष्य या उद्‌देश्य नहीं हैं, वरन् वे मात्र प्रासंगिक और गौण हैं। पृथ्वी और सूर्य, चंद्र और नक्षत्रों, उचित और अनुचित, शुभ और अशुभ, हमारे हास्य और अश्रु, हमारे हर्ष और शोक, जैसे संघात उन अनुभवों को प्राप्त करने में हमारी सहायता के लिए हैं, जिनके माध्यम से आत्मा अपने परिपूर्ण स्वरूप को व्यक्त करती और सीमितता को निकाल बाहर करती है। तब वह बाह्य या आंतरिक प्रकृति के नियमों से बँधी नहीं रह जाती। तब वह समस्त नियमों, समस्त सीमाओं, समस्त प्रकृति के परे चली जाती है। प्रकृति आत्मा के नियंत्रण के अधीन हो जाती है; और जैसा वह अभी मानती है, आत्मा प्रकृति के नियंत्रण के अधीन नहीं रह जाती। आत्मा का यही एक लक्ष्य है और उस लक्ष्य—मुक्ति को प्राप्त करने में वह जिन समस्त क्रमागत सोपानों में व्यक्त होती तथा जिन समस्त अनुभवों के मध्य गुजरती है, वे सब उसके जन्म माने जाते हैं। आत्मा एक निम्नतर देह धारण करके उसके माध्यम से अपने को व्यक्त करने का प्रयास जैसा करती है। वह उसको अपर्याप्त पाती है, उसे त्यागकर एक उच्चतर देह धारण करती है। वह भी अपर्याप्त पाई जाने पर त्याग दी जाती है और एक उच्चतर देह आ जाती है; इसी प्रकार यह क्रम एक ऐसा शरीर प्राप्त हो जाने तक निरंतर चलता रहता है, जिसके द्वारा आत्मा अपनी सर्वोच्च महत्त्वाकांक्षाओं को व्यक्त करने में समर्थ हो पाती है। तब आत्मा मुक्त हो जाती है।

अब प्रश्न यह है कि यदि आत्मा अनंत और सर्वत्र अस्तित्ववान है, जैसा कि निराकार चेतन वस्तु होने के कारण उसे होना ही चाहिए, तो उसके द्वारा विविध देहों को धारण करने तथा एक के बाद दूसरी देह में होकर गुजरते रहने का अर्थ क्या है ? भाव यह है कि आत्मा न जाती है, न आती है, न जनमती है, न मरती है। जो सर्वव्यापी है, उसका जन्म कैसे हो सकता है ? आत्मा शरीर में रहती है, यह कहना निरर्थक प्रलाप है। असीम एक सीमित देश में किस प्रकार निवास कर सकता है ? किंतु जैसे मनुष्य अपने हाथ में पुस्तक लेकर एक पृष्ठ पढ़कर उसे उलट देता है, दूसरे पृष्ठ पर जाता है, पढ़कर उसे उलट देता है आदि, किंतु ऐसा होने में पुस्तक उलटी जा रही है, पन्ने उलट रहे हैं, मनुष्य नहीं, वह सदा वहीं विद्यमान रहता है, जहाँ वह है—और ऐसा ही आत्मा के संबंध में सत्य है। संपूर्ण प्रकृति ही वह पुस्तक है, जिसे आत्मा पढ़ रही है। प्रत्येक जन्म उस पुस्तक का एक पृष्ठ जैसा है, पढ़ा जा चुकने पर वह पलट दिया जाता है और यही क्रम संपूर्ण पुस्तक के समाप्त होने तक चलता रहता है और आत्मा प्रकृति का संपूर्ण भोग प्राप्त करके पूर्ण हो जाती है। फिर भी न वही कभी चलती है, न कहीं जाती, न आती है; वह केवल अनुभवों का संचय करती रहती है। किंतु हमें ऐसा प्रतीत होता है कि जैसे हम गतिशील रहे हों। पृथ्वी गतिशील है, तथापि हम सोचते हैं कि पृथ्वी के बजाय सूर्य चल रहा है और हम जानते हैं कि यह भूल है, ज्ञानेंद्रियों का एक भ्रम है। इसी प्रकार का भ्रम यह है कि हम जन्म लेते हैं और मरते हैं, हम आते हैं, जाते हैं। न हम आते हैं, न जाते हैं और न हम जनमे ही हैं। क्योंकि आत्मा को जाना कहाँ है ? उसके जाने के लिए कोई स्थान ही नहीं है। कहाँ है वह स्थान, जहाँ वह पहले से ही विद्यमान नहीं है ?

इस प्रकार प्रकृति के विकास और आत्मा की अभिव्यक्ति का सिद्धांत आ जाता है। उच्चतर संघातों से युक्त विकास की प्रक्रियाएँ आत्मा में नहीं हैं; वह जो कुछ है, पहले से ही है। वे प्रकृति में हैं। किंतु जैसे-जैसे प्रकृति का विकास उत्तरोत्तर उच्चतर-से-उच्चतर संघातों की ओर अग्रसर होता है, आत्मा की गरिमा अपने को अधिकाधिक व्यक्त करती है। कल्पना करो कि यहाँ एक परदा

है और परदे के पीछे आश्चर्यजनक दृश्यावली है। परदे में एक छोटा सा छेद है, जिसके द्वारा हम पीछे स्थित दृश्य के एक क्षुद्र अंशमात्र की झलक पा सकते हैं। कल्पना करो कि वह छेद आकार में बढ़ता जाता है। छेद के आकार में वृद्धि के साथ पीछे स्थित दृश्य दृष्टि के क्षेत्र में अधिकाधिक आता है और जब पूरा परदा विलुप्त हो जाता है, तो तुम्हारे तथा उस दृश्य के मध्य कुछ भी नहीं रह जाता, तब तुम उसे संपूर्ण देख सकते हो। परदा मनुष्य का मन है। उसके पीछे आत्मा की गरिमा, पूर्णता और अनंत शक्ति है; जैसे-जैसे मन उत्तरोत्तर अधिकाधिक निर्मल होता जाता है, आत्मा की गरिमा स्वयं को अधिकाधिक व्यक्त करती है। ऐसा नहीं है कि आत्मा परिवर्तित होती है, वरन् परिवर्तन परदे में होता है। आत्मा अपरिवर्तनशील वस्तु, अमर, शुद्ध, सदा मंगलमय है।

अतएव अंतत: सिद्धांत का रूप यह ठहरता है। उच्चतम से लेकर निम्नतम और दृष्टतम मनुष्य तक में, मनुष्यों में महानतम व्यक्तियों से लेकर हमारे पैरों के नीचे रेंगने वाले कीड़ों तक में शुद्ध और पूर्ण अनंत और सदा मंगलमय आत्मा विद्यमान है। कीड़े में आत्मा अपनी शक्ति और शुद्धता का एक अणुतुल्य क्षुद्र अंश ही व्यक्त कर रही है और महानतम मनुष्य में उसका सर्वाधिक अंतर अभिव्यक्ति के परिणाम का है, मूल तत्त्व में नहीं। सभी प्राणियों में उसी शुद्ध और पूर्ण आत्मा का अस्तित्व है।

स्वर्ग तथा अन्य स्थानों से संबंधित धारणाएँ भी हैं, किंतु उन्हें द्वितीय श्रेणी का माना जाता है। स्वर्ग की धारणा को निम्नस्तरीय माना जाता है। उसका उद्‌भव भोग की एक स्थिति पाने की इच्छा से होता है। हम मूर्खतावश समग्र विश्व को अपने वर्तमान अनुभव से सीमित कर देना चाहते हैं कि सारा विश्व एक पागलखाना है, इसी तरह अन्य लोग। इसी प्रकार, जिनके लिए यह जगत् इंद्रिय-संबंधी भोग मात्र है, खाना और मौज उड़ाना ही, जिनका समग्र जीवन है, जिनमें तथा नृशंस पशुओं में बहुत कम अंतर है, ऐसे लोगों के लिए किसी ऐसे स्थान की कल्पना करना स्वाभाविक है, जहाँ उन्हें और अधिक भोग प्राप्त होंगे, क्योंकि यह जीवन छोटा है। भोग के लिए उसकी इच्छा असीम है, अतएव वे ऐसे स्थानों की कल्पना करने के लिए विवश हैं, जहाँ उन्हें इंद्रियों

का अबाध भोग प्राप्त हो सकेगा; फिर जैसे हम और आगे बढ़ते हैं, हम देखते हैं कि जो ऐसे स्थानों को जाना चाहते हैं, उन्हें जाना ही होगा; वे उसका स्वप्न देखेंगे और जब इस स्वप्न का अंत होगा, तो वे एक-दूसरे स्वप्न में होंगे, जिसमें भोग प्रचुर मात्रा में होगा और जब वह स्वप्न टूटेगा, तो उन्हें किसी और वस्तु की बात सोचनी पड़ेगी। इस प्रकार वे सदा एक स्वप्न से दूसरे स्वप्न की ओर भागते रहेंगे।

इसके उपरांत अंतिम सिद्धांत आता है, जो आत्मा-विषयक एक और धारणा है। यदि आत्मा अपने स्वरूप और सारतत्त्व में शुद्ध और पूर्ण है और यदि प्रत्येक आत्मा असीम एवं सर्वव्यापी है, तो अनेक आत्माओं का होना कैसे संभव है? असीम बहुत से नहीं हो सकते। बहुतों की बात ही क्या, दो तक भी नहीं हो सकते। यदि दो असीम हों तो एक-दूसरे को सीमित कर देगा और साहसपूर्वक इस निष्कर्ष पर पहुँचा जाता है कि वह केवल एक है, दो नहीं।

दो पक्षी एक ही वृक्ष पर बैठे हैं, एक चोटी पर, पर दूसरा नीचे, दोनों ही अत्यंत सुंदर पंखों वाले हैं। एक फलों को खाता है, दूसरा शांत और गरिमामय तथा अपनी महिमा में समाहित रहता है। नीचे वाला पक्षी अच्छे-बुरे फल खा रहा है और इंद्रिय सुखों का पीछा कर रहा है; यदा-कदा जब वह कड़वा फल खा लेता है तो ऊँचे चढ़ जाता है और ऊपर देखता है कि दूसरा पक्षी वहाँ शांत और गरिमान्वित बैठा है, न उसे अच्छे फलों की चिंता है और न बुरों की, स्वयं से संतुष्ट है और वह अपने से परे किसी अन्य भोग को नहीं खोजता। वह स्वयं ही भोगस्वरूप है, अपने से परे वह क्या खोजे? नीचे वाले पक्षी ऊपर वाले की ओर देखता हुआ उसके निकट पहुँचना चाहता है। वह किंचित् ऊपर बढ़ता है, किंतु उसके पुराने संस्कार उस पर असर डालते हैं और वह तब भी उन्हीं फलों को खाता रहता है। फिर कोई विशेष कड़वा फल आता है, उसे एक आघात लगता है और वह ऊपर देखता है। वहाँ वही शांत और महिमामंडित पक्षी विद्यमान है। वह निकट आता है, किंतु प्रारब्ध कर्मों द्वारा फिर नीचे घसीट लिया जाता है और वह कड़वे-मीठे फलों को खाता रहता है। पुनः असाधारण रूप से कड़वा फल आता है, पक्षी ऊपर देखता है, निकटतर

आता है; और जैसे-जैसे अधिकाधिक निकट आता है, दूसरे पक्षी के पंखों का प्रकाश उसके ऊपर प्रतिबिंबित होने लगता है। उसके अपने पंख गलने लगते हैं और जब वह पर्याप्त निकट आ जाता है, तो सारी दृष्टि बदल जाती है। नीचे वाले पक्षी का कभी अस्तित्व ही नहीं था, वह सदैव ऊपर वाला पक्षी ही था, जिसे वह नीचे वाला पक्षी समझा था, वह प्रतिबिंब का एक लघु अंशमात्र था।

ऐसा आत्मा का स्वरूप है। यह जीवात्मा इंद्रिय-संबंधी सुखों और जगत् की निस्सारताओं के पीछे भागती है; पशुओं की भाँति वह केवल इंद्रियों में ही जीती है, नाड़ियों की क्षणिक गुदगुदी में जीती चली जाती है। जब कभी एक आघात लगता है, तो क्षण भर को सिर चकरा जाता है, हर वस्तु विलुप्त होती सी लगती है और उसे लगता है कि जगत् वह नहीं है, जिसे वह समझ बैठी थी और जीवन ऐसा निर्द्वंद्व नहीं है। वह ऊपर देखती है और एक क्षण में असीम प्रभु का दर्शन पाती है, महिमामहिम की एक झलक मिलती है, थोड़ा और निकट आती है, किंतु अपने प्रारब्ध द्वारा घसीट ली जाती है। एक और आघात लगता है और उसे पुनः वापस भेज देता है। उसे असीम सर्वव्याप्त सत्ता की एक और झलक मिलती है, वह निकटतर आती है, उसको अनुभव होने लगता हैं कि उसका व्यक्तित्व—उसका निम्न, कुत्सित, उत्कट स्वार्थी व्यक्तित्व—गल रहा है; उस तुच्छ वस्तु को सुखी बनाने के लिए सारे संसार को बलि कर देने की इच्छा गल रही है, और जैसे वह शनैः-शनैः निकटतर आती जाती है, प्रकृति गलना आरंभ कर देती है। पर्याप्त निकट आ चुकने पर, सारी दृष्टि बदल जाती है और उसे अनुभव होता है कि वह दूसरा पक्षी था, जिस असीम को उसने दूर से देखा था, वह स्वयं उसकी अपनी आत्मा थी, महिमा और गरिमा की जो आश्चर्यजनक झलक उसे मिली, वह उसकी ही आत्मा थी और वस्तुतः वह सत्य स्वयं थी। आत्मा को तब वह प्राप्त होता है, जो हर वस्तु में सत्य है। वह, जो हर अणु में है, सर्वत्र विद्यमान, सभी वस्तुओं का सारतत्त्व, इस विश्व का ईश्वर है—जान लें कि तत्त्वमसि—तू वह है, जान लें कि तू मुक्त है।

□

आत्मा का मुक्त स्वभाव

हमने देखा है, सांख्य का विश्लेषण द्वैतवाद में पर्यवसित है; उसका सिद्धांत यह है कि चरम तत्त्व—प्रकृति और आत्मा-समूह है। आत्मा की संख्या अनंत है तथा जिस कारण आत्मा अमिश्र पदार्थ है, उसी कारण उसका विनाश नहीं है, इसलिए वह प्रकृति से अवश्य ही स्वतंत्र है। प्रकृति का परिणाम होता है तथा वह यह समग्र प्रपंच प्रकाशित करती है। सांख्य मत के अनुसार, आत्मा निष्क्रिय है, वह अमिश्र है तथा प्रकृति आत्मा के अपवर्ग तथा उसकी मुक्ति साधित करने के लिए ही इस समग्र प्रपंच जाल का विस्तार करती है तथा आत्मा जब समझ पाती है कि वह प्रकृति नहीं है, तभी उसकी मुक्ति होती है। दूसरी ओर हमने यह भी देखा है कि सांख्यवादियों को बाध्य होकर स्वीकार करना पड़ा था कि प्रत्येक आत्मा ही सर्वव्यापी है। आत्मा जब अमिट पदार्थ है, तब वह ससीम हो ही नहीं सकती; क्योंकि समग्र सीमाबद्ध भाव देश, काल अथवा निमित्त द्वारा बना होता है। आत्मा जब संपूर्ण रूप से इन सबके अतीत है, तब उसमें ससीम भाव कुछ रह नहीं सकता। ससीम होने पर उसे देश के भीतर रहना होगा और इसका अर्थ है, उसकी एक देह अवश्य ही रहेगी तथा जिसकी देह है, वह अवश्य प्रकृति के अंतर्गत है। यदि आत्मा का आकार होता, तब तो आत्मा प्रकृति से अभिन्न होती। अतएव आत्मा निराकार है, वह यहाँ, वहाँ अथवा और कहीं है, यह नहीं कहा जाता। वह अवश्य ही सर्वव्यापी होगी। सांख्य दर्शन इससे आगे और अधिक नहीं गया।

सांख्यवादियों के इस मत के विरुद्ध वेदांतवादियों की प्रथम आपत्ति यह है कि सांख्य का विश्लेषण संपूर्ण नहीं है। यदि प्रकृति एक अमिश्र वस्तु हो एवं आत्मा भी अमिश्र वस्तु हो, तो दो अमिश्र वस्तुएँ हुईं और जिन सब युक्तियों से आत्मा का सर्वव्यापी होना प्रमाणित हो, वे युक्तियाँ प्रकृति के पक्ष में भी प्रयुक्त हो सकेंगी। इसलिए वह समुदय देश-काल-निमित्त के अतीत होगी। प्रकृति यदि इस प्रकार की ही हो, तो उसका किसी प्रकार परिणाम अथवा विकास नहीं होगा। इससे निष्कर्ष निकला कि दो अमिश्र अथवा पूर्ण वस्तुएँ स्वीकार करनी होती हैं और यह असंभव है। वेदांतीगण का इस संबंध में कौन सा सिद्धांत है ? उनका सिद्धांत यह है कि स्थूल जड़ से लेकर महत् अथवा बुद्धितत्त्व तक प्रकृति का समग्र विकार जब अचेतन है, तब जिससे मन चिंतन कर सके एवं प्रकृति काम कर सके, उसके लिए उनके पीछे उनके परिचालक शक्तिस्वरूप एक चैतन्यवान् पुरुष का अस्तित्व स्वीकार करना आवश्यक है। वेदांती कहते हैं, समग्र ब्रह्मांड के पीछे यह चैतन्यवान् पुरुष विद्यमान है, उसे ही हम ईश्वर कहते हैं, इसलिए यह जगत् उससे पृथक् नहीं है। वह जगत् का केवल निमित्त-कारण ही नहीं है, वरन् उपादान कारण भी है। अतएव यही प्रकृति का कारणस्वरूप है। द्वैत, विशिष्टाद्वैत अथवा अद्वैत—वेदांत के जितने विभिन्न रूप अथवा विभाग हैं, सभी का यही प्रथम सिद्धांत है कि ईश्वर इस जगत् के केवल निमित्त कारण नहीं हैं, वे उसके उपादान कारण भी हैं, जो कुछ जगत् है, सब ही वे हैं। वेदांत की दूसरी सीढ़ी यह है कि ये जो आत्माएँ हैं, ये भी ईश्वर के अंशस्वरूप हैं, उसी अनंत वह्नि (अग्नि) के एक स्फुलिंग मात्र हैं, अर्थात् जैसे बृहत् अग्निराशि से सहस्र-सहस्र अग्निकण निकलते हैं, उसी प्रकार उस पुरातन पुरुष से सब आत्माएँ बहिर्गत हुई हैं।

यहाँ तक तो ठीक हुआ, किंतु इस सिद्धांत से भी तृप्ति नहीं हो रही है। अनंत का अंश—इन शब्दों का अर्थ क्या है ? अनंत जो है, वह तो अविभाज्य है। अनंत का कदापि अंश हो नहीं सका। पूर्ण वस्तु कदापि विभक्त हो नहीं सकती। तो फिर यह जो कहा गया, आत्मा-समूह उनसे स्फुलिंग के समान निकला है—इन शब्दों का तात्पर्य क्या है ? अद्वैत-वेदांती इस समस्या की

इस प्रकार मीमांसा करते हैं कि वास्तव में पूर्ण का अंश नहीं है। वे कहते हैं, प्रत्येक आत्मा वास्तव में उनका अंश नहीं है। प्रत्येक ही वास्तव में वही अनंत ब्रह्मस्वरूप है। तब इतनी आत्माएँ किस प्रकार आईं? लाख-लाख जलकणों पर सूर्य का प्रतिबिंब पड़कर लाख-लाख सूर्य के समान दिखाई पड़ रहा है तथा प्रत्येक जलकण में ही क्षुद्र आकार में सूर्य की मूर्ति विद्यमान है। इसी प्रकार ये सब आत्माएँ प्रतिबिंब रूप हैं, सत्य नहीं। वे वास्तव में वहीं 'मैं' नहीं हैं, जो इस जगत् के ईश्वर हैं—ब्रह्मांड के अविभक्त सत्तास्वरूप। अतएव ये सब विभिन्न प्राणी, मनुष्य, पशु इत्यादि सब प्रतिबिंब रूप हैं, वे प्रकृति के ऊपर पड़े हुए मायामय प्रतिबिंब मात्र हैं।

जगत् में एकमात्र अनंत पुरुष हैं तथा वे पुरुष 'आप', 'मैं' इत्यादि रूप में प्रतीयमान हो रहे हैं, किंतु यह भेद-प्रतीति मिथ्या के अतिरिक्त और कुछ भी नहीं है। वे विभक्त नहीं होते, विभक्त हुए हैं, ऐसा बोधमात्र होता है तथा उन्हें देश-काल-निमित्त के जाल के भीतर से देखने के कारण ही यह आपात प्रतीयमान विभाग अथवा भेद हुआ है। हम जब ईश्वर को देश-काल-निमित्त के जाल के भीतर से देखते हैं, तब हम उन्हें जड़ के समान देखते हैं, जब और कुछ उच्चतर भूमि से, साथ ही उसी जाल के भीतर ही उन्हें देखते हैं, तब उन्हें पशु के रूप में और कुछ उच्चतर भूमि से मनुष्य के रूप में, और ऊँचे जाने पर देव के रूप में देखा करते हैं। तथापि वे जगत्-ब्रह्मांड की एक अनंत सत्ता है एवं हम ही वह सत्तास्वरूप हैं। हम ही वह हैं, आप भी वह हैं—उनका अंश नहीं, समग्र ही। "वे अनंत ज्ञाता स्वरूप में समग्र प्रपंच के पीछे खड़े हैं तथा वे स्वयं समग्र प्रपंच स्वरूप हैं।" वे विषय, विषयी—दोनों ही हैं। वे ही 'मैं' हूँ, वे ही 'आप' हैं। यह किस प्रकार हुआ?

यह विषय निम्नलिखित रूप से समझाया जा सकता है। ज्ञाता को किस प्रकार जाना जाएगा? ज्ञाता कदापि निज को जान नहीं सकता। हम सबकुछ देख पाते हैं, किंतु अपने को देख नहीं पाते। वही आत्मा, जो ज्ञाता और सबका प्रभु है, जो प्रकृत वस्तु है, वही जगत् की समग्र दृष्टि का कारण है, किंतु उसके पक्ष में प्रतिबिंब के अतिरिक्त अपने को देखना अथवा अपने को जानना

असंभव है। आप दर्पण के बिना अपना मुँह देख नहीं पाते। उसी प्रकार आत्मा भी प्रतिबिंबित हुए बिना अपना स्वरूप देख नहीं पाती। इसलिए यह समग्र ब्रह्मांड आत्मा का निज की उपलब्धि का यत्न-स्वरूप है। जीवद्रव्य में उसका प्रथम प्रतिबिंब प्रकाशित होता है, उसके पश्चात् उद्भिद, पशु आदि उत्कृष्ट प्रतिबिंब ग्राहक से सर्वोत्तम प्रतिबिंब ग्राहक पूर्ण मानव में उसका प्रतिबिंब प्रकाशित होता है। जैसे कोई मनुष्य अपना मुँह देखने की इच्छा करके कीचड़ से युक्त क्षुद्र जलाशय में देखने का प्रयत्न करके मुँह की एक बाह्य सीमारेखा देख सका। उसके पश्चात् उसने कुछ अधिक निर्मल जल में कुछ अधिक उत्तम प्रतिबिंब देखा, उसके पश्चात् उज्ज्वल धातु में उसकी अपेक्षा भी श्रेष्ठ प्रतिबिंब देखा। अंत में एक दर्पण लेकर उसमें देखा, तब वह स्वत: ठीक जैसा है, बिल्कुल वैसा ही उसने अपने को प्रतिबिंबित देखा। अतएव विषय और विषयी उभय स्वरूप उसी पुरुष का सर्वश्रेष्ठ प्रतिबिंब है—'पूर्ण मानव'।

आप अब देख पाएँगे कि मानव स्वभाववश ही क्यों सब वस्तुओं की उपासना किया करता है तथा सभी देशों में पूर्ण मानवगण क्यों स्वभावत: ईश्वर के रूप में पूजित होते हैं! आप मुँह से कुछ भी क्यों न कहिए, इनकी उपासना अवश्य ही करनी होगी। इसलिए लोग ईसा मसीह अथवा बुद्ध आदि अवतारगण की उपासना करते हैं। वे अनंत आत्मा के सर्वश्रेष्ठ प्रकाशस्वरूप हैं। आप अथवा मैं ईश्वर के संबंध में चाहे जो धारणा क्यों न करें, ये उसकी अपेक्षा उच्चतर हैं। एक पूर्ण मानव इन सब धारणाओं की अपेक्षा श्रेष्ठतर है। उसमें ही जगत्-रूप वृत्त संपूर्ण होता है—विषय और विषयी एक हो जाते हैं। उसका सब भ्रम और मोह चला जाता है। इनके स्थान पर उसे यह अनुभूति होती है कि वह चिरकाल से ही उसी पूर्ण पुरुष के रूप में विद्यमान है। तो फिर यह बंधन किस प्रकार आया? इस पूर्ण पुरुष के पक्ष में अवनत होकर अपूर्ण स्वभाव होना किस प्रकार संभव हुआ? मुक्त के पक्ष में बद्ध होना किस प्रकार संभव हुआ? अद्वैतवादी कहते हैं, वह किसी काल में बद्ध नहीं होता, वह नित्य मुक्त है। आकाश में नाना वर्ण के नाना मेघ आ रहे हैं। वे क्षण भर वहाँ ठहरकर चले जा रहे हैं। किंतु वह एक नील आकाश सदैव समान भाव

से विद्यमान है। आकाश का कदापि परिवर्तन नहीं होता, मेघ का परिवर्तन हो रहा है। इस प्रकार आप सब भी पहले से ही पूर्णस्वभाव हैं; अनंत काल से पूर्ण हैं। कुछ भी कदापि आपकी प्रकृति को परिवर्तित कर नहीं सकता, कभी करेगा भी नहीं। यह जो सब धारणा है कि हम अपूर्ण हैं, हम नर हैं, हम नारी हैं, हम मन हैं, हमने चिंतन किया है और भी चिंतन करेंगे—यह सब भ्रममात्र हैं। आप कदापि चिंतन नहीं करते, आपकी किसी काल में देह नहीं थी, आप किसी काल में अपूर्ण नहीं थे। आप इस ब्रह्मांड के आनंदमय प्रभु हैं। जो कुछ है या होगा, आप इस सबके सर्वशक्तिमान नियंता हैं—इस सूर्य, चंद्र, तारा, पृथ्वी, उद्भिद, इस जगत् के प्रत्येक अंश के महान् शास्त्र हैं। आपकी ही शक्ति से सूर्य किरण दे रहा है, तारागण अपनी प्रभा विकीर्ण कर रहे हैं, पृथ्वी सुंदर हुई है। आपके आनंद की शक्ति से ही सब एक-दूसरे से प्रेम कर रहे हैं और परस्पर आकर्षित हो रहे हैं। आप ही सबके मध्य विद्यमान हैं, आप ही सर्वस्वरूप हैं। किसे त्याग कीजिएगा, अथवा किसको ग्रहण कीजिएगा ? आप ही समग्र हैं। जब इस ज्ञान का उदय होता है, तब माया-मोह उसी क्षण उड़ जाता है।

मैं एक बार भारत की मरुभूमि में भ्रमण कर रहा था। मैंने एक महीने से अधिक भ्रमण किया और प्रतिदिन मैं अपने सम्मुख अतिशय मनोरम दृश्य-समूह—अत्यंत सुंदर-सुंदर वृक्ष, सरोवर आदि देख पाता था। एक दिन अत्यंत प्यास से विह्वल हो मैंने यह इच्छा की कि एक सरोवर में जलपान करूँगा। किंतु ज्योंही मैं सरोवर की ओर बढ़ा, त्योंही वह अंतर्हित हो गया। उसी क्षण मेरे मस्तिष्क में मानो प्रबल आघात के साथ यह ज्ञान आया कि सारा जीवन मैं जिस मरीचिका की कथा पढ़ता आ रहा हूँ; यह वही मरीचिका है। तब मैं स्वयं की मूर्खता स्मरण कर हँसने लगा कि गत एक मास से लेकर मैं जो ये सब सुंदर दृश्य और सरोवर आदि देख रहा था, वे मरीचिका के अतिरिक्त और कुछ भी नहीं हैं, पर मैं उस समय यह समझ न सका। दूसरे दिन सबेरे मैं फिर चलने लगा—वही सरोवर और सब दृश्य फिर से दिखाई पड़ने लगे, किंतु उसके साथ-साथ उसी क्षण मुझे यह ज्ञान भी हुआ कि वह मरीचिका मात्र है। एक बार जान लेने पर उसकी भ्रम उत्पन्न करने वाली शक्ति नष्ट हो गई थी।

इसी प्रकार यह जगत्-भ्रांति एक दिन हटेगी। यह समग्र ब्रह्मांड एक दिन हमारे सामने से अंतर्हित होगा। इसका नाम ही 'प्रत्याक्षानुभूति' है।

दर्शन केवल बात करने की बात अथवा तमाशा नहीं है। वह प्रत्यक्ष अनुभूत होगा। यह शरीर उड़ जाएगा, यह पृथ्वी एवं और जो कुछ है, सभी उड़ जाएगा—हम देह अथवा हम मन हैं, यह जो हमारा ज्ञान है, यह कुछ क्षण के लिए चला जाएगा अथवा यदि कर्म संपूर्ण क्षय हो जाए, तो एकदम चला जाएगा, फिर और लौटकर नहीं आएगा तथा यदि कर्म का कुछ अंश शेष रहे, तो जैसा कुम्हार का चक्र है—हाँड़ी बन जाने पर भी पूर्ण वेग से कुछ क्षण घूमता रहता है, उसी प्रकार माया-मोह संपूर्ण रूप से दूर हो जाने पर भी यह देह कुछ दिन रह जाएगी। यह जगत्—नर-नारी, प्राणी सभी फिर आएँगे, जैसे दूसरे दिन भी मरीचिका दिखाई पड़ी थी। किंतु पहले के समान वे सब शक्ति-विस्तार नहीं कर सकेंगे, क्योंकि साथ-साथ यह ज्ञान भी आएगा कि हमने उसका स्वरूप जान लिया है; तब वे फिर बद्ध नहीं कर सकेंगे, किसी प्रकार का दु:ख, कष्ट, शोक फिर आ नहीं सकेगा। जब कुछ दु:खकर विषय आएगा, मन उससे कह सकेगा कि हम जानते हैं, तुम भ्रम मात्र हो। जब मानव यह अवस्था प्राप्त करता है, तो उसे 'जीवन्मुक्त' कहते हैं। जीवन्मुक्त का अर्थ है, जीवित अवस्था में ही जो मुक्त है। ज्ञानयोगी के जीवन का उद्देश्य यही जीवन्मुक्त होना है। वे ही जीवन्मुक्त हैं, जो इस जगत् में अनासक्त होकर वास कर सकते हैं। वे जल में पद्म-पत्र के समान रहते हैं—वह जैसे जल में रहने पर भी जल उसे भिगो नहीं सकता, उसी प्रकार वे जगत् में निर्लिप्त भाव से रहते हैं। वे मनुष्य जाति में सर्वश्रेष्ठ हैं; केवल इतना ही क्यों, सभी प्राणियों में सर्वश्रेष्ठ हैं। क्योंकि उन्होंने उस पूर्ण पुरुष के साथ अभेद भाव उपलब्ध किया है; उन्होंने उपलब्धि की है कि वे भगवान् के साथ अभिन्न हैं।

जितने दिन आपका ज्ञान रहता है कि भगवान् के साथ आपका अत्यंत सामान्य भेद भी है, उतने दिन आपका भय रहेगा। किंतु आप जब जान लेंगे कि आप ही वे हैं, उनमें और आप में कोई भेद नहीं है, उनका समग्र ही आप हैं, तब सब भय दूर हो जाता है। "वहाँ कौन किसको देखता है ? कौन किसी

उपासना करता है? जहाँ एक व्यक्ति अन्य को देखता है, एक व्यक्ति अन्य की बात सुनता है, वह नियम का राज्य है। जहाँ कोई किसी को नहीं देखता, कोई किसी से बात नहीं करता, वह ही सर्वश्रेष्ठ है, वह ही भूमा है, वही ब्रह्म है।"

आप ही वह हैं एवं सर्वदा ही वह हैं। तब जगत् का क्या होगा, हम जगत् का क्या उपकार कर सकेंगे—इस प्रकार के प्रश्न ही वहाँ उदय नहीं होते। यह उस शिशु के प्रश्न के समान है—हमारे बड़े होने पर हमारी मिठाई का क्या होगा? बालक भी कहा करता है, हमारे बड़े होने पर हमारी गोलियों की क्या दशा होगी? तो हम बड़े नहीं होगे। छोटा लड़का भी कहता है, हमारे बड़े होने पर हमारे पुतले-पुतलियों की क्या दशा होगी? इस जगत् के संबंध में ये सब प्रश्न भी उसी प्रकार हैं। भूत, भविष्य, वर्तमान—इन तीनों काल में जगत् का अस्तित्व नहीं है। यदि हम आत्मा का यथार्थ स्वरूप जान पाएँ, यदि हम जान पाएँ कि इस आत्मा के अतिरिक्त और कुछ भी नहीं है, और जो कुछ है, सब स्वप्नमात्र है, उसका वास्तव में अस्तित्व नहीं है, तो इस जगत् का दुःख, क्लेश, पाप-पुण्य—कुछ भी हमको चंचल नहीं कर सकेगा। यदि उन सबका अस्तित्व ही न रहे, तो किसके लिए और क्यों हम कष्ट करेंगे? ज्ञानयोगीगण यही शिक्षा देते हैं। अतएव साहस का अवलंबन करके मुक्त होइए, आपकी चिंतन-शक्ति आपको जितनी दूर तक ले जा सके, साहसपूर्वक उतनी दूर आगे बढ़िए एवं साहसपूर्वक उसे जीवन में परिणत कीजिए। यह ज्ञान लाभ करना बड़ा कठिन है। यह महासाहसी का कार्य है। जो सब पुतलियाँ तोड़कर फेंक देने का साहस करता है—केवल मानसिक और कुसंस्कार रूपी पुतलियाँ नहीं, इंद्रिय द्वारा भोग्य विषयसमूह रूपी पुतलियों को भी तोड़कर फेंक दे सकता है—यह उसी का कार्य है।

यह शरीर हम नहीं हैं, इसका नाश अवश्यंभावी है—यही तो हुआ उपदेश। किंतु इस उपदेश की दुहाई देकर लोग अद्‌भुत व्यापार किया करते हैं। एक व्यक्ति ने उठकर कहा, "हम देह नहीं हैं, अतएव हमारे माथे की पीड़ा दूर हो जाए।" किंतु उसके सिर की पीड़ा दूर उसकी देह में न रहे, तो फिर और कहाँ रहेगी? सहस्त्र-सहस्त्र सिर की पीड़ाएँ और सहस्त्र-सहस्त्र देह आएँ-जाएँ—उसमें हमारा क्या है?

"हमारा जन्म भी नहीं है, हमारी मृत्यु भी नहीं है, हमारे पिता भी नहीं हैं, माता भी नहीं, हमारा शत्रु भी नहीं है, मित्र भी नहीं है, क्योंकि वे सब ही हम हैं। हम ही अपने बंधु हैं, हम ही अपने शत्रु हैं, हम ही अखंड सच्चिदानंद हैं, हम ही व़े हैं, हम ही ये हैं।"

यदि हम सहस्र देह में ज्वर और अन्यान्य रोग भोग करते रहें, तो और लक्ष-लक्ष देह में हम स्वास्थ्य-संभोग कर रहे हैं। यदि सहस्र-सहस्र देह में हम उपवास करें, तो अन्य सहस्र देह में प्रचुर परिणाम में आहार कर रहे हैं। यदि सहस्र देह में हम दुःख भोग करते रहें, तो सहस्र देह हम सुख का भोग कर रहे हैं। कौन किसकी निंदा करेगा? कौन किसकी स्तुति करेगा? किसे चाहेगा, किसे छोड़ेगा? हम किसी को जानते भी नहीं हैं, किसी का त्याग भी नहीं करते; क्योंकि हम समग्र ब्रह्मांडस्वरूप हैं। हम ही अपनी स्तुति कर रहे हैं, हम ही अपनी निंदा कर रहे हैं। हम स्वयं के दोष से स्वयं कष्ट पा रहे हैं और हम जो सुखी हैं, वह भी हम निज की इच्छा से। हम स्वाधीन हैं। यही ज्ञान का भाव है, वे महासाहसी, भयहीन, निर्भीक हैं। समग्र ब्रह्मांड नष्ट क्यों न हो जाए, वे हँसकर कहते हैं, उसका कभी अस्तित्व ही नहीं था, यह केवल माया और भ्रममात्र है। इसी प्रकार वे अपनी आँखों के समक्ष जगत्-ब्रह्मांड को वास्तव में अंतर्हित होते देखते हैं और विस्मय के साथ प्रश्न करते हैं—"यह जगत् कहाँ था? और कहाँ वह समा गया?"

इस ज्ञान के साधन के संबंध में आलोचना में प्रवृत्त होने के पहले हम एक और आशंका की आलोचना तथा उसके समाधान का यत्न करेंगे। अभी तक जो विचार किया गया, उसने न्यायशास्त्र की सीमा बिंदु मात्र उल्लंघन नहीं की है। यदि कोई भी व्यक्ति विचार में प्रवृत्त हो तो जब तक वह सिद्धांत न करे कि एकमात्र सत्ता ही वर्तमान है और समग्र कुछ भी नहीं, तब तक उसके ठहरने का उपाय नहीं है। युक्तिपरायण मानवजाति के पक्ष में इस सिद्धांत का अवलंबन करने के अतिरिक्त और कोई गति नहीं है। किंतु इस क्षण प्रश्न यह है, जो असीम, सदा पूर्ण, सदाआनंदमय, अखंड सच्चिदानंदस्वरूप हैं, वे इन सब भ्रमों के अधीन हुए किस प्रकार? यह प्रश्न ही जगत् में सर्वत्र सब समय जिज्ञासित होता आ रहा है। साधारण प्रचलित रूप से प्रश्न इस प्रकार किया

जाता है—इस जगत् में पाप किस प्रकार आया? प्रश्न का यही प्रचलित और व्यावहारिक रूप है। दूसरा उसकी अपेक्षा अधिक दार्शनिक रूप है। किंतु उत्तर एक ही है। नाना रूप से, नाना भाव से, नाना प्रकार से यह एक ही प्रश्न जिज्ञासित हुआ है, किंतु निम्नतर रूप से प्रश्न करने पर उसकी ठीक मीमांसा नहीं होती; क्योंकि सेब, साँप और नारी की कहानी (यह कहानी बाइबिल के ओल्ड टेस्टामेंट में है। ईश्वर ने आदि नर-आदम और आदि नारी-ईव—का सृजन करके उन्हें नंदनकानन नामक सुरम्य उद्यान में स्थापित करके, उस उद्यान के ज्ञानवृक्ष का फल खाने से मना कर दिया। किंतु शैतान ने साँप का रूप धारण करके पहले ईव का प्रलोभित किया और उसके पश्चात् उसके द्वारा आदम को उस वृक्ष का फल भोजन करने को प्रलोभित किया। इससे ही उनमें भले-बुरे का ज्ञान उपस्थित होकर पाप ने सर्वप्रथम पृथ्वी में प्रवेश किया।)

इस कहानी में इस तत्त्व की कुछ भी व्याख्या नहीं हुई। ऐसी अवस्था में प्रश्न भी जिस प्रकार शिशुओं जैसा है, उसका उत्तर भी उसी प्रकार है। किंतु वेदांत में इस प्रश्न ने अत्यंत गुरुतर आकार धारण किया है—यह भ्रम किस प्रकार आया? उत्तर भी उसके अनुसार ही गंभीर है। उत्तर यह है कि असंभव प्रश्न के उत्तर की आशा मत करो। इस प्रश्न के अंतर्गत वाक्य परस्पर-विरोधी हैं, अतः प्रश्न ही असंभव है। क्यों, 'पूर्णता' शब्द से किसका बोध होता है? जो देश-काल-निमित्त के अतीत है, वह ही पूर्ण है। उसके पश्चात् आप जिज्ञासा कर रहे हैं, पूर्ण किस प्रकार अपूर्ण हुआ? न्यायशास्त्र के पक्ष में अनुकूल भाषा में निबद्ध करने पर प्रश्न इस प्रकार होगा, "जो वस्तु कार्य-कारण-संबंध के अतीत है, वह किस प्रकार कार्य रूप में परिणत होती है?" यहाँ तो आप ही अपना खंडन कर रहे हैं। आपने पहले ही मान लिया है, वह कार्य-कारण संबंध के अतीत है, उसके पश्चात् आप जिज्ञासा कर रहे हैं, किस प्रकार वह कार्य में परिणत हुआ?

कार्य-कारण-संबंध की सीमा के भीतर ही केवल प्रश्न जिज्ञासित हो सकता है। जितनी दूर तक देश-काल-निमित्त का अधिकार है, उतनी दूर तक यह प्रश्न करना ही निरर्थक है, क्योंकि प्रश्न न्यायशास्त्र के विरुद्ध हो उठता है। देश-काल-निमित्त की सीमा-रेखा के भीतर किसी काल में उसका

उत्तर दिया नहीं जा सकता तथा उसके अतीत प्रदेश में जाने पर क्या उत्तर प्राप्त होगा, यह वहाँ जाने पर ही जाना जा सकता है। इसीलिए विज्ञ व्यक्ति इस प्रश्न के उत्तर के लिए विशेष व्यस्त नहीं होते। जब लोग पीड़ित होते हैं, तब 'किस प्रकार उस रोग की उत्पत्ति हुई, यह पहले जानना होगा' इस विषय में विशेष हठ न करके, रोग जिससे मिट जाए, उसी के लिए प्राणपण से यत्न करते हैं।

यह प्रश्न और एक आकार में जिज्ञासित हुआ करता है—यह पहले की अपेक्षा अधिक निम्न दृष्टि की बात तो है, किंतु इसका हमारे कर्म-जीवन के साथ अधिक संबंध है एवं इससे प्रश्न अधिक स्पष्ट हो जाता है। प्रश्न यह है—इस भ्रम का किसने प्रसव किया? कोई सत्य क्या कभी भ्रम का प्रसव कर सकता है? कदापि नहीं। हम देख पाते हैं, एक भ्रम ही और एक भ्रम का प्रसव करता रहता है, वह पुनः एक भ्रम प्रसव करता है, इसी प्रकार चलता रहता है। भ्रम ही चिरकाल भ्रम का प्रसव किया करता है। रोग-ही-रोग का प्रसव करता रहता है, स्वास्थ्य कभी रोग प्रसव नहीं करता।

जल और जल की तरंग में कोई भेद नहीं है—कार्य, कारण का ही एक दूसरा रूप मात्र है। कार्य जब भ्रम है, तब उसका कारण भी अवश्य भ्रम होगा। यह भ्रम किसने प्रसव किया? अवश्य और एक भ्रम ने। इसी प्रकार तर्क करने पर तर्क का फिर अंत नहीं होगा—भ्रम का फिर आदि प्राप्त नहीं होगा। अब आपका एक प्रश्न केवल शेष रहेगा कि "भ्रम का अनादित्व स्वीकार करने पर क्या आपका अद्वैतवाद खंडित नहीं हुआ? क्योंकि आप जगत् में दो सत्ताएँ स्वीकार कर रहे हैं—एक आप और एक वह भ्रम।" इसका उत्तर यह है कि भ्रम को सत्ता कहा नहीं जा सकता। आप जीवन में सहस्र-सहस्र स्वप्न देख रहे हैं, किंतु वे सब आपके जीवन के अंशस्वरूप नहीं हैं। स्वप्न आता है और फिर चला जाता है। उसका कोई अस्तित्व नहीं है। भ्रम को एक सत्ता अथवा अस्तित्व कहने पर वह आपाततः युक्तिसंगत प्रतीत तो होता है, किंतु वास्तविक रूप में वह केवल एक युक्तिहीन बात है। अतएव जगत् में नित्यमुक्त और नित्यानंदस्वरूप एकमात्र सत्ता है तथा वही आप हैं। अद्वैतवादियों का यही चरम सिद्धांत है। अब यह प्रश्न किया जा सकता है—ये

जो विभिन्न उपासना-प्रणालियाँ विद्यमान हैं, इन सबका क्या होगा? वे सब रहेंगी। वे केवल अंधकार में आलोक के लिए यत्न करना मात्र है और इस प्रकार यत्न करते-करते आलोक आएगा।

हम अभी ही देख चुके हैं कि आत्म अपने को देख नहीं पाती। हमारा समग्र ज्ञान माया या मिथ्या के जाल में अवस्थित है, मुक्ति उसके बाहर है, इस जाल में दासत्व है, इसका सबकुछ ही नियमाधीन है। उसके बाहर और कोई नियम नहीं है। यह ब्रह्मांड जितनी दूर तक है, उतनी दूर तक सत्ता नियमाधीन है, मुक्ति उसके बाहर है। जितने दिन आप देश-काल-निमित्त के जाल में विद्यमान हैं, उतने दिन तक आप मुक्त हैं—यह बात कहना निरर्थक है, क्योंकि इस जाल में, समग्र ही कठोर नियम में, कार्य-कारण-शृंखला में बद्ध हैं। आप जो भी चिंतन करते हैं, वह पूर्ण कारण कार्यस्वरूप है, प्रत्येक भाव ही कारण का कार्यस्वरूप है। इच्छा को स्वाधीन कहना संपूर्ण निरर्थक है। ज्योंही वह अनंत सत्ता मानो इस मायाजाल के भीतर पड़ती है, त्योंही वह इच्छा का आकार धारण करती है। इच्छा मायाजाल में आबद्ध उस पुरुष का किंचित् अंशमात्र है। इसलिए 'स्वाधीन इच्छा' शब्द का कोई अर्थ नहीं है। स्वाधीनता अथवा मुक्ति के संबंध में यह सब वागाडंबर और वृथा तर्क है। माया के भीतर स्वाधीनता नहीं है।

प्रत्येक व्यक्ति ही चिंतन में, मन में, कार्य में, पत्थर के एक खंड अथवा इस मेज के समान बद्ध है। हम आप लोगों के सम्मुख व्याख्यान दे रहे हैं और आप सब हमारी बातें सुन रहे हैं, यह दोनों ही कार्य-कारण नियम के अधीन है। माया से जितने दिन आप बाहर नहीं आते, उतने दिन स्वाधीनता अथवा मुक्ति नहीं हैं। वह मायातीत अवस्था ही आत्मा की यथार्थ स्वाधीनता है। किंतु मनुष्य कितना ही तीक्ष्ण बुद्धि क्यों न हो, यहाँ की कोई भी वस्तु स्वाधीन या मुक्त नहीं हो सकती—इस युक्ति की सत्यता या बल कितने ही अधिक स्पष्ट रूप से क्यों न दिखें, सभी को बाध्य होकर, आप सबको स्वाधीन मानना पड़ता है। ऐसा किए बिना रहा नहीं जा सकता। जब तक हम न कहें कि हम स्वाधीन हैं, तब तक कोई काम ही नहीं चल सकता। इसका तात्पर्य यह है कि हम जिस स्वाधीनता की बात कहा करते हैं, वह अज्ञानरूप मेघराशि के भीतर से निर्मल नीलाकाशरूप उसी शुद्ध-बुद्ध-मुक्त आत्मा का चकित दर्शनमात्र है

और नीलाकाशरूप वास्तविक स्वाधीनता अर्थात् मुक्त स्वभाव आत्मा उसके बाहर विद्यमान है। यथार्थ स्वाधीनता इस भ्रम में, इस मिथ्या में, इस व्यर्थ के संसार में, इंद्रिय-मन-देह-समन्वित इस ब्रह्मांड में रह नहीं सकती। ये समग्र अनादि अनंत-स्वप्न, जो हमारे वश में नहीं हैं, जिन सबको वश में लाया भी नहीं जा सकता, जो अव्यवस्थित हैं, भग्न और असामंजस्यमय हैं—उन्हीं समग्र स्वप्नों को लेकर हमारा यह जगत् है।

आप जब स्वप्न में देखते हैं कि बीस सिरवाला एक दैत्य आपको पकड़ने के लिए आ रहा है, और आप भाग रहे हैं, तब आप उसे विचित्र नहीं समझते। आप मानते हैं, यह तो ठीक ही हो रहा है। हम जिसे नियम कहते हैं, वह भी उसी प्रकार का है। जो कुछ आप नियम के रूप में निर्दिष्ट करते हैं, यह सब केवल आकस्मिक घटनामात्र है, उसका कोई अर्थ नहीं है। इस स्वप्न की अवस्था में ही आप उसे नियम कहकर अभिहित करते हैं। माया के भीतर जहाँ तक यह देश-काल-निमित्त का नियम विद्यमान है, वहाँ तक स्वाधीनता अथवा मुक्ति नहीं है और विभिन्न उपासना-प्रणाली-समूह सभी इस माया के अंतर्गत है। ईश्वर की धारणा एवं पशु और मनुष्य की धारणा सभी इस माया के भीतर है, इसलिए सभी समभाव से भ्रमात्मक हैं, सब ही स्वप्नमात्र हैं। साथ ही आजकल हमें बहुत से अति प्रबुद्ध दिग्गज देखने को मिलते हैं। आप उनके समान तर्क अथवा सिद्धांत न कर बैठें, इस विषय में सावधान हो जाइए। वे कहते हैं, ईश्वर धारणा भ्रमात्मक है, किंतु इस जगत् की धारणा सत्य है। वास्तव में ये दोनों धारणाएँ एक ही भित्ति पर प्रतिष्ठित हैं। उन्हें ही केवल यथार्थतः नास्तिक होने का अधिकार है, जो इहजगत् और परजगत्, दोनों अस्वीकार करते हैं। दोनों ही एक युक्ति पर प्रतिष्ठित है। ईश्वर से लेकर क्षुद्रतम जीवपर्यंत, 'आब्रह्मस्तंबपर्यंत' उसी एक माया का राजत्व है। एक ही प्रकार से उनके अस्तित्व की प्रतिष्ठा अथवा अस्तित्वहीनता सिद्ध होती है। जो व्यक्ति ईश्वर धारणा को भ्रमात्मक समझता है, उसको निज की देह और निज के मन की धारणा को भी भ्रमात्मक समझना उचित है। जब ईश्वर उड़ जाते हैं, तब देह और मन उड़ जाता है और जब दोनों का ही लोप हो जाता है, तभी जो यथार्थ सत्ता है, वह चिरकाल के लिए रह जाती है।

"वहाँ आँखें जा नहीं सकतीं, वाक्य भी जा नहीं सकता, मन भी नहीं। हम उसे देख नहीं पाते और जान भी नहीं पाते।" इसका तात्पर्य हम अब समझ पा रहे हैं कि जितनी दूर तक वाक्य, चिंतन अथवा बुद्धि ये सब जा सकते हैं, उतनी दूर तक माया का अधिकार है, उतनी दूर तक सब बंधन के भीतर है। सत्य उनके बाहर है। वहाँ चिंता, मन अथवा वाक्य कुछ भी पहुँच नहीं सकता।

यहाँ तक विचार द्वारा तो स्पष्ट समझा गया, किंतु अब साधना की बात आ रही है। इन सब कक्षाओं में वास्तविक शिक्षा का विषय साधना है। इस एकत्व की उपलब्धि के लिए क्या किसी प्रकार की साधना का प्रयोजन है? निश्चित रूप से है। साधना द्वारा आप लोगों को ब्रह्म बनना होगा, यह बात नहीं है; आप लोग पहले से ही वह हैं। आप लोगों को ईश्वर बनना होगा अथवा पूर्ण बनना होगा, यह बात सत्य नहीं है। आप सदैव पूर्णस्वरूप हैं और जिस क्षण ही आप सोचते हैं, आप पूर्ण नहीं हैं, वह तो एक भ्रम है। यह भ्रम, जिसके कारण आप लोगों को अमुक पुरुष, अमुक नारी का बोध होता है—अन्य एक भ्रम द्वारा दूर हो सकता है; और साधना अथवा अभ्यास ही वह अन्य भ्रम है। आग आग को खा जाएगी—आप एक भ्रम को नष्ट करने के लिए दूसरे भ्रम की सहायता ले सकते हैं। मेघ का एक खंड आकर मेघ के दूसरे खंड को हटा देगा, अंत में दोनों ही चले जाएँगे। तो ये साधनाएँ क्या हैं? हमें सर्वदा ही स्मरण रखना होगा कि हम जो मुक्त होंगे, यह बात नहीं है, हम सदा ही मुक्त हैं। हम बद्ध हैं, इस प्रकार की भावना मात्र ही भ्रम है; हम सुखी हैं अथवा असुखी हैं, इस प्रकार की भावना मात्र ही गुरुतर भ्रम है। और एक भ्रम आएगा कि हमें मुक्त होने के लिए साधना, उपासना और चेष्टा करनी होगी; यह भ्रम आकर पहले भ्रम को भगा देगा, तब दोनों ही भ्रम दूर हो जाएँगे।

मुसलमानगण श्रृगाल को अत्यंत अपवित्र मानते हैं, हिंदू भी उसी प्रकार कुत्ते को अपवित्र मानते हैं। अतएव यदि श्रृगाल और कुत्ता भोजन को छू ले, तो उसे फेंक देना पड़ता है; उसे फिर कोई खा नहीं सकता। किसी मुसलमान के घर एक श्रृगाल घुसकर मेज पर से कुछ खाद्य खाकर भाग गया। वह व्यक्ति बड़ा ही निर्धन था। उसने अपने लिए उस दिन अत्यंत उत्तम भोजन का आयोजन किया था और भोज्य द्रव्य सब का सब श्रृगाल के स्पर्श से अपवित्र

हो गया! अब उसे खाने का उपाय नहीं रहा। अतः उसने एक मुल्ला के निकट जाकर निवेदन किया—"साहब, निर्धन का एक निवेदन सुनिए। एक श्रृगाल आकर हमारे खाद्य में से कुछ लेकर खा गया, उसका कोई उपाय कीजिए। हमने अत्यंत सुखाद्य वस्तुएँ बनाई थीं। हमारी बड़ी इच्छा थी कि परम तृप्ति से हम वह सब भोजन करें। इतने में नीच श्रृगाल आकर सब नष्ट करके चला गया। आप इसकी जो भी हो, कुछ व्यवस्था कर दीजिए।"

मुल्ला ने क्षण भर कुछ सोचा, उसके पश्चात् उसने एक सिद्धांत स्थिर करते कहा, "इसका एकमात्र उपाय है—एक कुत्ता ले आकर जिस थाली से श्रृगाल खा गया, उसी थाली में से उसे कुछ खिलाना होगा। कुत्ते और श्रृगाल में तो नित्य का वैमनस्य है। अतः श्रृगाल की जूठन भी तुम्हारे पेट में जाएगी, कुत्ते की जूठन भी जाएगी। ये दोनों जूठन वहाँ परस्पर झगड़ा करेंगी, तब सब शुद्ध हो जाएगा।"

हम लोग भी बहुत कुछ इस प्रकार की ही समस्या में पड़ गए। हम अपूर्ण हैं, यह एक भ्रम है; हमने उसे दूर करने के लिए और एक भ्रम की सहायता ली कि हमें साधना करनी होगी। इस क्षण एक भ्रम को दूर कर देगा, जैसे हम एक काँटा निकालने के लिए दूसरे काँटे की सहायता ले सकते हैं और अंत में दोनों ही काँटे फेंक देते हैं। ऐसे व्यक्ति विद्यमान हैं, जिनके लिए एक बार 'तत्त्वमसि' सुनने पर ही तत्क्षण ज्ञान का उदय होता है। क्षणमात्र में यह जगत् उड़ जाता है तथा आत्मा का यथार्थ स्वरूप प्रकाशित होने लगता है, किंतु और सबको इस बंधन की धारणा दूर करने के लिए कठोर यत्न करना होता है।

प्रथम प्रश्न यह है, ज्ञानयोगी होने के अधिकारी कौन हैं? वे ही, जिनमें निम्नलिखित साधन-संपत्तियाँ हैं। प्रथमतः इहामुत्रफलभोगविराग—इस जीवन में अथवा पर-जीवन में सब प्रकार के कर्मफल और सब प्रकार की भोग-वासना का त्याग। यदि आप ही इस जगत् के स्रष्टा हैं, तो आप जो इच्छा करेंगे, वही पाएँगे; क्योंकि आप वह अपने भोग के लिए सृजन करेंगे। केवल इतना ही कि किसी को शीघ्र अथवा किसी को विलंब से यह फल-लाभ होता है। कोई-कोई तत्क्षण उसे प्राप्त करते हैं; अन्य के पक्ष में उनके समस्त

भूतसंस्कार उनकी वासना पूर्ति में बाधा डालते रहते हैं। हम इह-जन्म अथवा पर-जन्म की भोगवासना को सर्वश्रेष्ठ स्थान दिया करते हैं। इह-जन्म अथवा पर-जन्म अथवा आपका किसी प्रकार का जन्म है, यह पूर्ण रूप से अस्वीकार कीजिए; क्योंकि जीवन मृत्यु का ही नामांतर मात्र है। आप जो जीवन-संपन्न प्राणी हैं, यह भी अस्वीकार कीजिए; जीवन के लिए कौन व्यस्त है? जीवन एक भ्रममात्र है, मृत्यु उसका और एक पहलूमात्र है। सुख इस भ्रम का ही एक पहलू है, और दुःख दूसरा एक पहलू। सब विषय में ही इसी प्रकार है। जीवन अथवा मृत्यु को लेकर आपका क्या हुआ? यह सब तो मन की सृष्टिमात्र है। इसे ही इहामुत्रफलभोगविराग कहते हैं।

इसके पश्चात् शम अथवा मन के संयम की आवश्यकता है। मन को ऐसा शांत करना होगा कि वह फिर तरंग के आकार में बदलकर विभिन्न प्रकार की वासनाओं का लीलाक्षेत्र न बने। मन को स्थिर रखना होगा, बाहर के अथवा भीतर के किसी कारण से उसमें तरंग न उठे—केवल इच्छाशक्ति द्वारा मन को संपूर्ण रूप से संयत करना होगा। ज्ञानयोगी शारीरिक अथवा मानसिक किसी प्रकार की सहायता नहीं लेते। वे केवल दार्शनिक विचार, ज्ञान और निज की इच्छाशक्ति—इन सब साधनों के प्रति विश्वासी हैं। उसके बाद तितिक्षा, किसी प्रकार का विलाप किए बिना सब दुःखों को सहना। जब आपका किसी प्रकार का अनिष्ट घटित होगा, उस ओर ध्यान नहीं दीजिएगा। यदि सामने एक बाघ आए, स्थिर होकर खड़े रहिए। भागेगा कौन? अनेक व्यक्ति हैं, जो तितिक्षा का अभ्यास करते हैं और उसमें कृतकार्य होते हैं। ऐसे व्यक्ति अनेक हैं; जो भारत में ग्रीष्म ऋतु में प्रखर मध्याह्न-सूर्य के ताप में गंगातीर पर सोए रहते हैं। शीतकाल में गंगाजल में सारे दिन डूबे रहते हैं। उसकी कुछ परवाह ही नहीं करते। अनेक व्यक्ति हिमालय की तुषारराशि में बैठे रहते हैं, किसी प्रकार के वस्त्र आदि के लिए विचार भी नहीं करते। ग्रीष्म ही अंततः क्या है? शीत ही अंततः क्या है? यह सब आए-जाए—हमारा उसमें क्या है? 'हम' तो शरीर नहीं हैं। इस पाश्चात्य देशसमूह में इसे विश्वास करना कठिन है, किंतु इस प्रकार लोग किया करते हैं, यह जानना अच्छा है। जिस प्रकार आपके देश के लोग तोप के मुँह में अथवा युद्धक्षेत्र के बीच में कूद पड़ने में साहस दिखाया

करते हैं, हमारे देश के व्यक्ति उसी प्रकार दर्शनशास्त्र के अनुसार चिंतन प्रणाली नियमित करने में और उसके अनुसार कार्य करने में साहस दिखाते हैं। वे इसके लिए प्राण दिया करते हैं। "हम सच्चिदानंदस्वरूप हैं—'सोऽहं, सोऽहं।" प्रतिदिन के कर्मजीवन में विलासिता को बनाए रखना जिस प्रकार पाश्चात्य आदर्श है, उसी प्रकार हमारा आदर्श कर्मजीवन में सर्वोच्च मूल्य के आध्यात्मिक भाव की रक्षा करना है। हम इसके द्वारा यही प्रमाणित करना चाहते हैं कि धर्म केवल कथा नहीं है, किंतु इस जीवन में ही धर्म को सर्वांग संपूर्ण रूप से कार्य में परिणत किया जा सकता है। यही तितिक्षा है—सबकुछ सहन करना। किसी विषय में असंतोष प्रकट न करना। हमने स्वत: ऐसे व्यक्ति देखे हैं, जो कहते हैं, "हम आत्मा हैं—हमारे निकट ब्रह्मांड का भी गौरव क्या है! सुख, दु:ख, पाप, पुण्य, शीत, ऊष्ण, ये सब हमारे पक्ष में कुछ भी नहीं है।" यही तितिक्षा है—देह के सुख-भोग के लिए दौड़ना नहीं है।

धर्म क्या है ? धर्म का अर्थ क्या इस प्रकार प्रार्थना करना है कि "हमें यह दो, वह दो ?" धर्म के संबंध में ये सभी धारणाएँ प्रमाद हैं। जो धर्म को इस प्रकार का मानते हैं, उनमें ईश्वर और आत्मा की यथार्थ धारणा नहीं है। हमारे गुरुदेव कहा क़रते थे—"चील-गिद्ध बहुत ऊँचे उड़ते हैं, किंतु उनकी दृष्टि रहती है, जानवरों के शव की ओर।" जो हो, आपमें धर्म के संबंध में जो सब धारणाएँ हैं, उनका फल क्या है, बताइए ? तो सही। रास्ते स्वच्छ करना और उत्तम प्रकार का अन्न-वस्त्र एकत्र करना ? अन्न-वस्त्र के लिए कौन चिंता करता है ? प्रतिमुहूर्त लाखों व्यक्ति आ रहे हैं, लाखों जा रहे हैं—कौन परवाह करता है ? इस क्षुद्र जगत् के सुख-दु:ख को ग्राह्य मानते ही क्यों हैं ? यदि साहस हो, उनके बाहर चले जाइए। सब नियमों के बाहर चले जाइए। "समग्र जगत् उड़ जाए, आप अकेले आकर खड़े होइए। हम निरपेक्ष सत्ता हैं, निरपेक्ष ज्ञान और निरपेक्ष आनंदस्वरूप—सोऽहं, सोऽहं।"

□

आत्मा का एकत्व

याज्ञवल्क्य एक महर्षि थे। आप लोग अवश्य जानते हैं कि भारत में इस प्रकार का नियम था कि वृद्धावस्था प्राप्त होने पर सभी को संसार त्याग करना होता था। इसलिए याज्ञवल्क्य अपना संन्यास ग्रहण करने का समय उपस्थित होने पर अपनी स्त्री से बोले, "प्रिय मैत्रेयी, मैं संसार त्याग करके चला, मेरा जो कुछ अर्थ, मेरी जो विषय-संपत्ति है, उसे समझ लो।"

मैत्रेयी ने कहा, "भगवन्, मैं यदि धनरत्न से पूर्ण समग्र पृथ्वी प्राप्त करूँ, तो उसके द्वारा क्या मैं अमृतत्व प्राप्त करूँगी ?"

याज्ञवल्क्य बोले, "नहीं, यह नहीं हो सकता। धनी व्यक्ति जिस प्रकार का जीवन व्यतीत करते हैं, तुम्हारे जीवन भी उसी प्रकार होगा; क्योंकि धन द्वारा कदापि अमृतत्व-लाभ नहीं होता।"

मैत्रेयी बोली, "जिसके द्वारा मैं अमृतत्व प्राप्त कर सकूँ, उसे प्राप्त करने के लिए मुझे क्या करना होगा ? यदि वह आप जानते हैं, तो मुझे बताइए।"

याज्ञवल्क्य बोले, "तुम सदा ही हमारी प्रिय थीं, इस क्षण यह प्रश्न करने के कारण तुम प्रियतर हुईं। आओ, आसन ग्रहण करो, मैं तुम्हारे सम्मुख तुम्हारे जिज्ञासित तत्त्व की व्याख्या करता हूँ। तुम उसे सुनकर उसका ध्यान करती रहो।"

याज्ञवल्क्य ने कहना आरंभ किया, "हे मैत्रेयी! स्त्री जो पति से प्रेम करती है, वह पति के लिए नहीं है, किंतु आत्मा के लिए ही स्त्री स्वामी से प्रेम करती है; क्योंकि वह आत्मा से प्रेम करती है। पत्नी से पत्नी के लिए कोई प्रेम नहीं करता, किंतु आत्मा से प्रेम करने के कारण ही वह पत्नी से प्रेम करता है।

कोई संतान से उसके लिए प्रेम नहीं करता, किंतु आत्मा से प्रेम करने के कारण ही वह संतान से प्रेम करता है। कोई भी अर्थ से अर्थ के लिए अनुराग नहीं करता, किंतु आत्मा से अनुराग करने के कारण ही वह अर्थ से अनुराग करता है। ब्राह्मण से लोग जो अनुराग करते हैं, वह उस ब्राह्मण के लिए नहीं, अपितु आत्मा से अनुराग करते हैं। इस जगत् से भी लोग, जो अनुराग करते हैं, वह जगत् के लिए नहीं, अपितु वे आत्मा से प्रेम करते हैं, इसीलिए जगत् उन्हें प्रिय है। देवगण से लोग जो अनुराग करते हैं, वह उस देवगण के लिए नहीं, अपितु वे आत्मा से अनुराग करते हैं, इसीलिए देवगण उनके प्रिय हैं। अधिक क्या, किसी वस्तु से लोग जो अनुराग करते हैं, वह उस वस्तु के लिए नहीं, किंतु उसके भीतर जो आत्मा विद्यमान है, उसके लिए ही वे उस वस्तु से अनुराग करते हैं, अतएव इस आत्मा के संबंध में श्रवण करना होगा, उसके पश्चात् मनन, अर्थात् विचार करना होगा, उसके पश्चात् निदिध्यासन अर्थात् उसका ध्यान करना होगा। हे मैत्रेयी! आत्मा के श्रवण, आत्मा के दर्शन, आत्मा के साक्षात्कार द्वारा यह समग्र जो कुछ है, सब ज्ञात होता है।"

इस उपदेश का तात्पर्य क्या है ? यह एक अद्‌भुत प्रकार का दर्शन है। हम जगत् शब्द से जो कुछ समझते हैं, सबके भीतर से ही आत्मा प्रकाशित हो रही है। लोग कहा करते हैं, सब प्रकार का प्रेम ही स्वार्थपरता है—स्वार्थपरता का जितना अधिक निम्नतम अर्थ हो सकता है, उस अर्थ में समस्त प्रेम स्वार्थपरता से ही उत्पन्न है। जिस कारण हम स्वयं से प्रेम करते हैं, उसी कारण दूसरे से प्रेम करते हैं। वर्तमान काल में भी अनेक दार्शनिक हैं, जिनका मत यह है कि 'स्वार्थ ही जगत् में सब कार्यों की एकमात्र प्रवृत्तिदायिनी शक्ति है।' यह बात एक दृष्टि से सत्य है तथा अन्य दृष्टि से असत्य। यह हमारा 'हम' उस प्रकृत 'हम' अथवा आत्मा की छाया मात्र है, जो हमारे पश्चात् विद्यमान है तथा ससीम होने के कारण ही इस क्षुद्र 'हम' के प्रति प्रेम अन्याय और बुरा प्रतीत होता है। समग्र ब्रह्मांडस्वरूप आत्मा के प्रति जो प्रेम है, वही स्वार्थपरता के समान प्रतीत होता है, क्योंकि वह ससीम भाव से दिखाई पड़ रहा है। यहाँ तक कि पत्नी भी जब पति से प्रेम करती है, वह जाने या न जाने, उस आत्मा के लिए ही वह पति से प्रेम कर रही है। जगत् में वह स्वार्थपरता के रूप में

व्यक्त हो रहा है, किंतु वास्तव में वह आत्मपरता अथवा आत्मप्रीति का क्षुद्र अंशमात्र है। ज्योंही कोई किसी से प्रेम करता है, उसे उस आत्मा के माध्यम से ही प्रेम करना होता है।

इस आत्मा को जानना होगा। जो आत्मा का स्वभाव जाने बिना उससे प्रेम करते हैं, उनका प्रेम स्वार्थपरता है। जो लोग आत्मा का परिचय पाकर उससे प्रेम करते हैं, उनके प्रेम में किसी प्रकार का बंधन नहीं है, वे साधु हैं। कोई भी ब्राह्मण से ब्राह्मण के लिए प्रेम नहीं करता, किंतु ब्राह्मण के माध्यम द्वारा जो आत्मा प्रकाशित हो रही है, उस आत्मा से प्रेम करने के कारण ही वह ब्राह्मण से प्रेम करता है।

"ब्राह्मण उन्हें परित्याग करते हैं, जो ब्राह्मण को आत्मा से पृथक् देखते हैं; क्षत्रिय उन्हें परित्याग करते हैं, जो क्षत्रिय को आत्मा से पृथक् देखते हैं; लोकसमूह अथवा जगत् उन्हें परित्याग करता है, जो जगत् को आत्मा से पृथक् देखते हैं; देवगण उन्हें परित्याग करते हैं, जो देवगण को आत्मा से पृथक् रूप में विश्वास करते हैं। सब वस्तुएँ उन्हें परित्याग करती हैं, जो उन सबको आत्मा से पृथक् देखते हैं। यह ब्राह्मण, यह क्षत्रिय, यह लोकसमूह, ये देवगण, यहाँ तक कि जो कुछ जगत् में है, सब ही आत्मा है।"

इस प्रकार याज्ञवल्क्य ने प्रेम के अर्थ में वे जो लक्ष्य कर रहे थे, समझाया। ज्योंही हम इस प्रेम को एक विशेष प्रदेश में सीमाबद्ध करते हैं, त्योंही गड़बड़ होती है। मान लीजिए, यदि हम उस नारी को आत्मा से पृथक् भाव से देखते हैं, विशेष भाव से देखते हैं, तो वह फिर नित्य स्थायी प्रेम नहीं हुआ, वह स्वार्थगत प्रकर्म हो गया तथा दुःख ही उसका परिणाम है; किंतु ज्योंही हम उस स्त्री को आत्मरूप में देख पाते हैं, त्योंही वह प्रेम यथार्थ प्रेम हुआ, उसका कभी विनाश नहीं है। इसी प्रकार ज्योंही आप आत्मा से पृथक् करके समग्र जगत् अथवा जगत् की किसी एक वस्तु के प्रति आसक्त होते हैं, त्योंही उसमें प्रतिक्रिया आने लगती है। आत्मा के अतिरिक्त जिस किसी से हम प्रेम करते हैं, उसका ही फल शोक और दुःख है। किंतु यदि हम समग्र वस्तुओं का, उन्हें आत्मा के अंतर्गत सोचकर अथवा आत्मा-स्वरूप में उपभोग करें, तो फिर किसी कष्ट अथवा प्रतिक्रिया का आविर्भाव नहीं होगा। यही पूर्ण आनंद है।

इस आदर्श में उपनीत होने का उपाय क्या है ? याज्ञवल्क्य उस अवस्था का लाभ करने की प्रणाली बता रहे हैं। यह ब्रह्मांड अनंत है; आत्मा को जाने बिना जगत् की प्रत्येक विशेष वस्तु को लेकर उनमें आत्मदृष्टि किस प्रकार करेंगे ?

"यदि दुंदुभि बजती रहे, तो हम उसमें से उत्पन्न शब्द-लहरियों को पृथक् भाव से ग्रहण नहीं कर सकते, किंतु दुंदुभि की साधारण ध्वनि अथवा आघात से उठे ध्वनि समूह के ग्रहण कर लेने पर वह विभिन्न शब्द-लहरी भी गृहीत हो जाती है।"

"शंख बजने पर हम उसकी सुरलहरी पृथक्-पृथक् भाव से ग्रहण नहीं कर सकते, किंतु शंख की साधारण ध्वनि अथवा विभिन्न भाव से बजती हुई शब्दराशि गृहीत होने पर वे शब्द-लहरियाँ भी गृहीत हो जाती हैं।"

"वीणा बजते रहने पर उसके विभिन्न स्वरग्राम पृथक् भाव से गृहीत नहीं होते, किंतु वीणा का साधारण सुर अथवा विभिन्न रूप से उठा हुआ सुर समूह गृहीत होने पर वे स्वरग्राम-समूह भी गृहीत हो जाते हैं।"

"जैसे गीली लकड़ी जलाते रहने पर उससे अनेक प्रकार का धुआँ फैलता है तथा अनेक प्रकार के अग्निकण निकलते हैं, उसी प्रकार उस महान् पुरुष से ऋग्वेद, यजुर्वेद, सामवेद, अथर्वांगिरस, इतिहास, पुराण, विद्या, उपनिषद्, श्लोक, सूत्र, अनुव्याख्या तथा व्याख्या निःश्वास के समान बहिर्गत होते हैं। ये समस्त ही उनके निःश्वासस्वरूप हैं।

"जैसे समस्त जल का एकमात्र आश्रय समुद्र है, जैसे—समस्त स्पर्श का त्वचा ही एकमात्र आश्रय है, जैसे—समस्त गंध की नासिका ही एकमात्र आश्रय है, जैसे—समस्त रस की जिह्वा ही एकमात्र आश्रय है, जैसे—समस्त रूप का आँख ही एकमात्र आश्रय है, जैसे—समस्त वाक्य का वागिंद्रिय ही एकमात्र आश्रय है, जैसे—समस्त शब्द का कान ही एकमात्र आश्रय है, जैसे—समस्त चिंतन का मन ही एकमात्र आश्रय है, जैसे समस्त ज्ञान का हृदय ही एकमात्र आश्रय है, जैसे समस्त कर्म का हाथ ही एकमात्र आश्रय है, जैसे समुद्र के जल के सर्वांश में लवण व्याप्त है, तथापि वह आँखों से दिखाई नहीं पड़ता, उसी प्रकार हे मैत्रेयी! इस आत्मा को आँखों से नहीं देखा जा सकता,

किंतु वह इस जगत् के सर्वांश में व्याप्त है। वह सब है। वह विज्ञानस्वरूप है। समस्त जगत् का उत्थान उससे होता है और फिर वह उसी में चला जाता है, क्योंकि उसके निकट पहुँचने पर हम ज्ञानातीत अवस्था में चले जाते हैं।"

यहाँ हमने यह भाव पाया कि हम सब ही स्फुलिंग के आकार में उससे बहिर्गत हुए हैं और उसे जान सकते, पर उसके निकट लौट जाकर उसके साथ एक हो जाते हैं। इस उपदेश से मैत्रेयी डरीं, जिस प्रकार सब लोग डरते हैं।

मैत्रेयी बोलीं, "भगवन्, आपने यहाँ मेरा मस्तिष्क विभ्रमित कर दिया। देवता आदि उस अवस्था में नहीं रहेंगे, 'हम' का ज्ञान नष्ट हो जाएगा, यह कहकर आप मुझमें भय उत्पन्न कर रहे हैं। जब मैं उस अवस्था में पहुँचूँगी, तब क्या मैं आत्मा को जान सकूँगी? मैं अहं ज्ञान खोकर अज्ञान अवस्था को प्राप्त होऊँगी, अथवा मैं उसे जानती हूँ, यह ज्ञान रहेगा? उस समय क्या किसी को भी जानने का, कुछ अनुभव करने का, किसी से भी प्रेम करने का, किसी से भी घृणा करने को शेष नहीं रहेगा?"

याज्ञवल्क्य बोले, "हे मैत्रेयी! तुम मत समझना की हम मोहजनक बात कर रहे हैं, तुम भयभीत मत होओ। यह आत्मा अविनाशी है, वह स्वरूपत: नित्य है, जिस अवस्था में दो रहते हैं, अर्थात् जो द्वैतावस्था है, वह निम्नतर अवस्था है। जहाँ द्वैतभाव रहता है, वहाँ एक व्यक्ति दूसरे को सूँघता है, एक व्यक्ति दूसरे का दर्शन करता है, एक व्यक्ति दूसरे का श्रवण करता है, एक व्यक्ति दूसरे की अभ्यर्थना करता है, एक व्यक्ति दूसरे के संबंध में चिंतन करता है, एक व्यक्ति दूसरे को चाहता है, किंतु जब सब ही आत्मा हो जाता है, तब कौन, किसे सूँघेगा, कौन किसको सुनेगा, कौन किसकी अभ्यर्थना करेगा, कौन किसको जानेगा? जिसके द्वारा जाना जाता है, उसे कौन जान सकता है? इस आत्मा का केवल 'नेति-नेति' (यह नहीं, यह नहीं) इस रूप में वर्णन किया जा सकता है। वह अचिंत्य है, उसकी बुद्धि द्वारा धारणा नहीं की जा सकती। वह अपरिणामी है, उसका कभी क्षय नहीं होता। वह अनासक्त है, कभी प्रकृति के साथ मिश्रित नहीं होता। वह पूर्ण है, समस्त सुख-दुःख के अतीत है। विज्ञाता को कौन जान सकता है? किस उपाय से उसे हम जान सकते हैं? कोई उपाय नहीं है। हे मैत्रेयी, यही ऋषिगण का चरम सिद्धांत है।

समस्त ज्ञान की अतीत अवस्था में जाने पर ही उसका लाभ होता है। तभी अमृतत्व-लाभ होता है।"

यहाँ तक यह भाव प्राप्त हुआ कि यह समस्त ही एक अनंत पुरुष है और उसी में हमारा यथार्थ अहं है—वहाँ कोई भाग अथवा अंश नहीं है, सकल भ्रमात्मक निम्न भाव कुछ भी नहीं है। किंतु इस क्षुद्र अहं के भीतर आदि से अंत तक वही अनंत यथार्थ अहं प्रतिभास हो रहा है। सब ही आत्मा की अभिव्यक्ति मात्र है। किस प्रकार हम इस आत्मा का लाभ करेंगे?

याज्ञवल्क्य ने आरंभ में ही हम सब से कहा है कि "पहले इस आत्मा के संबंध में सुनना होगा। उसके उसके बाद विचार करना होगा, उसके बाद ध्यान करना होगा।" यहाँ तक उन्होंने आत्मा का इस जगत् की सब वस्तुओं के साररूप में वर्णन किया है। तत्पश्चात् उस आत्मा के अनंत स्वरूप और मानव-मन के शांतभाव के संबंध में विचार करके वे इस सिद्धांत को प्राप्त हुए कि सब ज्ञाता इस आत्मा को सीमाबद्ध मन द्वारा जानना असंभव है। तब यदि इस आत्मा को जाना नहीं जा सकता, तो क्या करना होगा? याज्ञवल्क्य मैत्रेयी से बोले, "यद्यपि आत्मा को जाना नहीं जाता, तथापि उसे उपलब्ध किया जा सकता है।" इसलिए उसका किस प्रकार ध्यान करना होगा, इस विषय में उन्होंने उपदेश देना आरंभ किया। यह जगत् सब प्राणियों का कल्याणकारी एवं प्रत्येक प्राणी भी जगत् का कल्याणकारी है; क्योंकि दोनों ही परस्पर के अंशभूत हैं—एक की उन्नति दूसरे की उन्नति में सहायता करती है। किंतु स्वप्रकाश आत्मा का कल्याणकारी अथवा साहाय्यकारी कोई नहीं हो सकता, क्योंकि वह पूर्ण और अनंतस्वरूप है। जगत् में जो कुछ आनंद है, यहाँ तक कि अत्यंत निम्न स्तर का आनंद तक इसका ही प्रतिबिंब मात्र है। जो कुछ सुंदर है, सभी उस आत्मा का प्रतिबिंब मात्र है, और यह प्रतिबिंब जब अपेक्षाकृत अस्पष्ट होता है, तब उसे ही बुरा कहा जाता है। जब यह आत्मा कम अभिव्यक्त होती है, तब उसे तमः अथवा बुरा कहते हैं, जब अधिकतर अभिव्यक्त होती है, तब उसे प्रकाश अथवा अच्छा कहते हैं। यही केवल प्रभेद है। भला-बुरा केवल मात्रा का तारतम्य है—आत्मा की अल्प या अधिक अभिव्यक्त के आधार पर।

हमारे निज के जीवन का ही दृष्टांत लीजिए। बाल्यावस्था में कितनी वस्तुओं को हम अच्छा समझते हैं, जो वास्तव में बुरी हैं; और कितनी वस्तुओं को हम बुरे रूप में देखते हैं, जो वास्तव में अच्छी हैं। हमारी धारणा का कैसा परिवर्तन होता है ? एक भाव किस प्रकार उच्च से उच्चतर होता रहता है ! हम एक समय जिसे बहुत सुंदर समझते थे, अब फिर हम उसे उतना सुंदर नहीं मानते। इसी प्रकार भला-बुरा हमारे मन के विकास के ऊपर निर्भर करता है, बाहर उनका अस्तित्व नहीं है। प्रभेद केवल मात्रा के तारतम्य में है। सब उस आत्मा का ही प्रकाश मात्र है। वह सबमें ही प्रकाशित हो रही है, केवल उसका प्रकाश अल्प होने पर हम उसे बुरा कहते हैं और स्पष्टतर होने पर अच्छा कहते हैं। किंतु आत्मा स्वयं शुभ-अशुभ के अतीत है।

अतएव जगत् में जो कुछ है, सबका पहले अच्छा कहकर ही ध्यान करना होगा, क्योंकि वे उसी पूर्णस्वरूप की अभिव्यक्ति हैं। वे भली भी नहीं हैं, बुरी भी नहीं हैं, वे पूर्ण हैं और पूर्ण वस्तु केवल एक ही हो सकती है। भली वस्तुएँ अनेक प्रकार की हो सकती हैं, बुरी भी अनेक रह सकती हैं। भले-बुरे में प्रभेद की अनेक प्रकार की मात्राएँ रह सकती हैं, किंतु पूर्ण वस्तु केवल एकमात्र है, वह पूर्ण वस्तु विशेष प्रकार के आवरणों में से होकर दिखाई पड़ने पर हम उसे विभिन्न मात्राओं में अच्छी कहकर अभिहित करते हैं, अन्य प्रकार के आवरण के माध्यम से उसके प्रकाशित होने पर उसे हम बुरा कहते हैं। यह वस्तु संपूर्ण रूप से अच्छी है और वह संपूर्ण रूप से बुरी है—इस प्रकार की धारणा कुसंस्कार मात्र हैं। वास्तव में यहाँ तक ही कहा जा सकता है कि यह वस्तु अधिक अच्छी है और यह वस्तु कम अच्छी है तथा कम अच्छे को ही हम बुरा कहते हैं। भले-बुरे के संबंध में इन सब भ्रांत धारणाओं ने ही सब प्रकार के द्वैत भ्रम का प्रसव किया है। वे सब युगों के नर-नारी के विभीषिकाप्रद भावरूप में, मानवजाति के हृदय में, दृढ़ रूप से निबद्ध हो गई हैं। हम जो दूसरे से घृणा करते हैं, उसका कारण शैशव काल से अभ्यस्त ये सब निर्बोध-जनोचित धारणाएँ हैं। मानस जाति के संबंध में हमारा विचार संपूर्ण रूप से भ्रांतिपूर्ण हुआ है, हमने इस सुंदर पृथ्वी को नरक में परिणत किया है, किंतु ज्योंही हम भले-बुरे की इन भ्रांत धारणाओं को छोड़ देंगे, त्योंही

यह स्वर्ग में परिणत हो जाएगी। अब याज्ञवल्क्य अपनी स्त्री को जो उपदेश दे रहे हैं, उसमें कहते हैं—

"यह पृथ्वी सब प्राणियों के पक्ष में मधु अर्थात् मिष्ट या आनंदजनक है, सब प्राणी भी साथ ही इस पृथ्वी के पक्ष में मधु हैं—दोनों परस्पर सहायता किया करते हैं तथा इसका यह मधुरत्व उसी तेजोमय-अमृतमय आत्मा से आ रहा है।"

वही एक मधु अथवा मधुरत्व विभिन्न भाव से अभिव्यक्त हो रहा है। जहाँ भी मानवजाति के भीतर किसी प्रकार का प्रेम अथवा मधुरत्व दिखाई पड़ता है, साधु में हो, पापी में हो, महापुरुष में हो अथवा हत्याकारी में हो, देह में हो, मन में हो अथवा इंद्रिय में हो, वहीं ये विद्यमान हैं। उन्हीं एक पुरुष के अतिरिक्त वह और क्या हो सकता है? अत्यंत निम्नतम इंद्रिय सुख भी वे ही हैं, साथ ही उच्चतम आध्यात्मिक आनंद भी वे हैं। उनके अतिरिक्त मधुरत्व किसी में रह नहीं सकता। याज्ञवल्क्य यही कह रहे हैं। जब आप उस अवस्था में उपस्थित होंगे, जब सब वस्तुओं को समदृष्टि से देखेंगे, जब मद्यप भी मद्यपान की आसक्ति में और साधु के ध्यान में उसी एक मधुरत्व, एक आनंद का प्रकाश देखेंगे, तभी समझना होगा, आपने सत्य प्राप्त किया है। उस समय ही केवल आप समझेंगे, सुख किसे कहते हैं, शांति किसे कहते हैं, प्रेम किसे कहते हैं! किंतु जितने दिन तक आप यह वृथा भेद-ज्ञान रखेंगे, मूर्ख प्रमत्त के समान लड़कपन और कुसंस्कार के भाव रखेंगे, उतने दिन आपको सब प्रकार का दुःख प्राप्त होगा। वह तेजोमय अमृतमय पुरुष ही समग्र जगत् की भित्ति स्वरूप उनके पीछे विद्यमान है—सभी उसके मधुरत्व की अभिव्यक्ति मात्र हैं। यह देह भी मानो क्षुद्र ब्रह्मांडस्वरूप है तथा इस देही की समस्त शक्तियों के भीतर से होकर मन के सब प्रकार के उपभोग के मध्य से वे ही तेजोमय पुरुष प्रकाशित हो रहे हैं। देह में देही, जो तेजोमय स्वप्रकाश पुरुष विद्यमान है, वही आत्मा है।

"यह जगत् सकल प्राणियों के पक्ष में ऐसा मधुमय है एवं सब प्राणी ही उसके निकट मधुमय हैं; क्योंकि वे ही तेजोमय अमृतमय पुरुष इस जगत् के आनंदस्वरूप हैं। हमारे बीच भी वे आनंदस्वरूप हैं। वे ही ब्रह्म हैं।"

"यह वायु सकल प्राणियों के पक्ष में मधुस्वरूप है और इस वायु के निकट भी सकल प्राणी मधुस्वरूप हैं; क्योंकि वे ही तेजोमय अमृतमय पुरुष वायु में भी विद्यमान हैं और देह में भी विद्यमान हैं। सकल प्राणियों के प्राणरूप में प्रकाश पा रहे हैं।"

"यह सूर्य सकल प्राणियों के पक्ष में मधुस्वरूप है एवं इस सूर्य के पक्ष में भी सकल प्राणी मधुस्वरूप हैं; क्योंकि वे ही तेजोमय पुरुष सूर्य में विद्यमान हैं एवं उनका ही प्रतिबिंब छोटे-छोटे ज्योतिरूप में प्रकाशित हो रहा है।"

"यह चंद्र सब प्राणी के पक्ष में मधुस्वरूप है, साथ ही इस चंद्र के पक्ष में सब प्राणी मधुस्वरूप हैं; क्योंकि तेजोमय पुरुष, जो चंद्र के अंतरात्मा-स्वरूप हैं, वे ही हमारे भीतर मन रूप में प्रकाशित हो रहे हैं।"

"यह विद्युत् सब प्राणियों के पक्ष में मधुस्वरूप है, सब प्राणी भी विद्युत् के पक्ष में मधुस्वरूप हैं; क्योंकि वे तेजोमय अमृतमय पुरुष विद्युत् के आत्मास्वरूप हैं, साथ ही वे हमारे मध्य भी विद्यमान हैं, क्योंकि सबकुछ वे ब्रह्म ही हैं।"

"वही ब्रह्म, वही आत्मा सब प्राणियों का राजा है।"

ये सब भाव मनुष्य के पक्ष में अत्यंत उपकारी हैं; इन सबका उपदेश 'ध्यान' के लिए दिया गया है। दृष्टांतस्वरूप—पृथ्वी का ध्यान करते रहिए, पृथ्वी का चिंतन कीजिए, साथ-ही-साथ यह भी सोचिए कि पृथ्वी में जो है, हमारी देह में भी वही है। चिंताबल से पृथ्वी और देह को एक कर लीजिए और देह के भीतर की आत्मा के साथ पृथ्वी के अभ्यंतरवर्ती आत्मा का अभिन्न भाव साधन कीजिए। वायु को वायु के आभ्यंतरवर्ती और अपनी आभ्यंतरवर्ती आत्मा के सहित चिंतन कीजिए। इसी प्रकार ये सब ध्यान किए जाते हैं। यह सब ही एक है, विभिन्न आकार में प्रकाशित मात्र हो रहा है। सब ध्यानों का ही चरम लक्ष्य—इस एकत्व की उपलब्धि करना है और याज्ञवल्क्य ने मैत्रेयी को यही समझाने का यत्न किया था।

□

प्रकृति और मानव

आजकल के लोगों की धारणा है कि प्रकृति के अंतर्गत जगत् का केवल वही भाग आता है, जो भौतिक स्तर पर अभिव्यक्त है। साधारणत: जिसे मन समझा जाता है, उसे प्रकृति के अंतर्गत नहीं मानते।

इच्छा की स्वतंत्रता सिद्ध करने के प्रयास में दार्शनिकों ने मन को प्रकृति से बाहर माना है, क्योंकि जब प्रकृति कठोर और दृढ़ नियम से बँधी और शासित है, तब मन को यदि प्रकृति के अंतर्गत माना जाए, तो वह भी नियमों में बँधा होना चाहिए। इस प्रकार के दावे से इच्छा की स्वतंत्रता का सिद्धांत ध्वस्त हो जाता है, क्योंकि जो नियम में बँधा है, वह स्वतंत्र कैसे हो सकता है ?

भारतीय दार्शनिकों का मत इसके विपरीत है। उनका मत है कि सभी भौतिक जीवन, चाहे वह व्यक्त हो अथवा अव्यक्त, नियम से आबद्ध है। उनका दावा है कि मन तथा बाह्य प्रकृति दोनों नियम से, एक तथा समान नियम से आबद्ध हैं। यदि मन नियम के बंधन में नहीं है, हम जो विचार करते हैं, वे यदि पूर्व विचारों के परिणाम नहीं हैं, यदि एक मानसिक अवस्था दूसरी पूर्वावस्था के परिणामस्वरूप उसके बाद ही नहीं आती, तब मन तर्कशून्य होगा और तब कौन कह सकेगा कि इच्छा स्वतंत्र है और साथ ही तर्क या बुद्धिसंगतता के व्यापार को अस्वीकार करेगा ? और दूसरी ओर कौन मान सकता है कि मन कारणता के नियम से शासित होता है, साथ ही दावा कर सकता है कि इच्छा स्वतंत्र है ?

नियम स्वयं कार्य-कारण का व्यापार है। कुछ पूर्वघटित कार्यों के अनुसार कुछ परवर्ती कार्य होते हैं। प्रत्येक पूर्ववर्ती का अपना अनुवर्ती होता है। प्रकृति में ऐसा ही होता है। यदि नियम की यह क्रिया मन में होती है, तो मन आबद्ध है और इसलिए वह स्वतंत्र नहीं है, इच्छा स्वतंत्र नहीं है। हो भी कैसे सकती है ? किंतु हम सभी जानते हैं, हम सभी अनुभव करते हैं कि हम स्वतंत्र हैं। यदि हम मुक्त न हों तो जीवन का कोई अर्थ ही नहीं रह जाएगा और न वह जीने लायक होगा।

प्राच्य दार्शनिकों ने इस मत को स्वीकार किया, अथवा यों कहो कि इसका प्रतिपादन किया कि मन तथा इच्छा देश, काल एवं निमित्त के अंतर्गत ठीक उसी प्रकार हैं, जैसे—तथाकथित जड़ पदार्थ हैं। अतएव वे कारणता के नियम से आबद्ध हैं। हम काल में सोचते हैं, हमारे विचार काल में आबद्ध हैं, जो कुछ है, उन सब का अस्तित्व देश और काल में है। सबकुछ कारणता के नियम से आबद्ध है।

इस तरह जिन्हें हम जड़ पदार्थ और मन कहते हैं, वे दोनों एक ही वस्तु हैं। अंतर केवल स्पंदन की मात्रा में है। अत्यल्प गति से स्पंदनशील मन को जड़ पदार्थ के रूप में माना जाता है। जड़ पदार्थ में जब स्पंदन की मात्रा का क्रम अधिक होता है, तो उसे मन के रूप में जाना जाता है। दोनों एक ही वस्तु हैं और इसलिए जब जड़ पदार्थ देश, काल तथा निमित्त के बंधन में है, तब मन भी जो उच्च स्पंदनशील जड़ वस्तु है, उसी नियम से आबद्ध है।

प्रकृति एकरस है। विविधता अभिव्यक्ति में है। 'नेचर' के लिए संस्कृत शब्द है प्रकृति, जिसका व्युत्पत्यात्मक अर्थ है विभेद। सबकुछ एक ही तत्त्व है, लेकिन वह विविध रूपों में अभिव्यक्त हुआ है। मन जड़ पदार्थ बन जाता है और फिर क्रमानुसार जड़ पदार्थ मन बन जाता है। यह केवल स्पंदन की बात है।

इस्पात की एक छड़ लो और उसे इतनी पर्याप्त शक्ति से आघात करो, जिससे उसमें कंपन आरंभ हो जाए। तब क्या घटित होगा ? यदि ऐसा किसी अँधेरे कमरे में किया जाए, तो जिस पहली चीज का तुमको अनुभव होगा, वह

होगी ध्वनि, भनभनाहट की ध्वनि। शक्ति की मात्रा बढ़ा दो, तो इस्पात की छड़ प्रकाशमान हो उठेगी तथा उसे और अधिक बढ़ाओ, तो इस्पात बिल्कुल लुप्त हो जाएगा। वह मन बन जाएगा।

एक अन्य दृष्टांत लो—यदि मैं दस दिनों तक निराहार रहूँ, तो मैं सोच न सकूँगा। मन में भूले-भटके, इने-गिने विचार आ जाएँगे। मैं बहुत अशक्त हो जाऊँगा और शायद अपना नाम भी न जान सकूँगा। तब मैं थोड़ी रोटी खा लूँ, तो कुछ ही क्षणों में सोचने लगूँगा। मेरी मन की शक्ति लौट आएगी। रोटी मन बन गई। इसी प्रकार मन अपने स्पंदन की मात्रा कम कर देता है और शरीर में अपने को अभिव्यक्त करता है, तो जड़ पदार्थ बन जाता है।

इनमें पहले कौन हुआ—जड़ वस्तु या मन, इसे मैं सोदाहरण बताता हूँ। एक मुरगी अंडा देती है। अंडे से एक और मुरगी पैदा होती है और फिर इस क्रम की अनंत श्रृंखला बन जाती है। अब प्रश्न उठता है कि पहले कौन हुआ, अंडा या मुरगी ? तुम किसी ऐसे अंडे की कल्पना नहीं कर सकते, जिसे किसी मुरगी ने न दिया हो और न किसी मुरगी की कल्पना कर सकते हो, जो अंडे से न पैदा हुई हो ! कौन पहले हुआ, इससे कोई अंतर नहीं पड़ता। करीब-करीब हमारे सभी विचार मुरगी और अंडे के गोरखधंधे जैसे हैं। अत्यंत सरल होने के कारण महान् से महान् सत्य विस्मृत हो गए। महान् सत्य इसलिए सरल होते हैं कि उनकी सार्वभौमिक उपयोगिता होती है। सत्य स्वयं सदैव सरल होता है। जटिलता मनुष्य के अज्ञान से उत्पन्न होती है।

मनुष्य में स्वतंत्र कर्ता मन नहीं है, क्योंकि वह तो आबद्ध है। वहाँ स्वतंत्रता नहीं है। मनुष्य मन नहीं है, वह आत्मा नित्य मुक्त, असीम और शाश्वत है। मनुष्य की मुक्ति इसी आत्मा में है। आत्मा नित्य मुक्त है, किंतु मन अपनी ही क्षणिक तरंगों से तद्रूपता स्थापित कर आत्मा को अपने से ओझल कर देता है और देश, काल तथा निमित्त की भूल-भुलैया माया में खो जाता है।

हमारे बंधन का कारण यही है। हम लोग सदा मन से तथा मन के क्रियात्मक परिवर्तनों से अपना तादात्म्य कर लेते हैं।

मनुष्य का स्वतंत्र कर्तृत्व आत्मा में प्रतिष्ठित है और मन के बंधन के बावजूद आत्मा अपनी मुक्ति को समझते हुए बराबर इस तथ्य पर बल देती रही है, 'मैं मुक्त हूँ! मैं हूँ, जो मैं हूँ! मैं हूँ, जो मैं हूँ!' यह हमारी मुक्ति है। आत्मा—नित्य मुक्त, असीम और शाश्वत—युग-युग से अपने उपकरण मन के माध्यम से अपने को अधिकाधिक अभिव्यक्त करती आई है।

तब प्रकृति से मानव का क्या संबंध है? निकृष्टतम प्राणियों से लेकर मनुष्यपर्यंत आत्मा प्रकृति के माध्यम से अपने को अभिव्यक्त करती है। व्यक्त जीवन के निकृष्टतम रूप में भी आत्मा उच्चतम अभिव्यक्ति अंतर्भूत है और विकास कही जाने वाली प्रक्रिया के माध्यम से वह बाहर प्रकट होने का उद्योग कर रही है।

विकास की भी प्रक्रिया अपने को अभिव्यक्त करने के निमित्त आत्मा का संघर्ष है। प्रकृति के विरुद्ध यह निरंतर चलते रहने वाला संघर्ष है। मनुष्य आज जैसा है, वह प्रकृति से अपनी तद्रूपता का नहीं, वरन् उससे अपने संघर्ष का परिणाम है। हम यह बात सुनते हैं कि हमें प्रकृति के साथ सामंजस्य करके और उससे समस्वरित होकर रहना चाहिए। यह भूल है। यह मेज, यह घड़ा, खनिज पदार्थ, वृक्ष सभी का प्रकृति से सामंजस्य है। पूरा सामंजस्य है, कोई वैषम्य नहीं। प्रकृति से सामंजस्य का अर्थ है, गतिरोध, मृत्यु। आदमी ने यह घर कैसे बनाया? प्रकृति से समन्वित होकर? नहीं। प्रकृति से लड़कर बनाया। मानवीय प्रगति प्रकृति के साथ सतत संघर्ष से निर्मित हुई है, उसके अनुसरण द्वारा नहीं।

आत्मा की मुक्ति

जिस प्रकार हमें आँख के होने का ज्ञान उसके कार्यों द्वारा ही होता है, उसी प्रकार हम आत्मा को बिना उसके कार्यों के नहीं देख सकते। इसे इंद्रियगम्य अनुभूति के निम्न स्तर पर नहीं लाया जा सकता। यह विश्व की प्रत्येक वस्तु का अधिष्ठान है, यद्यपि यह स्वयं अधिष्ठान रहित है। जब हमें इस बात का ज्ञान होता है कि हम आत्मा हैं, तब हम मुक्त हो जाते हैं। आत्मा

कभी परिवर्तित नहीं होती। इस पर किसी कारण का प्रभाव नहीं पड़ सकता, क्योंकि वह स्वयं कारण है। यह स्वयं ही अपना कारण है। यदि हम अपने में कोई ऐसी चीज प्राप्त कर लें, जो किसी कारण से प्रभावित नहीं होती, तो हमने आत्मा को जान लिया।

मुक्ति का अमरता से अविच्छिन संबंध है। मुक्त होने के लिए व्यक्ति को प्रकृति के नियमों के परे होना चाहिए। नियम तभी तक हैं, जब तक हम अज्ञानी हैं। जब ज्ञान होता है, तब हमें लगता है कि नियम हमारे भीतर की मुक्ति के अतिरिक्त और कुछ नहीं है। इच्छा कभी मुक्त नहीं हो सकती, क्योंकि वह कार्य और कारण की दासी है। किंतु इच्छा के पीछे रहने वाला 'अहं' मुक्त है और यही आत्मा है। 'मैं मुक्त हूँ'—यह वह आधार है, जिस पर अपना जीवन निर्मित करके उसका यापन करना चाहिए। मुक्ति का अर्थ है—अमरता।

आत्मा और ईश्वर

जो कुछ देश में है, उसका रूप है। देश का स्वयं रूप है। या तो तुम देश में हो या देश तुममें है। आत्मा समस्त देश से परे है। देश आत्मा में है, न कि आत्मा देश में। रूप—देश और काल से सीमित है और कार्य-कारण नियम से बँधा हुआ है। समग्र काल हममें है। हम काल में नहीं हैं। चूँकि आत्मा देश और काल में नहीं है, इसलिए सभी देश और काल आत्मा के भीतर हैं। अत: आत्मा सर्वव्यापी है।

ईश्वर के संबंध में हमारी धारणा हमारी अपनी प्रतिच्छाया है। ईश्वर के संबंध में आदिम धारणा प्रकृति के विभिन्न रूपों से उसका तादात्म्य कर देना था—प्रकृति-पूजा। अगली अवस्था में कबीलों के ईश्वर की पूजा हुई। इसके बाद की स्थिति में राजाओं की पूजा होने लगी। स्वर्गस्थ ईश्वर की धारणा भारत छोड़कर सभी जातियों में प्रधान है। यह भाव बहुत ही असंस्कृत है। जीवन के बने रहने का भाव मूर्खतापूर्ण है। जब तक हम जीवन से छुटकारा नहीं पाते, तब तक हम मृत्यु से छुट्टी नहीं पा सकते।

□

प्रकृति और पुरुष

जैसा कि हमें ज्ञात है, सांख्य मत के अवलंबनकर्ताओं ने प्रकृति को अव्यक्त अथवा अविभक्त कहा है और उसके अंतर्गत सब उपादानों की साम्यावस्था के रूप में उसका लक्षण किया है। इससे स्वभावत: ही यह ज्ञात होता है कि संपूर्ण साम्यावस्था अथवा सामंजस्य में किसी प्रकार की गति नहीं रह सकती। हम जो कुछ देखते, सुनते अथवा अनुभव करते हैं, वह सब ही जड़भूत और गति का समवाय मात्र है। इस प्रपंच विकास के पहले आदिम अवस्था में जब किसी प्रकार की गति नहीं थी, जब संपूर्ण साम्यावस्था थी, तब यह प्रकृति अविनाशी थी, क्योंकि सीमाबद्ध होने पर ही उसका विश्लेषण अथवा वियोजन हो सकता है और सांख्य मत के अनुसार परमाणु जगत् की आदिम अवस्था नहीं है। यह जगत् परमाणु-पुंज से उत्पन्न नहीं हुआ, वे दूसरी अथवा तीसरी अवस्था हो सकते हैं। आदि भूत ही परमाणु रूप में परिणत होता है और वह फिर उसकी अपेक्षा स्थूलतर पदार्थ में परिणत होता है।

आजकल का वैज्ञानिक अनुसंधान जितना आगे बढ़ा है, उससे प्रतीत होता है कि वह इस मत का पोषण करता है। उदाहरणस्वरूप—ईश्वर संबंधी आधुनिक मत की बात लीजिए। यदि आप कहेंगे कि ईथर भी परमाणु-पुंज के समवाय से उत्पन्न है, तो उससे किसी प्रकार भी समस्या की मीमांसा नहीं होगी। और भी अधिक स्पष्ट करके इस विषय को समझा जाए। वायु अवश्य परमाणु-पुंज से गठित है और हम जानते हैं, ईथर सर्वत्र विद्यमान है, वह सब में ओत-प्रोत भाव से विद्यमान और सर्वव्यापी है। वायु और अन्यान्य सब

वस्तुओं के परमाणु भी मानो इसी ईथर में तैर रहे हैं। फिर यदि ईथर की रचना परमाणु-समूह के संयोग से हो, तो ईथर के परमाणुओं में भी किंचित् अवकाश रहेगा। यह अवकाश किस वस्तु द्वारा पूर्ण है ? और जो कुछ इस अवकाश में व्याप्त रहेगा, उसके परमाणु-समूह में भी इसी प्रकार का अवकाश रहेगा। यदि आप कहें कि इस अवकाश के भीतर और भी सूक्ष्मतमर ईथर वर्तमान है, तो फिर उन ईथर-परमाणुओं में भी और अवकाश स्वीकार करना होगा। इस प्रकार सूक्ष्मतर, सूक्ष्मतम ईथर की कल्पना करते-करते अंतिम सिद्धांत कुछ भी प्राप्त नहीं होगा—इसे अनावस्था-दोष कहते हैं। अतएव परमाणुवाद चरम सिद्धांत हो नहीं सकता।

सांख्य मत के अनुसार, प्रकृति सर्वव्यापी है, वह एक सर्वव्यापी जड़राशि-स्वरूप है, उसमें इस जगत् में जो कुछ है—सबका कारण विद्यमान है। 'कारण' शब्द से किसका बोध होता है ? कारण से व्यक्त अवस्था की सूक्ष्मतर अवस्था का बोध होता है, जो व्यक्त होता है, उसकी ही अव्यक्त अवस्था का। 'विनाश' शब्द से किसका बोध होता है ? विनाश का अर्थ कारण में लय है, अर्थात् कारणावस्था-प्राप्ति है, जिन सब उपादानों से कोई वस्तु निर्मित हुई थी, वे अपनी आदिम अवस्था को चले जाते हैं। 'विनाश' शब्द से इस अर्थ के अतिरिक्त संपूर्ण अभाव का अर्थ असंभव है, यह स्पष्ट ही दिखाई पड़ रहा है। कपिल ने अनेक युग पहले विनाश का जो 'कारण में लय' अर्थ किया था, वास्तव में उससे केवल उसी का बोध होता है, यह आधुनिक विज्ञान के अनुसार प्रमाणित किया जा सकता है। 'सूक्ष्मतर अवस्था में गमन' के अतिरिक्त विनाश का और कोई अर्थ नहीं है। आप लोग जानते हैं, वैज्ञानिक प्रयोगशाला में किस प्रकार यह प्रमाणित किया जा सकता है कि भूत अविनश्वर है। आप लोगों में से जिन्होंने रसायनविद्या का अध्ययन किया है, यह अवश्य ही जानते हैं कि यदि काँच की एक नली के भीतर एक बत्ती और एक कास्टिक पेंसिल रखी जाए और बत्ती को पूरा जला दिया जाए, तो उस पेंसिल को बाहर निकालकर तौलने पर दिखाई पड़ेगा कि उसकी तौल इस समय, उसके पहले की तौल के साथ बत्ती के तौल को जोड़ने से

जो योगफल होता है, ठीक उतनी हो गई है। वह बत्ती ही सूक्ष्म से सूक्ष्मतर होकर उस पेंसिल में प्रविष्ट हो गई है। अतएव आजकल हमारी ज्ञानोन्नति की अवस्था में यदि कोई कहे कि किसी वस्तु का संपूर्ण अभाव हो जाता है, तो वह स्वत: उपहास योग्य हो जाएगा। केवल अशिक्षित व्यक्ति ही इस प्रकार की बात कहेंगे और आश्चर्य का विषय है—उन प्राचीन दार्शनिकगण का उपदेश आधुनिक ज्ञान से मिलता है। प्राचीनकाल के दार्शनिकगण मन को भित्तिस्वरूप मानकर अपने अनुसंधान में अग्रसर हुए थे, उन्होंने इस ब्रह्मांड के मानसिक भाग का विश्लेषण किया था और उसके द्वारा अनेक सिद्धांतों को प्राप्त किया था तथा आधुनिक विज्ञान उसके भौतिक भाग का विश्लेषण करके ठीक उन्हीं सिद्धांतों में उपनीत हुआ। दोनों प्रकार के विश्लेषण एक ही सत्य में उपनीत हुए हैं।

आपको अवश्य स्मरण होगा कि इस जगत् में प्रकृति के प्रथम विकास को सांख्यवादीगण 'महत्' कहते हैं। हम उसे 'समष्टि बुद्धि' कह सकते हैं, इसका ठीक शब्दार्थ है—सर्वश्रेष्ठ तत्त्व। प्रकृति का प्रथम विकास यही बुद्धि है। इसे अहंज्ञान नहीं कहा जा सकता, कहने पर भूल होगी। अहंज्ञान इस बुद्धितत्त्व का अंशविशेष मात्र है, परंतु बुद्धितत्त्व सार्वजनीन तत्त्व है। अहंज्ञान, अव्यक्त ज्ञान और ज्ञानातीत अवस्था—ये सब ही उसके अंतर्गत हैं। उदाहरणस्वरूप, प्रकृति में कितने ही परिवर्तन आप लोगों की आँखों के समक्ष ही घट रहे हैं, आप लोग वह सब देख रहे हैं और समझ रहे हैं; किंतु और कितने ही परिवर्तन हैं, वे सब इतने सूक्ष्म हैं कि किसी भी मानवीय बोधशक्ति द्वारा बोधगम्य नहीं हैं। ये दोनों प्रकार के परिवर्तन एक ही कारण द्वारा हो रहे हैं, वह एक ही महत् इन दोनों प्रकार के परिवर्तन को साधित कर रहा है। और कुछ परिवर्तन हैं, जो हमारे मन और विचार-शक्ति से अतीत हैं। ये सब परिवर्तन इस महत् में विद्यमान हैं।

व्यष्टि को लेकर जब हम सब आलोचना करने को प्रवृत्त होंगे, तब यह बात आप और अधिक अच्छी तरह समझेंगे। इसी महत् से समष्टि अहंतत्त्व की उत्पत्ति हुई है और ये दोनों ही भौतिक हैं। भूत और मन में परिणामगत

भेद के अतिरिक्त और किसी प्रकार का भेद नहीं है—एक ही वस्तु की सूक्ष्म और स्थूल अवस्था, एक दूसरी में परिणत हो रही है। इसके साथ आधुनिक शरीरविज्ञान शास्त्र के सिद्धांत का ऐक्य है। और मस्तिष्क से पृथक् एक मन है, यह और इस प्रकार के सब असंभव विषयों में विश्वास करने पर जिस प्रकार विज्ञानशास्त्र के साथ विरोध और द्वंद्व उपस्थित होता है, उससे प्रथमोक्त विश्वास के कारण इस प्रकार के विरोध से रक्षा हो जाती है। महत् नामक यह पदार्थ अहंतत्त्व नामक जड़ पदार्थ की सूक्ष्म अवस्थाविशेष में परिणत होता है, उसमें से एक प्रकार का परिणाम इंद्रिय है। इंद्रिय दो प्रकार की हैं, कर्मेंद्रिय और ज्ञानेंद्रिय। किंतु इंद्रिय के नाम से दिखाई पड़ने वाले आँख, कान, आदि का बोध नहीं होता, इंद्रिय इन सबकी अपेक्षा सूक्ष्मतर है, जिसे आप मस्तिष्क-केंद्र अथवा स्नायु-केंद्र कहते हैं। यह अहंतत्त्व परिणाम को प्राप्त होता है और इसी अहंतत्त्वरूप उपादान से ये केंद्र तथा सब स्नायु उत्पन्न होते हैं।

अहंतत्त्वरूप इस एक ही उपादान से और एक प्रकार के सूक्ष्म पदार्थ की उत्पत्ति होती है—वह तन्मात्रा अर्थात् सूक्ष्म भौतिक परमाणु है। जो आपकी नाक के संस्पर्श में आकर आपके घ्राण को गंध लेने में समर्थ करता है, वही तन्मात्रा का एक दृष्टांत है। आप इन सूक्ष्म तन्मात्राओं को प्रत्यक्ष नहीं कर पाते, ये तन्मात्राएँ हैं, आप केवल इस बात से परिचित मात्र हो सकते हैं। अहंतत्त्व से इन तन्मात्राओं की उत्पत्ति होती है और इन तन्मात्राओं अथवा सूक्ष्म भूत से स्थूल भूत की अर्थात् वायु, जल, पृथ्वी और अन्यान्य, जो कुछ हम देख पाते हैं अथवा अनुभव करते हैं उनकी उत्पत्ति होती है। हम इस विषय की छाप आपके मन में दृढ़ रूप से लगा देने का यत्न करें। यह धारणा करना बड़ा कठिन है, क्योंकि पाश्चात्य देश में मन और भूत के संबंध में अद्भुत धारणाएँ हैं। इन सब संस्कारों को मस्तिष्क से दूर करना अत्यंत कठिन है। बाल्यकाल में पाश्चात्य दर्शन की शिक्षा प्राप्त करने के कारण हमें भी इन तत्त्वों को समझने में घोर कष्ट सहन करना पड़ा था।

ये सब ही जगत् के अंतर्गत हैं। सोचकर देखिए, प्रथम अवस्था में एक सर्वव्यापी, अखंड अविभक्त जड़राशि रहती है। जैसे दूध परिणाम को प्राप्त

होकर दही बनता है, उसी प्रकार वह महत् नामक अन्य एक पदार्थ में परिणत होती है—यह महत् एक अवस्था में बुद्धितत्त्व के रूप में अवस्थान करता है, अन्य अवस्था में वह अहंतत्त्व के रूप में परिणत होता है। यह वही एक ही वस्तु है, केवल अपेक्षाकृत स्थूलतर आकार में परिणत होकर उसने अहंतत्त्व नाम धारण किया है। इसी प्रकार समग्र ब्रह्मांड मानो स्तर-स्तर से विरचित है। प्रथमतः अव्यक्त प्रकृति, यह सर्वव्यापी बुद्धितत्त्व में अथवा महत् में परिणत होती है, यह फिर सर्वव्यापी अहंतत्त्व अथवा अहंकार में और यह परिणाम प्राप्त करके फिर सर्वव्यापी इंद्रियग्राह्य भूत में परिणत होता है। यही भूत-समष्टि इंद्रिय अथवा केंद्रसमूह में और समष्टि सूक्ष्म परमाणु-समूह में परिणत होती है। फिर इन सबके मिलने पर इस स्थूल जगत्-प्रपंच की उत्पत्ति होती है। सांख्य मत के अनुसार, यही सृष्टि का क्रम है और बृहत् ब्रह्मांड में जो है, वह व्यष्टि अथवा क्षुद्र ब्रह्मांड में भी अवश्य रहेगा।

व्यष्टिस्वरूप एक मनुष्य की बात लीजिए। प्रथमतः उसके भीतर वही साम्यावस्थापन्न प्रकृति का अंश विद्यमान है। वही जड़स्वरूपा प्रकृति उसके भीतर महत् रूप में परिणत हुई है, उसी महत् अर्थात् सर्वव्यापी बुद्धितत्त्व का क्षुद्र अंश उसके भीतर विद्यमान है और उसी सर्वव्यापी बुद्धितत्त्व का क्षुद्र अंश उसके भीतर अहंतत्त्व में अथवा अहंकार में परिणत हुआ है—वह उसी सर्वव्यापी अहंतत्त्व का ही क्षुद्र अंशमात्र है। यह अहंकार फिर इंद्रिय और तन्मात्रा में परिणत हुआ है। तन्मात्राओं ने फिर परस्पर मिलकर उस क्षुद्र ब्रह्मांड—देह—की रचना की है। यह विषय हम सुस्पष्ट रूप से आपको समझाना चाहते हैं, क्योंकि वेदांत समझने के लिए यह प्रथम सोपानस्वरूप है; और यह जानना आपके लिए अत्यंत आवश्यक है, क्योंकि यही समग्र जगत् के विभिन्न प्रकार के दर्शनशास्त्र की भित्तिस्वरूप है। जगत् में ऐसा कोई दर्शनशास्त्र नहीं है, जो इस सांख्य दर्शन के प्रतिष्ठाता कपिल के प्रति ऋणी न हो। पाइथागोरस ने भारत में आकर इस दर्शन का अध्ययन किया था और ग्रीकवासियों के निकट वे इसके अनेक तत्त्व ले गए थे। तत्पश्चात् वह सिकंदरिया के दार्शनिक संप्रदाय की भित्तिस्वरूप में प्रतिष्ठित हुआ तथा

और भी परवर्तीकाल में वह नॉस्टिक-दर्शन की भित्ति बना। इस प्रकार वह दो भागों में विभक्त हुआ। उसका एक भाग यूरोप और सिकंदरिया में गया और दूसरा भाग भारत में ही रहा तथा सब प्रकार के हिंदू-दर्शन का भित्तिस्वरूप बन गया, क्योंकि व्यास का वेदांत-दर्शन इसकी ही परिणतिस्वरूप है। यह कपिल दर्शन ही जगत् में युक्तिविचार द्वारा जगत्तत्त्व की व्याख्या का सर्वप्रथम यत्न है। उसके प्रति उचित सम्मान प्रदर्शन करना जगत् के सब दार्शनिकगण के लिए उचित है।

हम आपके मन में यह बात विशेष रूप से स्थित कर देना चाहते हैं कि कपिल दर्शनशास्त्र के जनक हैं। अत: हम उनके उपदेश सुनने को बाध्य हैं और वे जो-जो कह गए हैं, उस सबके प्रति श्रद्धा व्यक्त करना हमारा कर्तव्य है। यहाँ तक कि वेद में भी इस अद्भुत व्यक्ति का, इस सर्वप्राचीन दार्शनिक का, उल्लेख देखने को मिलता है। उनके 'अनुभूति-समूह' कितने अपूर्व हैं! यदि योगीगण की अतींद्रिय प्रत्यक्ष शक्ति का कोई प्रमाण आवश्यक हो तो कहना होगा कि इस प्रकार के ही व्यक्ति उसके प्रमाण हैं। उन सबने किस प्रकार इन सब तत्त्वों को उपलब्ध किया? उनके पास अणुवीक्षण अथवा दूरवीक्षण यंत्र तो था नहीं। उनकी अनुभवशक्ति कितनी सूक्ष्म थी, उनके विश्लेषण कैसे निर्दोष और कितने अद्भुत थे! अस्तु!

अब पूर्वप्रसंग को फिर से आरंभ किया जाए। हम क्षुद्र ब्रह्मांड मनुष्य के तत्त्व की आलोचना कर रहे थे। हमने देखा है, बृहत् ब्रह्मांड जिन नियमों से निर्मित है, क्षुद्र ब्रह्मांड की रचना भी उसी प्रकार हुई है। पहले अविभक्त अथवा संपूर्ण साम्यावस्थापन्न प्रकृति थी। तत्पश्चात् उसमें विषमता प्राप्त होने पर कार्य आरंभ हुआ और इस कार्य के फलस्वरूप, जो प्रथम परिणाम हुआ, वह महत् अर्थात् बुद्धि है। अब आप देख रहे हैं, मनुष्य में जो यह बुद्धि विद्यमान है, वह सर्वव्यापी बुद्धितत्त्व अथवा महत् का क्षुद्र अंश-स्वरूप है। उससे अहंज्ञान का आविर्भाव हुआ, उससे अनुभवात्मक और गत्यात्मक स्नायुसकल एवं सूक्ष्म परमाणु अथवा तन्मात्रा की उत्पत्ति हुई। इस तन्मात्रा से ही स्थूल देह विरचित होती है।

हम यहाँ कहना चाहते हैं, शोपेनहावर के दर्शन और वेदांत में एक प्रभेद है। शोपेनहावर कहते हैं, वासना अथवा इच्छा इन सबका कारण है। हमारे इस प्रकार व्यक्तभावापन्न होने का कारण प्राण-धारण की इच्छा है, किंतु अद्वैतवादीगण इसे अस्वीकार करते हैं। वे कहते हैं, महत् तत्त्व ही इसका कारण है। ऐसी एक भी इच्छा नहीं हो सकती, जो प्रतिक्रियास्वरूप न हो। इच्छा से अतीत अनेक वस्तुएँ विद्यमान हैं। वह अहं द्वारा गठित एक वस्तु है। अहं उसकी अपेक्षा भी उच्चतर वस्तु है, अर्थात् महत् तत्त्व से उत्पन्न है और वह फिर अव्यक्त प्रकृति का विकारस्वरूप है।

मनुष्य में यह जो महत् अथवा बुद्धितत्त्व विद्यमान है, उसका स्वरूप उत्तम रूप से समझना विशेष आवश्यक है। यह महत् तत्त्व, जिसे हम अहं कहते हैं, उसमें परिणत होता है और यह महत् तत्त्व ही उन सब परिवर्तनों का कारण है, जिनके फलस्वरूप यह शरीर निर्मित हुआ है। महत् तत्त्व के भीतर ज्ञान की निम्न भूमि, साधारण ज्ञान की अवस्था और ज्ञान से अतीत अवस्था सब ही विद्यमान हैं। ये तीन अवस्थाएँ क्या हैं ? ज्ञान की निम्न भूमि हम पशुओं में देखते हैं और उसे सहजात ज्ञान कहते हैं। यह प्रायः अभ्रांत है, तथापि उसके द्वारा ज्ञातव्य विषय बहुत ही कम हैं। सहजात ज्ञान में प्रायः कभी भूल नहीं होती। एक पशु इस सहजात ज्ञान के प्रभाव से कौन सी घास खाने योग्य है, कौन सी घास विषाक्त है, यह सुविधापूर्वक समझ लेता है, किंतु यह सहजात ज्ञान केवल दो-एक विषयों में सीमाबद्ध है, वह यंत्र के समान काम करता रहता है। उसके पश्चात् हमारा साधारण ज्ञान आता है—यह सहजात ज्ञान की अपेक्षा उच्चतर अवस्था है। हमारा साधारण ज्ञान भ्रांतिमय है, यह पग-पग पर भ्रम में जा पड़ता है, किंतु इसकी गति इस प्रकार मृदु होने पर भी उसका प्रसार बहुत दूर तक है। इसे आप युक्ति अथवा विचारशक्ति कहते हैं। अवश्य सहजात ज्ञान की अपेक्षा उसका प्रसार अधिक दूर तक है, किंतु सहजात ज्ञान की अपेक्षा युक्तिविचार में अधिक भ्रम की आशंका है। इसकी अपेक्षा मन की और एक उच्चतर अवस्था विद्यमान है, ज्ञानातीत अवस्था—इस अवस्था में केवल योगीगण का ही। अर्थात् जिन्होंने यत्न करके इस अवस्था को प्राप्त

किया है, उनका ही अधिकार है। वह सहजात ज्ञान के समान भ्रांति से विहीन है और युक्तिविचार से भी उसका अधिक प्रसार है। वह सर्वोच्च अवस्था है।

हमारे लिए यह स्मरण रखना विशेष आवश्यक है कि जिस प्रकार मनुष्य के भीतर महत् ही ज्ञान की निम्नभूमि, साधारण ज्ञानभूमि और ज्ञानातीत भूमि है, अर्थात् ज्ञान जिन तीन अवस्थाओं में स्थित रहता है, यह महत् उन सब प्रकारों से प्रकाशित हो रहा है, उसी प्रकार इस बृहत् ब्रह्मांड में भी यही सर्वव्यापी बुद्धितत्त्व अथवा महत् सहजात ज्ञान, युक्तिविचार से उत्पन्न ज्ञान और विचार से अतीत ज्ञान, इन तीन प्रकारों से स्थित है।

यहाँ एक सूक्ष्म प्रश्न उपस्थित होता है और यह प्रश्न सदा पूछा जाता है। यदि पूर्ण ईश्वर ने इस जगत्-ब्रह्मांड की सृष्टि की है, तो यहाँ अपूर्णता क्यों है? हम जितना देखते हैं, उतने को ही ब्रह्मांड अथवा जगत् कहते हैं और वह हमारे साधारण ज्ञान अथवा युक्तिविचार से उत्पन्न ज्ञान के अतिरिक्त और कुछ भी नहीं है। उसके बाहर हम कुछ भी देख नहीं पाते। यह प्रश्न ही एक असंभव प्रश्न है। यदि हम एक बृहत् वस्तुराशि से क्षुद्र अंशविशेष ग्रहण करें और उसकी ओर दृष्टिपात करें, तो स्वभावतः असंपूर्ण प्रतीत होगा। यह जगत् असंपूर्ण प्रतीत होता है, क्योंकि हमने ही उसे असंपूर्ण किया है। किस प्रकार हमने यह किया? पहले विचार करके देखा जाए, युक्तिविचार किसे कहते हैं, ज्ञान किसे कहते हैं? ज्ञान का अर्थ है—सदृश वस्तु के साथ मिलान। आप लोगों ने मार्ग में जाकर एक मनुष्य को देखा, देखकर जाना, वह मनुष्य है। आपने अनेक मनुष्य देखे हैं, प्रत्येक ने आप लोगों के मन में एक-एक संस्कार उत्पन्न किया है। एक नए मनुष्य को देखते ही आप लोगों ने उसे अपने संस्कार के भंडार में ले जाकर देखा—वहाँ मनुष्य की अनेक छवियाँ विद्यमान हैं। तब इस नई छवि को शेष छवियों के साथ उनके लिए निर्दिष्ट कोष में रखा, तब आप तृप्त हुए। कोई नया संस्कार आने पर यदि आप लोगों के मन में उसके सदृश सब संस्कार पहले से ही वर्तमान रहें, तभी आप तृप्त होते हैं और इस मिलन अथवा सहयोग को ही ज्ञान कहते हैं। अतएव ज्ञान का अर्थ, पहले से ही हमारी जो अनुभूति-समष्टि विद्यमान है, उसके साथ और

एक सजातीय अनुभूति को एक ही कोष में प्रतिष्ठित कर देना है, तथा पहले से ही आपका एक ज्ञानभंडार न रहने पर कोई नया ज्ञान ही आपको नहीं हो सकता, यही उसका सर्वोत्तम प्रबल प्रमाण है। यदि आपका पूर्व ज्ञान कुछ न रहे अथवा अनेक यूरोपीय दार्शनिकों का जैसा मत है, मन यदि 'अनुत्कीर्ण फलक' स्वरूप हो, तो उसके पक्ष में किसी प्रकार का ज्ञान प्राप्त करना असंभव है; क्योंकि ज्ञान का अर्थ, पहले से ही जो सब संस्कार विद्यमान हैं, उनके साथ तुलना करके नूतन का ग्रहण मात्र ही है। ज्ञान का भंडार पहले से ही वर्तमान रहना चाहिए, जिसके साथ आप नए संस्कार को मिलाएँगे।

मान लीजिए, एक शिशु ने जन्म ग्रहण किया, जिसमें यह ज्ञान-भंडार नहीं है; ऐसी स्थिति में उसके पक्ष में किसी प्रकार का ज्ञान लाभ करना बिल्कुल असंभव है। अतएव स्वीकार करना ही होगा कि उस शिशु में अवश्य ही इस प्रकार का एक ज्ञानभंडार था और इसी प्रकार अनंत काल से ज्ञान लाभ हो रहा है। इस सिद्धांत की अवहेलना करने का कोई अवलंब नहीं है। यह गणित के समान एक ध्रुव सिद्धांत है। यह बहुत कुछ स्पेंसर तथा अन्यान्य यूरोपीय दार्शनिकों के सिद्धांत के सदृश है। उन्होंने केवल इतना ही देखा है कि अतीत ज्ञान का भंडार न रहने पर किसी प्रकार का ज्ञानलाभ असंभव है; अतएव शिशु पूर्व-ज्ञान लेकर जन्म ग्रहण करता है। उन्होंने यही समझा है कि कारण कार्य में अंतर्निहित रहता है, वह सूक्ष्म आकार में परिणत हो बाद में विकास प्राप्त करता है। परंतु ये दार्शनिकगण कहते हैं कि शिशु, जो संस्कार लेकर जन्म ग्रहण करता है, वह उसके निज की अतीत अवस्था के ज्ञान से प्राप्त नहीं है, वह उसके पूर्व पुरुषों का संचित संस्कार है; वंशानुक्रमिक संचार द्वारा वह उस शिशु के भीतर आया है।

अत्यंत शीघ्र ही ये समझेंगे कि यह मतवाद प्रमाणयुक्त नहीं है और इसी बीच में अनेक ने इस वंशानुक्रमिक संचार के मत के विरुद्ध तीव्र आक्रमण आरंभ किया है। यह मत असत्य नहीं है, किंतु असंपूर्ण है। वह केवल मनुष्य के जड़ भाग की व्याख्या मात्र करता है। यदि आप कहें—इस मतानुसार पारिपार्श्विक अवस्था के प्रभाव की किस प्रकार व्याख्या की जा सकती है?

तो इसके उत्तर में वे कहते हैं, अनेक कारणों से मिलकर एक कार्य होता है, पारिपार्श्विक अवस्था उनमें से एक है। दूसरी ओर हिंदू दार्शनिकगण कहते हैं, हम स्वत: ही अपनी पारिपार्श्विक अवस्था के गठनकर्ता हैं, क्योंकि हम अतीत अवस्था में जैसे थे, वर्तमान में भी वही होंगे। हम इसे दूसरे प्रकार से व्यक्त करना चाहें, तो कहेंगे, हम अतीत काल में जैसे थे, वैसे ही यहाँ भी उसी अवस्था को प्राप्त होते हैं।

अब हमने समझा, ज्ञान शब्द से क्या बोध होता है! ज्ञान और कुछ नहीं है, पुरातन संस्कारों के साथ एक नए संस्कार को गूँथना—एक ही कोष में संचित करके रखना है—नए संस्कार को पहचान लेना है। पहचान लेने अथवा प्रत्यभिज्ञा का अर्थ क्या है ? हममें पहले से ही जो सदृश संस्कार-समूह विद्यमान हैं, उनके साथ उसके मिलन का आविष्कार ही वह है। ज्ञान का अर्थ इसके अतिरिक्त और कुछ नहीं है। यही यदि ठीक है तो अवश्य स्वीकार करना होगा कि इसी ज्ञानलाभ की प्रणाली से जितने अदृश्य विषय हैं, सबको देखना होगा। यही बात है न ? मान लीजिए, आपको पत्थर के एक खंड को जानना है, तो उसके साथ सादृश्य अथवा सानुरूपता के लिए, उससे मिलाने के लिए आपको उसके सदृश पत्थर के सब खंडों को देखना होगा। किंतु जगत् के संबंध में हम ऐसा नहीं कर पाते, क्योंकि अपने साधारण ज्ञान द्वारा हम उसका एक प्रकार का अनुभव मात्र प्राप्त करते हैं—उसकी अन्य दिशा की ओर हम कुछ भी देख नहीं पाते, जिससे उसके सदृश वस्तु के साथ उसे मिला सकें। इसीलिए जगत् हमारे निकट अबोध्य होता है, क्योंकि ज्ञान और विचार सर्वदा ही सदृश वस्तु के साथ मिलन-साधन में नियुक्त हैं। ब्रह्मांड का यह अंश, जो हमारे ज्ञान से अविच्छिन्न है, हमें एक विस्मयकर नूतन पदार्थ प्रतीत होता है; उससे मिल सके, ऐसी कोई उसके सदृश वस्तु हम नहीं पाते। इसीलिए उस विषय में इतना विवाद है—हम सोचते हैं, जगत् अत्यंत भयानक और बुरा है; कभी-कभी हम उसे अच्छा भी समझते अवश्य हैं, किंतु साधारणत: उसे असंपूर्ण सोचते हैं। जगत् को जाना जाएगा, जब हम उसके समान ऐसी सदृश वस्तु का आविष्कार कर सकेंगे, जो उससे मिल सके। हम

तभी उस सबको जान सकेंगे, जब हम इस जगत् के—अपने इस क्षुद्र अहंज्ञान के—बाहर जाएँगे, केवल तभी जगत् हमें ज्ञात होगा। जितने दिनों तक हम यह नहीं कर लेते, उतने दिनों तक हमारे सब निष्फल यत्नों द्वारा कदापि उसकी व्याख्या नहीं होगी, क्योंकि ज्ञान का अर्थ है, सदृश विषय का आविष्कार; और हमारी यह साधारण ज्ञानभूमि हमें केवल जगत् का आंशिक भाव मात्र प्रदान करती है। यह समष्टि महत् अथवा हम अपने साधारण प्रतिदिन के व्यवहार की भाषा में, जिन्हें ईश्वर कहते हैं, उनकी धारणा के संबंध में भी यही बात है। हमारी ईश्वर संबंधी, जो धारणा है, वह उसके प्रति एक विशेष प्रकार का ज्ञान मात्र—उसकी आंशिक धारणा मात्र है—उसके अन्यान्य सब भाव हमारी मानवीय असंपूर्णता द्वारा आवृत्त हैं।

"सर्वव्यापी हम इतने बृहत् हैं कि यह जगत् तक हमारा अंशमात्र है।"

इसी कारण हम ईश्वर को असंपूर्ण देखते हैं और हम उनका भाव कभी समझ नहीं पाते, क्योंकि वह असंभव है। उनको समझने का एकमात्र उपाय, युक्तिविचार के अतीत प्रदेश में जाना है, अहंज्ञान के बाहर जाना।

"जब श्रुत और श्रवण, चिंतित और चिंता, इन सबके बाहर जाओगे, केवल तभी सत्य लाभ करोगे।"

"शास्त्र की सीमा के बाहर चले जाओ, क्योंकि वे जगत्कारण त्रिगुणात्मक प्रकृति तक ही सीमित है तथा वहीं तक शिक्षा देते हैं।"

इसके बाहर जाने पर ही हम सामंजस्य और मिलन देख पाते हैं। उसके पहले नहीं।

यहाँ तक यह स्पष्ट ज्ञात हो गया है कि यह बृहत् और क्षुद्र ब्रह्मांड एक ही नियम से निर्मित है और इस क्षुद्र ब्रह्मांड के एक ही सामान्य अंश को ही हम जानते हैं। हम ज्ञान की निम्न भूमि भी नहीं जानते, ज्ञान से अतीत भूमि को भी नहीं जानते। हम केवल साधारण ज्ञानभूमि को ही जानते हैं। यदि कोई व्यक्ति कहे, मैं पापी हूँ, तो वह निर्बोध मात्र है, क्योंकि वह अपने को नहीं जानता। वह अपने संबंध में नितांत अज्ञ है। वह केवल अपने एक अंश को जानता है, क्योंकि ज्ञान उसकी मानस भूमि के केवल एक अंश में व्याप्त

है। समग्र ब्रह्मांड के संबंध में भी यही बात है। युक्तिविचार द्वारा उसके एक अंशमात्र को जानना ही संभव है, किंतु जगत्-प्रपंच कहने पर ज्ञान की निम्न भूमि, साधारण ज्ञान भूमि, ज्ञानातीत भूमि, व्यष्टि महत्, समष्टि महत् तथा उनके पश्चात् के सब विकार—इन सबका ही बोध हो जाता है और ये सब साधारण ज्ञान के अतीत हैं।

कौन प्रकृति को परिणाम प्राप्त कराता है? हमने यहाँ तक देखा है कि प्राकृतिक सभी वस्तुएँ, यहाँ तक कि प्रकृति स्वयं भी जड़ और अचेतन है। ये नियम के अधीन होकर काम कर रहे हैं—सभी वस्तुएँ विभिन्न द्रव्यों की मिश्रणस्वरूप हैं और अचेतन हैं। मन, महत्तत्त्व, निश्चयात्मिका वृत्ति—ये सब ही अचेतन हैं। किंतु वे सभी ऐसे एक पुरुष के चित्त अथवा चैतन्य के प्रतिबिंब से प्रतिबिंबित हो रहे हैं, जो इन सबके अतीत हैं और सांख्य मतानुयायियों ने इसे ही पुरुष नाम की संज्ञा दी है। ये पुरुष जगत् में—प्रकृति में—ये जो सब परिणाम हो रहे हैं, उनका साक्षीस्वरूप कारण है, अर्थात् इस पुरुष को ही यदि सार्वजनीन अर्थ में ग्रहण किया जाए तो वह ही ब्रह्मांड का ईश्वर है।

यह कहा जाता है कि ईश्वर की इच्छा से ब्रह्मांड की सृष्टि हुई है। साधारण दैनिक वाक्य के व्यवहार के हिसाब से यह अत्यंत सुंदर वाक्य हो सकता है, किंतु इसकी अपेक्षा उसका और अधिक मूल्य नहीं है। इच्छा किस तरह सृष्टि का कारण हो सकती है? इच्छा—प्रकृति का तीसरा अथवा चौथा विकार है। अनेक वस्तुएँ इसके पहले ही बनी हैं। उनकी सृष्टि किसने की? इच्छा एक यौगिक पदार्थ मात्र है और जो कुछ यौगिक है, वह सबकुछ प्रकृति से ही उत्पन्न है। इच्छा स्वयं कदापि प्रकृति की सृष्टि नहीं कर सकती। वह एक अमिश्र वस्तु नहीं है। अतएव ईश्वर की इच्छा से इस ब्रह्मांड की सृष्टि हुई है, यह कहना युक्तिविरुद्ध है। मनुष्य के भीतर इच्छा हमारे अहंज्ञान के अल्प अंशमात्र में व्याप्त है। कुछ व्यक्ति कहते हैं, वह हमारे मस्तिष्क का संचालन करती है। यदि यही वह करती होती, तो आप इच्छा करते ही मस्तिष्क का कार्य बंद कर सकते थे, किंतु यह तो आप कर नहीं पाते। अतएव इच्छा मस्तिष्क को संचालित नहीं कर रही है। हृदय को गतिशील कौन कर रहा है?

इच्छा कदापि यह नहीं कर रही है, क्योंकि यदि ऐसा ही होता तो इच्छा करते ही हृदय की गति रोक सकते थे। इच्छा आपकी देह को भी परिचालित नहीं कर रही है, ब्रह्मांड को भी गतिशील नहीं कर रही है। दूसरी कोई वस्तु उन सबकी नियामक है—इच्छा जिसका एक विकास मात्र है। इस देह को ऐसी एक शक्ति परिचालित कर रही है, इच्छा जिसका विकास मात्र है। समग्र जगत् इच्छा द्वारा परिचालित नहीं हो रहा है, इसीलिए इच्छा को कारण बताने पर इसकी ठीक व्याख्या नहीं होती। मान लीजिए, हमने मान लिया कि इच्छा ही हमारी देह को चला रही हैं, अब इच्छा के अनुसार हम इस देह को परिचालित नहीं कर पा रहे हैं, इसलिए हमने खिन्नता प्रकाशित करना आरंभ किया। यह तो हमारा ही दोष है, क्योंकि इच्छा ही हमारी देह की परिचालनकर्त्री है, यह मान लेने का हमें कोई अधिकार नहीं था। इसी प्रकार यदि हम मान लें कि इच्छा ही जगत् का परिचालन कर रही है और उसके पश्चात् देखें, प्रकृत अथवा वास्तविक घटना के साथ यह बात मिल नहीं रही है, तो यह हमारा ही दोष है। यह पुरुष इच्छा नहीं है, अथवा बुद्धि नहीं है, क्योंकि बुद्धि एक यौगिक पदार्थ मात्र है।

किसी प्रकार के जड़ पदार्थ के न रहने पर किसी प्रकार की बुद्धि भी नहीं रह सकती। मनुष्य ने इस जड़ मस्तिष्क का आकार धारण किया है। जहाँ भी बुद्धि है, वहीं किसी-न-किसी आकार में जड़ पदार्थ अवश्य ही रहेगा। अतएव जब बुद्धि यौगिक पदार्थ हुआ, तब पुरुष क्या है? वह महत्तत्त्व भी नहीं है, निश्चयात्मिका वृत्ति भी नहीं है, किंतु इन दोनों का ही कारण है। उसका सान्निध्य ही उन सबको क्रियाशील बनाता है और परस्पर मिलन कराता है। पुरुष की उन सब वस्तुओं के साथ तुलना की जा सकती है, जिनका केवल सान्निध्य ही रासायनिक कार्य को तुरंत गतिशील बनाता है, जैसे सोना गलाना हो तो उसमें पोटैशियम साइनाइड मिलाना होता है। पोटैशियम साइनाइड अलग रह जाता है, उस पर कोई रासायनिक कार्य नहीं होता, किंतु सोना गलाने का काम सफल करने के लिए उसके सान्निध्य का प्रयोजन है। पुरुष के संबंध में भी यही बात है। वह प्रकृति के साथ मिश्रित नहीं होता, वह बुद्धि या महत् अथवा उसका किसी प्रकार का विकार नहीं है, वह शुद्ध पूर्ण आत्मा है।

"मेरे साक्षीस्वरूप विद्यमान रहने के कारण प्रकृति यह सब चेतन और अचेतन का सृजन कर रही है।"

तो फिर प्रकृति में यह चेतनत्व कहाँ से आया? पुरुष ही इस चेतनत्व की भित्ति है और यह चेतनत्व ही पुरुष का स्वरूप है। वह ऐसा एक तत्त्व है, जो वाक्य से व्यक्त नहीं किया जा सकता, बुद्धि द्वारा समझा नहीं जा सकता, किंतु जिसे हम ज्ञान कहते हैं, उसका उपादानस्वरूप है। यह पुरुष हमारा यह साधारण ज्ञान नहीं है, क्योंकि ज्ञान एक यौगिक पदार्थ है, परंतु इस ज्ञान के भीतर जो कुछ उज्ज्वल और उत्तम है वह उस पुरुष का ही है। पुरुष में चैतन्य है, किंतु पुरुष को बुद्धिमान अथवा ज्ञानवान नहीं कहा जा सकता, किंतु वह ऐसी वस्तु है, जिसके रहने पर ही ज्ञान संभव होता है। पुरुष में जो चित्त है, वह प्रकृति से मिलकर हमारे निकट बुद्धि अथवा ज्ञान के नाम से परिचित होता है। जगत् में जो कुछ सुख, आनंद एवं शांति है, सब पुरुष की है; परंतु वह सब मिश्र है, क्योंकि उसमें पुरुष और प्रकृति का मिश्रण है।

"जहाँ किसी प्रकार का सुख है, जहाँ किसी प्रकार का आनंद है, वहाँ उस अमृतस्वरूप पुरुष का एक कण विद्यमान है, यह समझ लेना होगा।"

यह पुरुष ही समग्र जगत् के महाआकर्षणस्वरूप है; वह यद्यपि उसके द्वारा अस्पष्ट और उसके साथ असंस्पृष्ट है, तथापि वह समग्र जगत् को आकर्षित कर रहा है। मनुष्य को जो कांचन के अन्वेषण में दौड़ते देखा जाता है, उसका कारण मनुष्य के न जानने पर भी यह है कि वास्तव में उस कांचन में पुरुष का एक स्फुलिंग विद्यमान है। जब मनुष्य संतान की प्रार्थना करता है, अथवा स्त्रियाँ जब स्वामी की आकांक्षा करती हैं, तब कौन सी शक्ति उन्हें आकर्षित करती है? उस संतान और उस स्वामी के भीतर, जो उस पुरुष का अंश है, वही उनकी आकर्षणशक्ति है। यह पुरुष सबके ही पीछे विद्यमान है, केवल उसमें जड़ का आवरण पड़ा है। और कुछ भी किसी को आकर्षित नहीं कर सकता।

इस अचेतनात्मक जगत् में पुरुष ही एकमात्र चेतन है। यह ही सांख्य के पुरुष हैं। अतएव इससे निश्चित रूप से समझा जाता है कि यह पुरुष

असीम अवश्य ही सर्वव्यापी है, क्योंकि जो सर्वव्यापी नहीं है, वह अवश्य ही ससीम है। सब सीमाबद्ध भाव ही किसी कारण के कार्यस्वरूप हैं और जो कार्यस्वरूप है, उसका अवश्य आदि-अंत रहेगा। यदि पुरुष सीमाबद्ध हो, तब वह अवश्य ही विनाश को प्राप्त होगा; वह तो फिर चरम तत्त्व नहीं हुआ, वह मुक्तस्वरूप नहीं हुआ, वह किसी कारण का कार्यस्वरूप—उत्पन्न पदार्थ हुआ। अतएव यदि वह सीमाबद्ध न हो, तो वह सर्वव्यापी है। कपिल के मत के अनुसार, पुरुष की संख्या एक नहीं है, बहु है। अनंतसंख्यक पुरुष विद्यमान हैं; आप भी एक पुरुष हैं, मैं भी एक पुरुष हूँ, प्रत्येक ही एक पुरुष है—वे नाना अनंतसंख्यक वृत्तस्वरूप हैं। तिस पर उनमें से प्रत्येक भी अनंत है। पुरुष जनमते भी नहीं, मरते भी नहीं। वे मन भी नहीं हैं, भूत भी नहीं हैं। और हम जो कुछ जानते हैं, सब ही उनके प्रतिबिंबस्वरूप हैं। हम निश्चित रूप से जानते हैं कि यदि वे सर्वव्यापी हों, तो उनका जन्म एवं मृत्यु कदापि हो नहीं सकती। प्रकृति उन पर अपनी छाया-जन्म और मृत्यु की छाया-प्रक्षेप कर रही है, किंतु वे स्वभावत: नित्य हैं।

□

बहुरूप में प्रकाशित एक सत्ता

हमने देखा है, वैराग्य अथवा त्याग ही इन समस्त विभिन्न योगों की मूल भित्ति है। कर्मी कर्मफल त्याग करते हैं। भक्त उन सर्वशक्तिमान और सर्वव्यापी प्रेमस्वरूप के लिए समग्र क्षुद्र प्रेम का त्याग करते हैं; योगी जो कुछ अनुभव करते हैं, उनकी जो कुछ अभिज्ञता है—समुदय का परित्याग करते हैं, क्योंकि उनके योगशास्त्र की शिक्षा यही है कि समुदय-प्रकृति यद्यपि आत्मा के भोग और उसकी अभिज्ञता के लिए है, तथापि वह अंत में उन्हें समझा देती है कि वे प्रकृति में अवस्थित नहीं हैं, किंतु प्रकृति से नित्य स्वतंत्र हैं। ज्ञानी सबकुछ त्याग करते हैं, क्योंकि ज्ञानशास्त्र का सिद्धांत यह है कि भूत, भविष्यत, वर्तमान किसी काल में भी प्रकृति का अस्तित्व नहीं है। हमने यह भी देखा है कि इन सब उच्चतर विषयों में 'इससे क्या लाभ है?' यह प्रश्न किया ही नहीं जा सकता। लाभ-अलाभ के प्रश्न की जिज्ञासा ही यहाँ अस्वाभाविक है, और यदि यह प्रश्न जिज्ञासित ही हो, फिर भी हम इस प्रश्न का उत्तम रूप से विश्लेषण करके क्या पाते हैं? लाभ का अर्थ क्या है—सुख। जो वस्तु लोगों की सांसारिक अवस्था की उन्नति साधित नहीं करती, जिससे उनके सुख की वृद्धि नहीं होती, उसकी अपेक्षा, जिससे उन्हें अधिक सुख प्राप्त होता है, उसमें ही उनका अधिक लाभ है—अधिक हित है। समग्र विज्ञान इसी एक लक्ष्य-साधन में, अर्थात् मनुष्य जाति को सुखी करने के लिए यत्न कर रहा है तथा जिससे अधिक परिमाण में सुख उत्पन्न होता है, मनुष्य उसे ही ग्रहण करके, जिसमें अल्प सुख है, उसे त्याग देता है। हमने देखा है, सुख या तो देह में

अथवा मन में अथवा आत्मा में अवस्थित है। पशुओं का एवं पशुप्राय अनुन्नत मनुष्यागण का समस्त सुख देह में है। भूख में आर्त एक कुत्ता अथवा बाघ जिस प्रकार तृप्ति के साथ आहार करता है, कोई मनुष्य उस प्रकार नहीं कर सकता। अतः कुत्ते अथवा बाघ के सुख का आदर्श संपूर्ण रूप से देहगत है। मनुष्य में हम कुछ उच्च स्तर का सुख देखते हैं—मनुष्य ज्ञान की आलोचना से सुखी होता है। सर्वोच्च स्तर का सुख ज्ञानीगण का है। वे आत्मानंद में विभोर रहते हैं। आत्मा ही उनके सुख का एकमात्र उपकरण है। अतएव ज्ञानी के पक्ष में यह आत्मज्ञान परम लाभ अथवा हित है; क्योंकि इससे ही वे परम सुख प्राप्त करते हैं। जड़ विषय-समूह अथवा इंद्रिय चरितार्थता उनके लिए सर्वोच्च लाभ का विषय हो नहीं सकता, क्योंकि वे ज्ञान में जिस प्रकार सुख प्राप्त करते हैं, विषय-समूह अथवा इंद्रियभोग से उस प्रकार नहीं पाते। वास्तव में ज्ञान ही उनका एकमात्र लक्ष्य है।

हम जितने प्रकार के सुख के विषयों से परिचित हैं, उनमें से आत्मज्ञान ही सर्वोच्च सुख है। जो अज्ञान में कार्य किया करते हैं, वे मानो "देवगण के भारवाही पशुओं के सदृश हैं।" यहाँ देव शब्द का अर्थ ज्ञानी व्यक्ति के लिए प्रयुक्त है। जो सब व्यक्ति यंत्रवत् कार्य अथवा परिश्रम करते हैं; वे वास्तव में जीवन का उपभोग नहीं करते; ज्ञानी व्यक्ति ही जीवन का उपभोग करते हैं। एक धनी व्यक्ति ने, मान लीजिए, एक लाख रुपए व्यय करके एक चित्र मोल लिया, किंतु जो शिल्प समझ सकता है, वही उसका उपभोग करेगा। क्रेता यदि शिल्पज्ञान शून्य हो तो उसके लिए वह निरर्थक है, वह केवल उसका अधिकारी मात्र है। समग्र जगत् में ज्ञानी व्यक्ति ही जगत् का सुख भोग करते हैं। अज्ञानी व्यक्ति कभी सुख भोग नहीं कर सकता, उसे अज्ञान अवस्था में भी दूसरे के लिए परिश्रम करना होता है।

यहाँ तक हमने अद्वैतवादियों के सिद्धांतसमूह को देख लिया, हमने देखा—उनके मत के अनुसार आत्मा एक ही है, दो आत्माएँ हो नहीं सकतीं। हमने देखा—समग्र जगत् में एक सत्ता मात्र विद्यमान है तथा वही एक सत्ता इंद्रियगण के भीतर से दिखाई पड़ने पर जड़ जगत् के समान प्रतीत होती

है। जब केवल मन के भीतर से वह दिखाई पड़ती है, तब उसे चिंता और भावजगत् कहते हैं तथा जब उसके यथार्थ स्वरूप का ज्ञान होता है, तब वह एक अनंत पुरुष के रूप में प्रतीत होती है। इस विषय को आप विशेष रूप से स्मरण रखिएगा—यह कहना ठीक नहीं है कि मनुष्य के भीतर एक आत्मा है, यद्यपि समझाने के लिए पहले हमें इस प्रकार मान लेना पड़ा था। वास्तव में केवल एक सत्ता विद्यमान है एवं वह सत्ता आत्मा है और वह जब इंद्रियों के भीतर से अनुभूत होती है, तब उसे देह कहते हैं; जब वह चिंतन या भाव के भीतर से अनुभूत होती है, तब उसे मन कहते हैं तथा जब वह स्व-स्वरूप में उपलब्ध होती है, तब वही आत्मा के रूप में उसी एक अद्वितीय सत्ता के रूप में प्रतीत होती है। अतएव यह ठीक नहीं है कि एक स्थान में देह, मन और आत्मा, ये तीनों वस्तुएँ विद्यमान हैं—यद्यपि समझाते समय इस प्रकार की व्याख्या करके समझाना अत्यंत सहज हुआ था, किंतु सब ही वही आत्मा है तथा वह एक पुरुष ही विभिन्न दृष्टि के अनुसार कभी देह, कभी मन अथवा कभी आत्मा के रूप में अभिहित होता है।

एकमात्र पुरुष ही विद्यमान है, अज्ञानीगण उसे ही जगत् कहते हैं। जब वह व्यक्ति ज्ञान में अपेक्षाकृत उन्नत होता है, तब वह उस पुरुष को ही भावजगत् कहने लगता है तथा जब पूर्ण ज्ञान के उदय से सब भ्रम नष्ट हो जाता है, तब मनुष्य देख पाता है, यह सभी कुछ आत्मा के अतिरिक्त और कुछ नहीं है। चरम सिद्धांत यह है कि 'हम वही एक सत्ता हैं'। जगत् में दो-तीन सत्ताएँ नहीं हैं, सब ही एक है। वह एक सत्ता ही माया के प्रभाव से बहुरूप में दिखाई पड़ रही है, जिस प्रकार अज्ञानवश रस्सी में साँप का भ्रम हो जाता है। वह रस्सी ही साँप के समान दिखाई पड़ती है। यहाँ रस्सी अलग और साँप अलग, दो पृथक् वस्तुएँ नहीं हैं। कोई यहाँ दो वस्तुएँ नहीं देखता। द्वैतवाद, अद्वैतवाद अत्यंत सुंदर दार्शनिक पारिभाषिक शब्द हो सकते हैं, किंतु संपूर्ण अनुभूति के समय में ही सत्य और मिथ्या कभी नहीं देख पाते। हम सब जन्म से ही अद्वैतवादी हैं, इस बात से भागने का उपाय नहीं है। हम सब समय एक को ही देखते हैं। जब हम रस्सी देखते हैं, तब साँप बिल्कुल

नहीं देखते, और जब साँप देखते हैं, तब रस्सी बिल्कुल नहीं देखते, वह उस समय लुप्त हो जाती है। जब आप लोगों का भ्रम-दर्शन होता है, तब यथार्थ (मनुष्य-तत्त्व) नहीं देखते। मान लीजिए, दूर से मार्ग में आपके एक बंधु आ रहे हैं। आप उससे अत्यंत उत्तम रूप से परिचित हैं, किंतु आपके सम्मुख-कुहरा होने के कारण आप उन्हें अन्य व्यक्ति समझ रहे हैं। जब आप अपने बंधु को अन्य व्यक्ति समझ रहे हैं, तब आप अपने बंधु को देख नहीं रहे हैं, वे अंतर्हित हो गए हैं। आप केवल एक व्यक्ति को देख रहे हैं। मान लीजिए, आपके बंधु को 'क' कहकर अभिहित किया गया। तब आप जब 'क' को 'ख' के समान देख रहे हैं, तब आप 'क' को बिल्कुल ही नहीं देख पा रहे हैं। इस प्रकार आपको सब स्थानों में एक उपलब्धि होती है। जब आप अपने को देहरूप में दर्शन करते हैं, तब आप देहमात्र हैं और कुछ नहीं हैं तथा जगत् के अधिकांश मनुष्यों को इसी प्रकार उपलब्धि होती है। वे आत्मा, मन आदि बातें मुँह से कह सकते हैं, किंतु देखते हैं यह स्थूल भौतिक आकृति ही स्पर्श, दर्शन, आस्वाद इत्यादि।

कोई-कोई व्यक्ति अपनी ज्ञानभूमि की विशेष प्रकार की अवस्था में अपने को चिंतन अथवा भावरूप में अनुभव किया करते हैं। सर हंफ्री डेवी के संबंध में जो कथा प्रचलित है, वह आप अवश्य जानते हैं। वे अपनी कक्षा में 'हास्यजनक-वाष्प' (लॉफिंग गैस) लेकर परीक्षा कर रहे थे। अकस्मात् एक नल टूट जाने के कारण भाप बाहर निकल आई और निःश्वास द्वारा उन्होंने उसे ग्रहण किया। कुछ क्षण तक वे पत्थर की मूर्ति के समान निश्चल रूप से खड़े रहे। अंत में उन्होंने कक्षा के विद्यार्थियों से कहा, 'जब हम उस अवस्था में थे, हम वास्तव में अनुभव कर रहे थे कि समस्त जगत् चिंतन अथवा भाव से गठित है। उस भाप की शक्ति से कुछ क्षण के लिए उन्हें अपना देहज्ञान विस्मृत हो गया था और जिसे वे पहले शरीर के रूप में देख रहे थे, उसे ही इस समय चिंतन अथवा भावसमूह के रूप में देख सके। जब अनुभूति और भी उच्चतर अवस्था में जाती है, जब इस क्षुद्र अज्ञान को सदैव के लिए पार किया जाता है, तब सबके पश्चात् जो सत्य वस्तु विद्यमान है, वह प्रकाशित

होने लगती है। उसे तब हम अखंड सच्चिदानंद के रूप में, उस एक आत्मा के रूप में, अनंत पुरुष के रूप में दर्शन करते हैं।

ज्ञानी व्यक्ति समाधि-काल में अनिर्वचनीय, नित्यबोध, केवलानंद, निरूपम, अपार, नित्यमुक्त, निष्क्रिय, असीम, गगनसम, निष्कल, निर्विकल्प, पूर्णब्रह्म मात्र का हृदय में साक्षात् दर्शन करते हैं।

अद्वैत मतावलंबी इस समस्त विभिन्न प्रकार के स्वर्ग-नरक की तथा हम सभी धर्मों में जो नानाविध भाव देख पाते हैं, इन सबकी किस प्रकार व्याख्या करते हैं? जब मनुष्य की मृत्यु होती है, कहा जाता है कि वह स्वर्ग में अथवा नरक में जाता है, यहाँ-वहाँ नाना स्थानों में जाता है अथवा स्वर्ग में या अन्य किसी लोक में देहधारण करके जन्म ग्रहण करता है। अद्वैतवादी कहते हैं, यह सब भ्रम है। वास्तव में कोई उत्पन्न नहीं होता, मरता भी नहीं। स्वर्ग भी नहीं है, नरक भी नहीं अथवा इहलोक भी नहीं। इन तीनों का ही किसी काल में अस्तित्व नहीं है। एक बालक को अनेक भूतों की कहानियाँ सुनाकर संध्या के समय उसे बाहर जाने को कहिए। एक खंभा है। बालक क्या देखता है? वह देखता है—एक भूत हाथ बढ़ाकर उसे पकड़ने को आ रहा है! मान लीजिए, एक प्रेमी मार्ग के एक कोने से अपनी प्रेमिका के दर्शन करने के लिए आ रहा है। वह उस खंभे को अपनी प्रणयिनी समझ लेता है। एक पहरेदार उसे चोर समझेगा तथा चोर उसे पहरेदार ठहराएगा। वह एक ही खंभा विभिन्न रूपों में दिखाई पड़ रहा है। खंभा वस्तु ही सत्य है तथा वह जो विभिन्न भाव में उसका दर्शन है, वह केवल नाना प्रकार के मन का विकार मात्र है। एकमात्र पुरुष—यह आत्मा ही विद्यमान है। वह कहीं जाती भी नहीं है, आती भी नहीं। अज्ञानी मनुष्य स्वर्ग अथवा उस प्रकार के स्थान में जाने की वासना करता है, समस्त जीवन उसने लगातार केवल उसका ही चिंतन किया है। जब उसका इस पृथ्वी का स्वप्न चला जाता है, तब वह इस जगत् को ही स्वर्ग रूप में देख पाता है—देखता है कि यहाँ देववृंद विराजते हैं, इत्यादि-इत्यादि।

यदि कोई व्यक्ति समस्त जीवन अपने पूर्व-पितृपुरुषगण को देखना चाहे, वह आदम से आरंभ करके सबको ही देख पाता है, क्योंकि वह स्वयं ही उन

सबकी सृष्टि किया करता है। यदि कोई और अधिक अज्ञानी हो तो धर्मांध लोग चिरकाल उसे नरक का भय दिखाया करें, तो वह मृत्यु के पश्चात् इस जगत् को ही नरक के रूप में देखता है और यह भी देखता है कि वहाँ लोग अनेक प्रकार के दंड भोग रहे हैं। मृत्यु अथवा जन्म का और कुछ अर्थ नहीं है, केवल दृष्टि का परिवर्तन है। आप भी कहीं जाते नहीं अथवा जिसके ऊपर अपना दृष्टिक्षेप करते हैं, वह भी कहीं नहीं जाता। आप तो नित्य अपरिणामी हैं। आपका फिर आना-जाना कैसा? यह असंभव है। आप तो सर्वव्यापी हैं। आकाश गतिशील नहीं है, किंतु उसके ऊपर से मेघ इस दिशा से उस दिशा में गतिशील हुआ है। रेलगाड़ी में चढ़कर यात्रा करते समय जैसे पृथ्वी गतिशील प्रतीत होती है, यह भी ठीक उसी प्रकार है। वास्तव में पृथ्वी तो डिग नहीं रही है, रेल ही चल रही है। इसी प्रकार आप जहाँ थे, वहीं हैं, केवल ये सब विभिन्न स्वप्न हैं, मेघसमूह के समान इस-उस दिशा में जा रहे हैं। एक स्वप्न के पश्चात् और एक स्वप्न आ रहा है। उनमें परस्पर कोई संबंध नहीं है। इस जगत् में नियम अथवा संबंध नामक कुछ भी नहीं है। किंतु हम सोच रहे हैं, परस्पर यथेष्ट संबंध है।

आप सबने ही संभवत: 'विस्मयलोक में एलिस' (एलिस इन वंडरलैंड) नामक ग्रंथ पढ़ा है। हमने वह पुस्तक पढ़कर बहुत आनंद प्राप्त किया था—हमारे मस्तिष्क में निरंतर बालकों के लिए उस प्रकार की पुस्तक लिखने की इच्छा थी। हमें उसमें से सबसे अधिक यह अच्छा लगा था कि आप जिसे सबसे अधिक असंगत समझते हैं, वही उसमें है—किसी के साथ किसी का कोई संबंध नहीं है। एक भाव आकर मानो दूसरे एक के गले में कूद पड़ रहा है—उनमें परस्पर कोई संबंध नहीं है। जब आप लोग शिशु थे, आप सोचते थे, उनमें परस्पर अद्‌भुत विद्यमान है। उस व्यक्ति ने अपनी शैशवावस्था की चिंताओं को ही लेकर शैशव-अवस्था में जो-जो उसे संपूर्ण संबंध युक्त प्रतीत होता था—शिशुओं के लिए उस पुस्तक की रचना की है। अनेक व्यक्ति बालकों के लिए जिन सब पुस्तकों की रचना करते हैं, उनमें बड़े होने पर जो सब चिंताएँ आई हैं तथा भाव जाग्रत् हुए हैं, उन्हें ही वे बालकों को

कंठगत कराने का यत्न करते हैं, किंतु ये पुस्तकें बालकों के लिए कुछ भी उपयोगी नहीं होतीं। वह सब व्यर्थ एवं निरर्थक लेखन मात्र है। जो हो, हम सब भी वय:प्राप्त शिशुमात्र हैं। हमारा जगत् भी उसी प्रकार की असंबद्ध वस्तु मात्र है—वह सब एलिस का विस्मयलोक है—किसी के साथ किसी प्रकार का संबंध नहीं है। हम जब अनेक बार अनेक घटनाओं को एक निर्दिष्ट क्रम के अनुसार घटित देखते हैं, तो हम उन्हें ही कार्य-कारण के नाम से अभिहित करते हैं और कहते हैं कि वे फिर भी घटित होंगी। जब ये स्वप्न चले जाएँगे और इनके स्थान में दूसरे स्वप्न आएँगे, तब वे भी इनके ही समान संबंध युक्त प्रतीत होंगे। स्वप्न-दर्शन के समय हम जो कुछ देखते हैं, सब ही परस्पर संबंध युक्त प्रतीत होंगे। स्वप्न की अवस्था में वे कभी असंबद्ध अथवा असंगत नहीं लगते—केवल जब हम जाग उठते हैं, तभी संबंध का अभाव देख पाते हैं। इसी प्रकार जब हम इस जगत्रूपी स्वप्न-दर्शन से जाग उठकर इस स्वप्न की सत्य के साथ तुलना करके देखेंगे, तब वह सभी कुछ असंबद्ध और निरर्थक प्रतीत होगा। कितनी ही असंबद्ध वस्तुएँ मानो हमारे सामने से चली गईं—वे कहाँ से आईं, कहाँ जा रही हैं, हम कुछ भी नहीं जानते, किंतु हम यह जानते हैं कि उनका अंत होगा। और इसे ही माया कहते हैं। ये सब परिणामशील वस्तुएँ दल-के-दल गतिशील मेघजलों के समान हैं, और वह अपरिणामी सूर्य आप स्वयं हैं। जब आप उस अपरिणामी सत्ता को बाहर से देखते हैं, तब उसे आप ईश्वर कहते हैं और भीतर से देखने पर उसे आप निज की आत्मा अथवा स्वरूप के समान देखते हैं। दोनों ही एक हैं—आपसे पृथक् ईश्वर नहीं है, आप से यथार्थत: जो आप हैं, उससे श्रेष्ठतर ईश्वर नहीं है, सब ईश्वर अथवा देवता ही आपकी तुलना में क्षुद्रतर हैं; ईश्वर, स्वर्गस्थ पिता आदि की समस्त धारणा आपका ही प्रतिबिंब मात्र है। ईश्वर स्वयं ही आपका प्रतिबिंब या प्रतिमास्वरूप है। 'ईश्वर ने अपने प्रतिबिंब के रूप में मानव की सृष्टि की' यह बात भूल है। मनुष्य निज के प्रतिबिंब के अनुसार ईश्वर की सृष्टि करता है—यह बात ही सत्य है। समस्त जगत् में ही हम अपने प्रतिबिंब के अनुसार ईश्वर अथवा देवतागण की सृष्टि

करते हैं। हम देवता की सृष्टि करते हैं, उनके पदतल पर उतरकर उनकी उपासना करते हैं और ज्योंही यह स्वप्न हमारे निकट आता है, तब हम उन्हें प्रेम करने लगते हैं।

सार यह है कि एक सत्ता मात्र ही है कि वह एक सत्ता ही विभिन्न मध्यवर्ती वस्तुओं के बीच से होकर दिखाई पड़ने के कारण उसी को पृथ्वी अथवा स्वर्ग, नरक अथवा ईश्वर, भूत-प्रेत, मानव, दैत्य अथवा जगत् या वह सब कहते हैं, जो हमें बोध होता है। किंतु इन सब विभिन्न परिणामी वस्तुओं में, जिनका कभी परिणाम नहीं होता, जो इस चंचल मर्त्यजगत् के एकमात्र जीवनस्वरूप हैं, जो एक पुरुष बहु व्यक्तियों की काम्य वस्तु का विधान कर रहे हैं, उन्हें जो सब धीर व्यक्ति अपनी आत्मा में अवस्थित जानकर उनका दर्शन करते हैं, उन्हें ही नित्य शांति-लाभ होता है—अन्य किसी को भी नहीं।

उसी एक सत्ता का साक्षात्कार करना होगा। किस प्रकार उनकी अपरोक्ष अर्थात् प्रत्यक्ष अनुभूति होगी—किस प्रकार उनका साक्षात्कार-लाभ होगा, यही इस समय जिज्ञासा की बात है। किस प्रकार यह स्वप्न भंग होगा कि हम क्षुद्र नर-नारी हैं—हमको यह चाहिए, हमें वह करना होगा, यह जो स्वप्न है, इससे किस प्रकार हम जागेंगे? हम ही सब जगत् के वे अनंत पुरुष हैं तथा हमने जड़भावापन्न होकर क्षुद्र नर-नारी रूप धारण किया है—हम एक व्यक्ति की मधुर बात से गल जाते हैं तथा दूसरे एक व्यक्ति की कड़वी बात से गरम हो उठते हैं। भला-बुरा, सुख-दुःख हम सबको नचा रहा है! कितनी भयानक निर्भरता है—कितना भयानक दासत्त्व है!

हम जो सुख-दुःख के अतीत हैं, समस्त जगत् ही, जिनका प्रतिबिंबस्वरूप है, सूर्य, चंद्र, नक्षत्र, जिनके महाप्राण के क्षुद्र निर्झर मात्र हैं—हम कैसे भयानक दासभावापन्न हो गए हैं! हमारी देह में आपके एक चिमटी काटने पर हमें दुःख होने लगता है। कोई यदि एक मीठी बात करता है, त्योंही हमें आनंद होने लगता है। हमारी कैसी दुर्दशा है, देखिए—हम सब वस्तुओं के दास हैं! यह दासत्व हटाना किस प्रकार होगा?

इस आत्मा के संबंध में पहले सुनना होगा, तत्पश्चात् उसे लेकर मनन अर्थात् विचार करना होगा, तत्पश्चात् उसका निदिध्यासन अर्थात् ध्यान करना होगा।

अद्वैतज्ञानी की यही साधना प्रणाली है। सत्य के संबंध में पहले सुनना होगा, फिर उसके विषय का चिंतन करना होगा, उसके पश्चात् क्रमशः उसे मन-ही-मन दृढ़ भाव से कहना होगा; सर्वदा ही सोचिए—'हम ब्रह्म हैं' अन्य सब चिंताओं को दुर्बलताजन्य मानकर दूर करना होगा। जिस किसी चिंता से आपको अपने नर-नारी होने का ज्ञान होता है, उसे दूर कर दीजिए। देह जाए, मन जाए, देवतागण भी जाएँ, भूत-प्रेत आदि भी जाएँ, उस एक सत्ता के अतिरिक्त सब जाएँ।

"जहाँ एक व्यक्ति अन्य को देखता नहीं, एक व्यक्ति अन्य नहीं, एक व्यक्ति अन्य कुछ सुनता नहीं, एक व्यक्ति अन्य कुछ जानता नहीं, वही भूमा अर्थात् महान् अथवा अनंत है; तथा जहाँ एक व्यक्ति अन्य को देखता है, एक व्यक्ति अन्य कुछ सुनता है, एक व्यक्ति अन्य कुछ जानता है, वह क्षुद्र अथवा ससीम है।"

वही सर्वोत्तम वस्तु है, जहाँ विषयी और विषय एक हो जाते हैं। जब हमीं श्रोता और हमीं वक्ता हैं, जब हमीं आचार्य और हमीं शिष्य हैं, जब हमीं स्रष्टा और हमीं सृष्ट हैं, केवल तभी भय जाता है, क्योंकि हमें भयभीत करने वाला और कोई अथवा कुछ नहीं है। हमारे अतिरिक्त जब और कुछ भी नहीं है, तब हमें भय दिखाएगा कौन ? दिन-प्रति-दिन यही तत्त्व सुनना होगा। अन्य सब चिंताएँ दूर कर दीजिए और सब दूर तोड़कर फेंक दीजिए, निरंतर उसकी आवृत्ति कीजिए। जब तक वह हृदय में न पहुँचे, जब तक प्रत्येक स्नायु, प्रत्येक मांसपेशी, यहाँ तक कि प्रत्येक शोणित-बिंदु तक इस भाव से पूर्ण न हो जाए कि हम ही वे हैं, तब तक कान के भीतर से यह तत्त्व क्रमशः भीतर प्रवेश करना होगा। यहाँ तक कि मृत्यु के सामने होकर भी कहिए—'हम ही वे हैं।'

भारत में एक संन्यासी थे—वे 'शिवोऽहं, शिवोऽहं' की आवृत्ति करते थे। एक दिन एक बाघ आकर उनके ऊपर कूद पड़ा और उन्हें खींच ले

जाकर उन्हें मार डाला। जब तक वे जीवित रहे, तब तक 'शिवोऽहं, शिवोऽहं' ध्वनि सुनी गई थी। मृत्यु के द्वार में, घोरतर विशद् में, रणक्षेत्र में, समुद्रतल में, उच्चतम पर्वत शिखर में, गंभीरतर अरण्य में, चाहे जहाँ क्यों न पड़ जाइए, सर्वदा अपने से कहते रहिए—हम ही वे हैं, हम ही वे हैं। दिन-रात बोलते रहिए, हम ही वे हैं। यह श्रेष्ठतम तेज का परिचय है, यही धर्म है।

दुर्बल व्यक्ति कभी आत्मा का लाभ नहीं कर सकता। कभी मत कहिएगा, 'हे प्रभो! हम अति अधम पापी हैं।' कौन आपकी सहायता करेगा? आप जगत् के साहाय्यकर्ता हैं—आपकी इस बात में फिर कौन सहायता कर सकता है? आपकी सहायता करने में कौन मानव, कौन देवता अथवा कौन दैत्य सक्षम है? आपके ऊपर और किसकी शक्ति काम करेगी? आप ही जगत् के ईश्वर हैं—आप फिर कहाँ सहायता ढूँढ़िएगा? आपने जो कुछ सहायता पाई है, अपने निज के अतिरिक्त और किसी से नहीं पाई। आपने प्रार्थना करके जिसका उत्तर पाया है, अज्ञानवश आपने सोचा है, अन्य किसी पुरुष ने उसका उत्तर दिया है, किंतु अनजाने में आपने स्वयं ही उस प्रार्थना का उत्तर दिया है। आपसे ही सहायता आई थी तथा आपने आग्रह के साथ कल्पना कर ली थी कि अन्य कोई आपको सहायता भेज रहा है। आपके बाहर आपका सहायककर्ता और कोई नहीं है—आप ही जगत् के स्रष्टा हैं। रेशम के कीड़े के समान आप ही अपने चारों ओर जाल का निर्माण कर रहे हैं। कौन आपका उद्धार करेगा? आप यह जाल काट फेंककर सुंदर तितली के रूप में मुक्त आत्मा रूप में बाहर निकल आइए। तब ही, केवल तब ही आप सत्य दर्शन करेंगे। सर्वदा अपने मन से कहते रहिए, हम ही वे हैं। ये वाक्य आपके मन के अपवित्रता रूपी कूड़े-करकट को भस्म कर देंगे, उससे ही आपके भीतर पहले से ही जो महाशक्ति अवस्थित है, वह प्रकाशित हो जाएगी; उससे ही आपके हृदय में जो अनंत शक्ति सुप्त भाव से विद्यमान है, वह जग जाएगी। सर्वदा ही सत्य—केवलमात्र सत्य—सुनकर ही इस महाशक्ति का उद्बोधन करना होगा। जिस स्थान में दुर्बलता की चिंता विद्यमान है, उस स्थान की ओर दृष्टिपात तक मत कीजिए।

साधना आरंभ करने के पहले मन में जितने प्रकार के संदेह आ सकते हैं, सब भंजन कर लीजिए। युक्ति, तर्क, विचार जहाँ तक कर सकिए, कीजिए। इसके पश्चात् जब आपने मन में स्थिर सिद्धांत किया कि यही एवं केवलमात्र यही सत्य है, और कुछ नहीं है, तब फिर तर्क न कीजिएगा, तब मुँह एकदम बंद कीजिए। तब फिर तर्क-युक्ति न सुनिए, स्वतः भी तर्क न कीजिए। फिर तर्क-युक्ति का प्रयोजन क्या? आपने तो विचार करके तृप्ति-लाभ किया है, अब सत्य का साक्षात्कार करना होगा। फिर वृथा तर्क में अधिक अमूल्य समय नष्ट करने से फल क्या है? अब उस सत्य का ध्यान करना होगा एवं जो दुर्बल बनाए, उसे ही परित्याग करना होगा। भक्त मूर्ति-प्रतिमा आदि एवं ईश्वर का ध्यान करते हैं। यही स्वाभाविक साधना प्रणाली है, किंतु इससे अत्यंत मंद गति से अग्रसर होना होता है। योगीगण अपनी देह के अभ्यंतर के विभिन्न केंद्रों अथवा चक्रों पर ध्यान करते हैं और मन के भीतर के शक्तिसमूह की परिचालना करते हैं। ज्ञानी कहता है, मन का भी अस्तित्व नहीं है, देह का भी अस्तित्व नहीं है। इस देह और मन के चिंतन को दूर कर देना होगा, अतएव उनका (अर्थात् देह एवं मन का) चिंतन करना अज्ञानोचित कार्य है। वह मानो एक रोग को लाकर दूसरे एक रोग को आरोग्य करने के समान है। अतएव उसका (अर्थात् ज्ञानी का) ध्यान ही सबकी अपेक्षा कठिन है—नेति, नेति; वह सभी वस्तुओं के अस्तित्व का नाश करता है तथा जो शेष रहता है, वही आत्मा है। यही सबकी अपेक्षा अधिक विश्लेषणात्मक (विलोम) साधन है। ज्ञानी केवल विश्लेषण के बल से जगत् को आत्मा से विच्छिन्न करना चाहते हैं। 'हम ज्ञानी हैं' यह बात कहना अत्यंत सहज है, परंतु यथार्थ ज्ञानी होना बड़ा ही कठिन है। वे कहते हैं—

'पथ अत्यंत दीर्घ है, यह मानो तलवार के तीक्ष्ण धार के ऊपर से चलना है; किंतु निराश मत होओ। उठो, जागो, तब तक उस चरम लक्ष्य में पहुँचते नहीं, तब तक मत रुकना।'

अतएव ज्ञानी का ध्यान किस प्रकार हुआ? ज्ञानी देह-मनविषयक सब प्रकार चिंतन को पार करना चाहते हैं। 'हम देह हैं' इस धारणा को वे दूर

कर देना चाहते हैं। दृष्टांत-स्वरूप देखिए, ज्योंही हम कहते हैं, हम अमुक स्वामी हैं, उसी क्षण देह का भाव आ जाता है। तब क्या करना होगा? मन पर बलपूर्वक आघात करके कहना होगा—'हम देह नहीं हैं, हम आत्मा हैं।'

रोग आए अथवा अत्यंत भयावह आकार में मृत्यु ही आकर क्यों न उपस्थित हो, कौन चिंता करता है? हम देह नहीं हैं। देह को सुंदर रखने का यत्न क्यों है? यह माया, यह भ्रांति हमारे संभोग के लिए है? देह जाए, हम देह नहीं हैं। यही ज्ञानी की साधना प्रणाली है। भक्त कहते हैं, "प्रभु ने हमें इस जीवन-समुद्र को सहज ही लाँघने के लिए यह देह दी है, अतएव जितने दिन तक यात्रा समाप्त नहीं होती, उतने दिन तक इसकी यत्नपूर्वक रक्षा करनी होगी।" योगी कहते हैं, "हमें देह का यत्न अवश्य ही करना होगा, जिससे हम साधनापथ पर आगे बढ़कर अंत में मुक्ति-लाभ कर सकें।" ज्ञानी सोचते हैं—"हम अधिक विलंब नहीं कर सकते। हम इसी मुहूर्त चरम लक्ष्य पर पहुँचेंगे।" वे कहते हैं, "हम नित्यमुक्त हैं, किसी भी काल में हम बद्ध नहीं थे; हम अनंत काल से इस जगत् के ईश्वर हैं। हमें तब पूर्ण कौन करेगा? हम नित्य पूर्णस्वरूप हैं।"

जब कोई मानव स्वयं पूर्णता को प्राप्त होता है, तब वह दूसरे में भी पूर्णता देखने लगता है। लोग जब दूसरे में अपूर्णता देखते हैं, तब यह समझना होगा कि अपने निज के मन की छाप दूसरे पर पड़ने के कारण ही वे इस प्रकार देखते हैं। उनके निज के भीतर यदि अपूर्णता न रहे, तो वे किस प्रकार अपूर्णता देखेंगे? अतएव ज्ञानी पूर्णता-अपूर्णता कुछ भी ग्राह्य नहीं करते। उनके पक्ष में उनमें से किसी का भी अस्तित्व नहीं है। ज्योंही वे मुक्त होते हैं, फिर भला-बुरा नहीं देखते। भला-बुरा कौन देखता है? वही जिसके निज के भीतर भला-बुरा होता है। दूसरे की देह कौन देखता है? जो अपने को देह समझता है। जिस मुहूर्त आप देहभावरहित होंगे, उसी मुहूर्त फिर आप जगत् नहीं देख पाएँगे। वह चिरकाल के लिए अंतर्हित हो जाएगा। ज्ञानी केवल विचारजनित सिद्धांत के बल से इस जड़-बंधन से अपने को विच्छिन्न करते हैं। यही 'नेति-नेति' मार्ग है।

□

बंधन-मुक्ति की धारणा

रेलवे लाइन पर एक भीमकाय इंजन तेजी से जा रहा था। एक छोटा सा कीड़ा लाइन पर रेंग रहा था। इंजन आ रहा है, यह देखकर धीरे से लाइन से उतरकर उसने अपने प्राण बचाए। यद्यपि वह क्षुद्र कीट इतना नगण्य है कि इंजन से दबकर किसी भी क्षण उसकी मृत्यु हो सकती है, तथापि वह एक जीवित पदार्थ है और इंजन इतना बृहत्, इतना प्रकांड होने पर भी केवल एक यंत्र है, एक जड़ इंजन ही है। आप कहेंगे, एक में जीवन है और दूसरा केवल जड़ पदार्थ है—उसकी चाहे जितनी शक्ति हो, उसकी गति और वेग जितना प्रबल हो, वह मृत जड़ यंत्र के सिवाय और कुछ भी नहीं है। और वह क्षुद्र कीट, जो लाइन के ऊपर चल रहा था, इंजन के स्पर्शमात्र से जिसकी मृत्यु निश्चित थी, वह उस भीमकाय इंजन की तुलना में श्रेष्ठ और महिमासंपन्न है। वह उस अनंतस्वरूप का ही एक क्षुद्र अंश है, इसी कारण वह उस शक्तिशाली इंजन से श्रेष्ठ है। उसका यह श्रेष्ठत्व क्यों हुआ? जीवित, प्राणसंपन्न वस्तु से मृत जड़ पदार्थ की भिन्नता हम कैसे समझते हैं? यंत्र-निर्माता ने उसे जिस प्रकार परिचालित करने की इच्छा से निर्माण किया था, वह यंत्र केवल उतना ही कार्य करता है, उसके सब कार्य जीवित प्राणी की भाँति नहीं हैं, तो फिर जीवित और मृत का भेद किस प्रकार किया जाए? जीवित प्राणी के भीतर स्वाधीनता है, ज्ञान है और मृत जड़ पदार्थ में स्वाधीनता नहीं है; कारण, उसको ज्ञान नहीं है, वह कुछ जड़ नियमों की सीमा से बद्ध है। यह जो स्वाधीनता है, जिसके रहने पर ही केवल यंत्र से हमारा विशेषत्व है, उस स्वाधीनता को

पूर्ण भाव से पाने के लिए ही हम सब चेष्टाएँ कर रहे हैं। हमारी जितने प्रकार की चेष्टाएँ हैं, उन सबका यही उद्देश्य है कि कैसे हम अधिकाधिक स्वाधीन हों? क्योंकि पूर्ण स्वाधीनता पाने पर ही हम पूर्णत्व पा सकते हैं। हम जानें या न जानें, स्वाधीनता पाने की चेष्टा ही सब प्रकार की उपासना-प्रणालियों की भित्ति है।

संसार में जितने प्रकार की उपासना-प्रणालियाँ प्रचलित हैं, उन सबका यदि विश्लेषण करें, तो हमें मालूम होगा कि नितांत असभ्य जातियाँ भूत-प्रेतादि की उपासना करती हैं। पूर्व पुरुषों की आत्माओं की उपासना, सर्प-पूजा, जातीय देवविशेष की उपासना—इन सबको लोग क्यों करते हैं? कारण यह है कि लोग समझते हैं कि उक्त देवादि पुरुषगण किसी अज्ञातरूप से हमारी स्वाधीनता में बाधा डालते हैं। इसी कारण इन सब पुरुषों को वे संतुष्ट करने की चेष्टा करते हैं, जिससे वे उनका किसी प्रकार अनिष्ट न कर सकें, अर्थात् जिससे वे अधिकतर स्वाधीनता लाभ कर सकें। इन सब श्रेष्ठ पुरुषों की पूजा कर उनको संतुष्ट करके वरस्वरूप उनसे नाना प्रकार की काम्य वस्तुओं की वे आकांक्षा करते हैं। जिन सबको अपने प्रयत्न से लाभ करना मनुष्य को उचित है, वे उन्हें देवता के अनुग्रह से पाना चाहते हैं।

जो कुछ भी हो, मतलब यह है कि इन सब उपासना प्रणालियों की आलोचना से यही उपलब्धि होती है कि समग्र संसार कुछ चमत्कार की आशा कर रहा है। यह आशा कभी भी हमें नहीं छोड़ती और हम चाहे जितनी चेष्टा क्यों न करें, हम सब केवल अद्भुत और आश्चर्यजनक की ओर ही दौड़ रहे हैं। जीवन के अर्थ और उसके रहस्य के अविराम अनुसंधान को छोड़ हमारे मन का और क्या अर्थ होता है? हम कहेंगे कि अशिक्षित लोग ही इन बातों के पीछे दौड़ रहे हैं, परंतु वे भी क्यों ऐसा करते हैं, इस प्रश्न से तो सहज ही हम छुटकारा नहीं पा सकते। बाइबिल में देखा जाता है कि यहूदी लोग ईसा मसीह के निकट निदर्शनस्वरूप एक अलौकिक घटना देखने की आकांक्षा व्यक्त करते थे। केवल यहूदी ही क्यों, समग्र जगत् ही हजारों वर्षों से लेकर इस प्रकार अलौकिक घटना देखने की प्रत्याशा करता आ रहा है और देखिए,

समग्र जगत् में सब के भीतर ही एक असंतोष का भाव दिखाई पड़ता है। हमने एक आदर्श को पकड़ा, जीवन का एक लक्ष्य स्थिर किया, परंतु उसकी ओर अग्रसर होकर आधे रास्ते में पहुँचते ही एक नया आदर्श पकड़ लिया। एक निर्दिष्ट लक्ष्य की ओर जाने के लिए हमने कठोर चेष्टाएँ कीं, परंतु उसके बाद समझ गए कि उससे हमारा कोई प्रयोजन नहीं है। समय-समय पर हममें ऐसे असंतोष का भाव आता रहता है, किंतु यदि असंतोष ही बना रहे, तो हमारी इन मानसिक चेष्टाओं का क्या लाभ ? इस सार्वजनीन असंतोष का अर्थ क्या है ? इसका अर्थ यह है कि स्वाधीनता-लाभ ही मानव-जीवन का चरम लक्ष्य है, जब तक वह इस स्वाधीनता का लाभ नहीं करता, तब तक किसी तरह भी उसका असंतोष दूर नहीं हो सकता। मनुष्य सर्वदा ही स्वाधीनता का अनुसंधान कर रहा है, मनुष्य का समग्र जीवन ही केवल इस स्वाधीनता-लाभ की चेष्टा है। बच्चा जन्म ग्रहण करते ही नियम के विरुद्ध विद्रोही हो जाता है। वह जनमते ही रोने लगता है। इसका अर्थ और कुछ भी नहीं है, वह जनमते ही देखता है कि वह विविध अवस्थाचक्र में बद्ध है, इसलिए मानो वह रोकर उक्त अवस्था का प्रतिवाद करते हुए, अपने अंतर्निहित मुक्ति की आकांक्षा को अभिव्यक्त करता है। मनुष्य की इस स्वाधीनता और मुक्ति की आकांक्षा से ही उसकी यह धारणा उत्पन्न होती है कि ऐसा एक पुरुष अवश्य है, जो संपूर्णतः मुक्त स्वभाव है। इसलिए देखा जाता है कि ईश्वर की धारणा मानव के मन का स्वाभाविक गुण है।

वेदांत में मानव-मन की सर्वोच्च ईश्वर-धारणा सच्चिदानंद नाम से निर्दिष्ट की गई है। वह चिद्घन और स्वभावतः आनंदघनस्वरूप है। हम बहुत दिनों से ही उस सच्चिदानंद-स्वरूप की आंतरिक वाणी को दबाकर रखने की चेष्टा करते आए हैं। हम नियम का अनुसरण करने की चेष्टा करके अपने स्वाभाविक मनुष्य-प्रकृति की स्फूर्ति में बाधा देने का प्रयास कर रहे हैं, किंतु हमारा आभ्यंतरिक मानव-स्वभाव-सुलभ सहज संस्कार, प्रकृति की नियमावली के विरुद्ध हमको विद्रोह करने के लिए प्रवृत्त कर रहा है। हम इसका अर्थ चाहे न समझें, परंतु अज्ञात रूप से हमारे मानुषिक भाव के साथ

आध्यात्मिक भाव का, निम्नस्तर के मन के साथ उच्चतर मन का, संग्राम चल रहा है और इस प्रतिद्वंद्विता के संघर्ष से अपना एक पृथक् अस्तित्व बचा रखने की, जिसको हम अपनापन या व्यक्तित्व कहते हैं, उसको बचा रखने की एक विशेष चेष्टा देखी जाती है।

यहाँ तक कि नरक के अस्तित्व की जो कल्पना की जाती है, उसमें भी यह अद्‌भुत बात पाई जाती है कि हम जन्म से ही प्रकृति का विरुद्ध आचरण करते रहते हैं। हमको जनमते ही किन्हीं नियमों में बाँधने की चेष्टा की जाती है, हम उसको विशेष करके कहने लगते हैं, किसी प्रकार के नियम से हम नहीं चलेंगे। जब हम पैदा होते हैं, जीवन-प्रवाह के प्रथम आविर्भाव में ही हमारे जीवन की प्रथम घटना प्रकृति का विरुद्ध आचरण है। जितने दिन हम प्रकृति की नियमावली को मानकर चलते हैं, उतने दिन हम यंत्र की तरह हैं—उतने दिन जगत्प्रवाह अपनी गति से चलता रहता है। उसकी शृंखला हम तोड़ नहीं सकते। नियम का पालन ही मनुष्य की प्रकृति हो जाती है। परंतु जब हमारे भीतर प्रकृति का यह बंधन तोड़कर मुक्त होने की चेष्टा उत्पन्न होती है, तभी उच्च स्तर के जीवन का प्रथम उन्मेष हुआ, ऐसा समझना होगा। 'मुक्ति', 'स्वाधीनता' आत्मा के अंतःस्तल से सर्वदा ही यह संगीत ध्वनि उठ रही है, किंतु हाय! अनंत नित्य-चक्र में वह घूम रही है—प्रकृति की सैकड़ों शृंखलाओं में वह बद्ध रही है।

यह नाग-पूजा या भूत-प्रेत की उपासना या दानव-पूजा तथा विभिन्न धर्म-मत और साधना चमत्कार-लाभ के लिए क्यों किए जाते हैं? किसी वस्तु में जीवन-शक्ति है, उसके भीतर एक यथार्थ सत्ता है, यह बात हम क्यों कहते हैं? अवश्य इन सब अनुसंधानों के भीतर, जीवन-शक्ति को समझने की यथार्थ सत्ता की व्याख्या करने की चेष्टा के भीतर कोई अर्थ होना चाहिए। वह कभी निरर्थक या व्यर्थ नहीं हो सकती। वह मानव की मुक्ति-लाभ की अनवरत चेष्टा ही है। हम जिस विद्या को विज्ञानशास्त्र कहते हैं, वह हजारों वर्षों से स्वाधीनता-लाभ की चेष्टा करती आ रही है; और सब लोग सदैव इस स्वाधीनता की ही आकांक्षा कर रहे हैं। परंतु प्रकृति के भीतर तो स्वाधीनता

या मुक्ति नहीं है। उसके भीतर नियम, केवल नियम हैं। तथापि मुक्ति की यह चेष्टा चल रही है। विशाल सूर्यमंडल से लेकर क्षुद्र परमाणु तक सभी प्रकृति के नियमाधीन हैं, यहाँ तक कि मनुष्य की भी स्वाधीनता नहीं है। परंतु हम इस बात पर विश्वास नहीं कर सकते, हम अनादिकाल से ही प्राकृतिक नियमावली की आलोचना करते आ रहे हैं, परंतु मनुष्य भी नियम के अधीन है—इस बात पर हम विश्वास नहीं कर सकते, विश्वास करना नहीं चाहते। कारण, हमारी आत्मा के अंतराल से निरंतर 'मुक्ति! मुक्ति! स्वाधीनता! स्वाधीनता!' यही अनंत चीत्कार उठ रही है। मनुष्य ने जब नित्यमुक्त पुरुषस्वरूप ईश्वर की धारणा लाभ की है, तब वह अनंतकाल तक के लिए बंधन के भीतर रहकर शांति नहीं पा सकता। मनुष्य को उच्च से उच्चतर पथ पर अग्रसर होना होगा और यह चेष्टा यदि अपने लिए न होती, तो इसे वह बड़ा कष्टदायक समझता। मनुष्य अपनी ओर देखकर कहता है, "मैं जन्म के साथ ही प्रकृति का क्रीत-दास हूँ—बद्ध हूँ, तब भी एक ऐसे पुरुष हैं, जो प्रकृति के नियम में बद्ध नहीं हैं, जो नित्यमुक्त और प्रकृति के भी प्रभु हैं।"

इसलिए बंधन की धारणा, जिस प्रकार हमारे मन का अभेद्य अंशस्वरूप है, ईश्वर की धारणा भी उसी प्रकार प्रकृतिगत और हमारे मन का अभेद्य अंशस्वरूप है। दोनों ही इस स्वाधीनता के भाव से उत्पन्न हुई हैं। और तो क्या, स्वाधीनता का भाव न रहने पर उद्भिज के भीतर भी जीवनी-शक्ति नहीं रह सकती। उद्भिज अथवा कीट के भीतर वह जीवनी-शक्ति विकसित होकर 'व्यक्तित्व' के स्तर तक ऊपर उठने की चेष्टा कर रही है। अज्ञात भाव से मुक्ति की चेष्टा उनके भीतर कार्य कर रही है। उद्भिज जीवन धारण कर रहा है, उसका उद्देश्य है अपने विशेषत्व, अपने विशेष रूप, अपने निजत्व की रक्षा करना—उस मुक्ति की अविराम चेष्टा ही उसकी उस चेष्टा का प्रेरक है—प्रकृति नहीं। प्रकृति ही हमारी उन्नति के प्रत्येक सोपान को नियमित कर रही है, इस प्रकार की धारणा करने से स्वाधीनता या मुक्ति के भाव को बिल्कुल उड़ा देना पड़ता है; परंतु जिस प्रकार नियम में बद्ध जड़-जगत् की धारणा चल रही है, उसी प्रकार मुक्ति की धारणा भी चल रही है। इन

दो धारणाओं का लगातार संग्राम चल रहा है। हम अनेक मत-मतांतर तथा विभिन्न संप्रदायों के विवाद की बात सुन रहे हैं, परंतु विभिन्न मत या विभिन्न संप्रदायों का होना अन्याय या अस्वाभाविक नहीं है। वे अवश्य रहेंगे। शृंखला जितनी दीर्घ हो रही है, स्वभावतः उतना ही द्वंद्व बढ़ रहा है; परंतु यदि हम समझ लें कि हम उसी एक प्रकार के लक्ष्य की ओर पहुँचने की चेष्टा कर रहे हैं, तो विवाद का प्रयोजन फिर नहीं रहेगा।

मुक्ति या स्वाधीनता के इस मूर्त-विग्रहस्वरूप प्रकृति के प्रभु को हम ईश्वर कहा करते हैं। आप उनको अस्वीकार नहीं कर सकते। इसका कारण यह है कि आप इस स्वाधीनता के भाव को कभी भगा नहीं सकते, इस भाव के बिना एक मुहूर्त भी जीवन धारण नहीं किया जा सकता। यदि आप अपने को स्वाधीन कहकर विश्वास नहीं करते, तो आप क्या कभी यहाँ आ सकते थे? संभव है कि प्राणितत्त्वविद् आकर इस मुक्त होने की निरंतर चेष्टा पर एक व्याख्यान दे सकते हैं और देंगे भी। यह सब मैं मानता हूँ, किंतु फिर भी स्वाधीनता का भाव तो हमारे भीतर से नहीं जाता। जैसे हम प्रकृति के अधीन हैं, प्रकृति के बंधन को किसी प्रकार काट नहीं सकते, ये भाव सदा हमारे भीतर वर्तमान हैं, वैसे ही स्वाधीनता का भाव भी हमारे भीतर सदा वर्तमान है।

बंधन और मुक्ति, प्रकाश और छाया, अच्छा और बुरा—सर्वत्र ही ये दो बातें हैं। समझना होगा कि जहाँ भी किसी प्रकार का बंधन है, उसके पीछे मुक्ति भी गुप्त भाव से विद्यमान है। यदि एक सत्य हो तो दूसरा भी अवश्य सत्य होगा। सर्वत्र ही मुक्ति की धारणा अवश्य रहेगी। हम अशिक्षित व्यक्तियों में जिस प्रकार बंधन की धारणा देखते हैं, उसको हम मुक्ति की धारणा कहकर अभी न समझें, तथापि वह धारणा उनके भीतर मौजूद है। अशिक्षित और जंगली मनुष्य के मन में पाप और अपवित्रता के बंधन की धारणा बहुत कम है। कारण, उसकी प्रकृति पशु स्वभाव से अधिक उन्नत नहीं है। वह भौतिक प्रकृति के बंधन से, भौतिक सुख-संतोष के अभाव से अपने को मुक्त करने की चेष्टा करता रहता है; किंतु इस निम्नतर धारणा से धीरे-धीरे उसके मन

में मानसिक और नैतिक बंधन की धारणा और आध्यात्मिक स्वाधीनता की आकांक्षा जाग उठती है। यहाँ हम देखते हैं कि वही ईश्वरीय भाव अज्ञानावरण के भीतर से क्षीण रूप में प्रकाशित हो रहा है। पहले-पहल वह आवरण बड़ा घना रहता है और मालूम होता है कि वह ब्रह्मज्योति एक तरह से उससे आच्छादित है, परंतु वास्तव में वही मुक्ति और पूर्णतारूप उज्ज्वल अग्नि सदा शुद्ध और आच्छादित भाव से ही वर्तमान रहती है। मनुष्य उसी में व्यक्ति-धर्म का आरोप कर उसे ब्रह्मांड का नियंता एकमात्र मुक्त पुरुष कहकर उसकी धारणा करता है। वह तब भी नहीं जानता कि समग्र ब्रह्मांड एक अखंड वस्तु है—प्रभेद है, केवल परिमाण में और धारणा में—विचार में।

समग्र प्रकृति ही ईश्वर की उपासना-स्वरूप है। जहाँ भी किसी प्रकार का जीवन है, वहीं मुक्ति का अनुसंधान है और वह मुक्ति ही ईश्वरस्वरूप है। इस मुक्ति के लाभ करने पर निश्चय ही समग्र प्रकृति पर आधिपत्य प्राप्त होता है और ज्ञान के बिना मुक्ति पाना असंभव है। हम जितने अधिकतर ज्ञानसंपन्न होते हैं, उतना ही हम प्रकृति पर आधिपत्य पा सकते हैं। और प्रकृति जितनी ही हमारे वशीभूत होती जाती है, उतना ही हम अधिकतर शक्तिसंपन्न, अधिकतर ओजस्वी होते जाते हैं; और यदि ऐसे कोई पुरुष हों, जो संपूर्ण मुक्त और प्रकृति के प्रभु हैं, तो उनको अवश्य ही प्रकृति का पूर्ण ज्ञान रहेगा। सर्वव्यापी और सर्वज्ञ होंगे। मुक्त और स्वाधीनता के साथ-साथ ये गुण अवश्य रहेंगे और जो व्यक्ति उनको प्राप्त कर लेंगे, केवल वे ही प्रकृति के पार जाने में समर्थ होंगे।

वेदांत में ईश्वरविषयक, जो सब तत्त्व पढ़ने में आते हैं, उनके मूल में पूर्ण मुक्ति एवं स्वाधीनता से उत्पन्न परमानंद तथा नित्य शांतिरूप धर्म की उच्चतम धारणा विद्यमान है। संपूर्ण मुक्तभाव से अवस्थान कुछ भी उसको बद्ध नहीं कर सकता, वहाँ प्रकृति भी नहीं है, किसी प्रकार का परिवर्तन नहीं है, ऐसा कुछ भी नहीं है, जो उसमें किसी प्रकार का परिणाम उत्पन्न कर सके। यह मुक्त भाव आपके भीतर है, मेरे भीतर है और यही एकमात्र यथार्थ स्वाधीनता है।

ईश्वर सदा ही अपने महिमामय अपरिणामी स्वरूप पर प्रतिष्ठित है। आप और हम उनके साथ एक होने ही चेष्टा कर रहे हैं, किंतु इधर बंधन की कारणीभूत प्रकृति, नित्य जीवन की छोटी-छोटी बातें, धन, नाम, यश, मानव-प्रेम इत्यादि प्राकृतिक विषयों पर निर्भर हैं। परंतु यह जो समग्र प्रकृति प्रकाश पा रही है, उसका प्रकाश किस पर निर्भर है ? ईश्वर के प्रकाश से ही प्रकृति प्रकाश पाती है; सूर्य, चंद्र, तारों के प्रकाश से नहीं।

जहाँ कुछ भी वस्तु प्रकाशित है, चाहे वह सूर्य के प्रकाश से हो अथवा हमारी अंतरात्मा के प्रकाश से, वह उनका ही प्रकाश है। वे प्रकाशस्वरूप हैं। उन्हीं के प्रकाश से समुदय संसार प्रकाश पा रहा है।

हमने देखा है कि ये ईश्वर स्वत:सिद्ध हैं, निर्गुण, सर्वज्ञ, प्रकृति के ज्ञाता और प्रभु, सबके ईश्वर हैं। सब उपासनाओं के मूल में वे विद्यमान हैं, हम चाहे समझें या न समझें, उन्हीं की उपासना हो रही है। केवल यही नहीं, मैं जरा और भी आगे बढ़कर कहना चाहता हूँ, और इस बात को सुनकर शायद सभी आश्चर्यचकित होंगे, किंतु इसमें संदेह नहीं कि जिसको अशुभ कहा जाता है, वह भी उन्हीं की उपासना है। वह भी मुक्ति का ही एक कोना है। केवल वही नहीं, आप शायद मेरी यह बात सुनकर डर जाएँगे, किंतु मैं कहता हूँ, जब आप कोई बुरा कार्य कर रहे हैं, तो उस मुक्ति की अदम्य आकांक्षा ही प्रेरक शक्ति-रूप में उसके पीछे विद्यमान है। संभव है कि वह गलत रास्ते पर जा रही है, परंतु वह विद्यमान है, अवश्य यह कहना पड़ेगा। और फिर उस मुक्ति की स्वाधीनता की प्रेरणा न रहने से किसी प्रकार का जीवन या किसी प्रकार की प्रेरणा नहीं रह सकती।

समग्र ब्रह्मांड में मुक्ति—स्वाधीनता का स्पंदन हो रहा है। इस ब्रह्मांड के अंतरतम प्रदेश में यदि एकत्व न रहता, तो हम बहुत्व का ज्ञान ही नहीं प्राप्त कर सकते थे। उपनिषद् में ईश्वर की धारणा इसी प्रकार की है। समय-समय पर यह धारणा और भी उच्चतर में उठी है—उसने हमारे सामने एक ऐसे आदर्श की स्थापना की है, जिससे पहले-पहल तो हमें स्तंभित हो जाना पड़ता है, वह आदर्श यह है कि स्वरूपत: हम ईश्वर से अभिन्न हैं। वे ही तितली के विचित्र

वर्ण हैं और वे ही गुलाब की कली के प्रस्फुटन के रूप में आविर्भूत हए हैं; और वे ही तितली तथा गुलाब के पौधे में शक्तिरूप में विद्यमान हैं। जिन्होंने हमें जीवन दिया है, वे ही हमारे अंतर में शक्तिरूप से विराज रहे हैं। उनके तेज से जीवन का आविर्भाव और उन्हीं की शक्ति से कठोरतम मृत्यु होती है। उनकी छाया ही मृत्यु है और उनकी छाया ही अमृतत्व है। एक और उच्चतर धारणा की बात कहता हूँ। भयानक जो कुछ भी है, उससे हम सभी बहेलिए द्वारा खदेड़े हुए खरगोश की भाँति भाग रहे हैं, उसी की भाँति मुँह को छिपाकर अपने को निरापद सोचते हैं। ऐसे ही यह समग्र संसार, जो कुछ भी भयानक देखता है, उसके पास से भागने की चेष्टा कर रहा है।

एक बार मैं काशी में किसी जगह जा रहा था, उस जगह एक तरफ भारी जलाशय और दूसरी तरफ ऊँची दीवाल थी। उस स्थान पर बहुत से बंदर थे। काशी के बंदर बड़े दुष्ट होते हैं। अब उनके मस्तिष्क में यह विचार पैदा हुआ कि वे मुझे उस रास्ते पर से न जाने दें। वे विकट चीत्कार करने लगे और झट आकर मेरे पैरों से जकड़ने लगे। उनको निकट देखकर मैं भागने लगा, किंतु मैं जितना ज्यादा जोर से दौड़ने लगा, वे उतनी ही अधिक तेजी से आकर मुझे काटने लगे। अंत में उनके हाथ से छुटकारा पाना असंभव प्रतीत हुआ, ठीक ऐसे ही समय एक अपरिचित मनुष्य ने आकर मुझे आवाज दी, "बंदरों का सामना करो।" मैं भी जैसे ही उलटकर उनके सामने खड़ा हुआ, वैसे ही वे पीछे हटकर भाग गए। समस्त जीवन में हमको शिक्षा लेनी होगी, जो कुछ भी भयानक है, उसका सामना करना पड़ेगा, साहसपूर्वक उसके सामने खड़ा होना पड़ेगा। जैसे बंदरों के सामने से न भागकर उनका सामना करने पर वे भाग गए थे, उसी प्रकार हमारे जीवन में जो कुछ कष्टप्रद बातें हैं, उनका सामना करने पर ही वे भाग जाती हैं। यदि हमको मुक्ति या स्वाधीनता का अर्जन करना हो तो प्रकृति को जीतने पर ही हम उसे पाएँगे, प्रकृति से भागकर नहीं। कायर पुरुष कभी जय नहीं पा सकता। हमको भय, कष्ट और अज्ञान के साथ संग्राम करना होगा, तभी वे हमारे सामने से भाग जाएँगे।

मृत्यु क्या है? भय किसका है? उन सबके भीतर क्या भगवान् का रूप दिखाई नहीं देता? दुःख, कष्ट और भय से दूर भागकर देखिए—वे आपका पीछा करेंगे। उनके सामने खड़े होइए, वे भाग जाएँगे। सारा संसार सुख और आराम का उपासक है; जो कष्टप्रद है, उसकी उपासना करने का साहस बहुत कम लोग करते हैं। जो मुक्ति चाहता है, उसे इन दोनों का ही अतिक्रमण करना पड़ेगा। मनुष्य इस दुःखदायी द्वार के भीतर से गए बिना मुक्त नहीं हो सकता। हम सभी को इसका सामना करना पड़ेगा।

हम ईश्वर की उपासना करने की चेष्टा करते हैं, किंतु हमारी देह बीच में आती है, प्रकृति उनके और हमारे बीच में पड़कर हमारी दृष्टि को अंधी कर देती है। कठोर वज्र के भीतर, लज्जा, मलिनता, दुःख-दूर्विपाक, पाप-ताप के भीतर भी हमें उनसे प्रेम करने की शिक्षा लेनी होगी। समग्र संसार धर्ममय ईश्वर का प्रचार चिरकाल से करता आ रहा है। मैं ऐसे ईश्वर का प्रचार करना चाहता हूँ, जो एकाधार से धर्म और अधर्म दोनों में ही है; यदि साहस हो तो इस ईश्वर को ग्रहण करो—यही मुक्ति का एकमात्र उपाय है—इसके द्वारा ही आप उस एकस्वरूप चरम सत्य में पहुँच सकेंगे। तभी यह धारणा नष्ट होगी कि एक व्यक्ति दूसरे से बड़ा है। जितना ही हम इस मुक्तितत्त्व के पास जाते हैं, उतना ही हम ईश्वर के आश्रय में आते हैं, उतना ही हमारा दुःख-कष्ट दूर होता है। तब हम नरक के द्वार को स्वर्ग द्वार से पृथक् नहीं समझेंगे, तब हम मनुष्य मनुष्य में भेदबुद्धि कर यह नहीं कहेंगे कि मैं जगत् के किसी प्राणी से श्रेष्ठ हूँ। जब तक हमारी ऐसी अवस्था नहीं होती कि हम संसार में उस प्रभु के सिवाय और किसी को न देखें, तब तक हम दुःख कष्ट से घिरे ही रहेंगे, तब तक हम सब में भेद देखेंगे। कारण, हम उस भगवान् में, उसी आत्मा में अभिन्न हैं, और जब तक हम ईश्वर को सर्वत्र नहीं देखेंगे, तब तक हम समग्र संसार के एकत्व का अनुभव नहीं कर सकेंगे।

एक ही वृक्ष पर सुंदर पंख वाले अभिन्न सखा दो पक्षी हैं—उनमें से एक वृक्ष के ऊपर वाले भाग पर और दूसरा नीचे वाले भाग पर बैठा है। नीचे का सुंदर पक्षी वृक्ष के मीठे और कड़वे फलों को खाता है—एक बार मीठे फल

को और उसके बाद ही कड़वे फल को खाता है। जिस मुहूर्त में उसने कड़वे फल को खाया, उसको कष्ट हुआ। कुछ क्षण के बाद ही एक और फल खाया और जब वह भी कड़वा लगा, तब उसने ऊपर की ओर देखा। ऊपर उसको दूसरा पक्षी दिखाई दिया, वह मीठे या कड़वे किसी भी फल को नहीं खाता। वह अपनी महिमा में मग्न हो स्थिर और धीरभाव से बैठा है। किंतु वह उसे देखकर भी फिर भूल से फल खाने लगा। अंत में उसने एक ऐसा फल खाया, जो बड़ा ही कड़वा था, तब वह फल खाने से विरक्त हो फिर उस ऊपर वाले महिमामय पक्षी को देखने लगा। धीरे-धीरे वह उस ऊपर वाले पक्षी की ओर अग्रसर होने लगा। जब वह उसके एकदम निकट पहुँचा, तब उस ऊपर वाले पक्षी की अंगज्योति उसके ऊपर पड़ी और धीरे-धीरे उस ज्योति ने उसको वेष्टित कर लिया। अब तो उसने देखा कि वह उस ऊपर वाले में ही परिणत हो गया है। तब से वह शांत, महिमामय और मुक्त हो गया—उसे ज्ञात हुआ कि वास्तव में वृक्ष पर दो पक्षी कभी थे ही नहीं, केवल एक ही पक्षी था। नीचे वाला पक्षी ऊपर वाले पक्षी की केवल छाया थी।

इसी प्रकार वास्तव में हम ईश्वर से अभिन्न हैं; परंतु जिस प्रकार एक सूर्य लाखों ओस-बिंदुओं पर प्रतिबिंबित होकर छोटे-छोटे लाखों सूर्यों सा प्रतीत होता है, उसी प्रकार ईश्वर भी बहु जीवात्मरूप से प्रतिभासित होते हैं। यदि हम अपने प्रकृत ब्रह्मस्वरूप के साथ अभिन्न होना चाहें, तो प्रतिबिंब को दूर करना आवश्यक है। विश्व-प्रपंच कदापि हमारे कार्यों की सीमा नहीं हो सकता। कृपण अर्थ-संचय करता रहता है, चोर चोरी करता है, पापी पापाचरण करता है, और आप दर्शनशास्त्र की शिक्षा लेते हैं। इन सबका एक ही उद्‌देश्य है। मुक्ति-लाभ को छोड़ हमारे जीवन का और कोई उद्‌देश्य नहीं है। जाने या अनजाने हम सब पूर्णता पाने की चेष्टा कर रहे हैं और प्रत्येक व्यक्ति उसे एक-न-एक दिन अवश्य ही पाएगा।

जो व्यक्ति पापों में मग्न है, जिस व्यक्ति ने नरक के पथ का अनुसरण कर लिया है, वह भी इस पूर्णता का लाभ करेगा, परंतु उसको कुछ विलंब होगा। हम उसका उद्धार नहीं कर सकते। जब उस पथ पर चलते-चलते वह

कुछ कठिन चोटें खाएगा, तब वे ही उसे भगवान् की ओर प्रेरित करेंगी। अंत में वह धर्म, पवित्रता, निःस्वार्थपरता और आध्यात्मिकता का पथ ढूँढ़ लेगा और दूसरे लोग, जिसका अनजान में अनुसरण कर रहे हैं, उसी धर्म का हम ज्ञानपूर्वक अनुसरण कर रहे हैं। सेंट पॉल ने एक स्थान पर इस भाव को खूब स्पष्ट रूप से कहा है, "तुम जिस ईश्वर की अज्ञान में उपासना कर रहे हो, उन्हीं की मैं तुम्हारे निकट घोषणा कर रहा हूँ।" समग्र जगत् को यह शिक्षा ग्रहण करनी होगी। सब दर्शनशास्त्रों और प्रकृति के संबंध में इन सब मतवादों को लेकर क्या होगा, यदि वे जीवन के इस लक्ष्य पर पहुँचने में सहायता न कर सकें? आइए, हम विभिन्न वस्तुओं में भेद-ज्ञान को दूर कर सर्वत्र अभेद का दर्शन करें—मनुष्य अपने को सब वस्तुओं में देखना सीखें। हम अब ईश्वर संबंधी संकीर्ण, साधारण, विशिष्ट धर्मगत और संप्रदाय समूह के उपासक न रहकर, संसार में सभी के भीतर उनका दर्शन करना आरंभ करें। आप लोग यदि ब्रह्मज्ञ हों तो आप अपने हृदय में जिन ईश्वर का दर्शन कर रहे हैं, उन्हें सर्वत्र ही देखने में आप समर्थ होंगे।

पहले तो सब संकीर्ण धारणाओं का त्याग कीजिए, प्रत्येक व्यक्ति में ईश्वर का दर्शन कीजिए। देखिए, वे सब हाथों से काम कर रहे हैं, सब पैरों से चल रहे हैं, सब मुखों से भोजन कर रहे हैं, प्रत्येक व्यक्ति में वास कर रहे हैं—वे स्वतःप्रमाण हैं। हमारे निज की अपेक्षा वे हमारे अधिक निकटवर्ती हैं। यही जानना धर्म है—यही विश्वास है; प्रभु हमको यह विश्वास दें। हम जब समस्त संसार में इस अखंड का अनुभव करेंगे, तब हम अमर हो जाएँगे। भौतिक दृष्टि से देखने पर हम अमर हैं, सारे संसार के साथ एक हैं। जितने दिन तक एक व्यक्ति भी इस संसार में श्वास ले रहा है, तब तक मैं उसके भीतर जीवित हूँ, मैं यह संकीर्ण क्षुद्र व्यष्टि जीव नहीं हूँ, मैं समष्टिस्वरूप हूँ। अतीत काल में जितने प्राणी हो गए हैं, मैं उन सभी का जीवनस्वरूप था, मैं ही बुद्ध, ईसा और मुहम्मद का आत्म-स्वरूप हूँ। मैं सब आचार्यगणों का आत्म-स्वरूप हूँ, मैं ही चौर्यवृत्तिकारी सकल चोरस्वरूप हूँ और जितने हत्याकारी फाँसी पर लटके हैं, उनका भी स्वरूप—मैं सर्वमय हूँ। अतएव

उठो, यही परापूजा है। तुम स्वयं समग्र जगत् के साथ अभिन्न हो; यही यथार्थ विनय है—घुटने टेककर मैं पापी हूँ, मैं पापी हूँ कहकर केवल चिल्लाने का नाम विनय नहीं है। जब इस भेद का आवरण छिन्न-विच्छिन्न हो जाता है, तभी सर्वोच्च उन्नति समझनी होगी। समस्त जगत् का अखंडत्व यही श्रेष्ठतम धर्ममत है। मैं अमुक हूँ—व्यक्तिविशेष यह तो बहुत ही संकीर्ण भाव है, यथार्थ सच्चे 'अहम' के लिए यह सत्य नहीं है। मैं समष्टिस्वरूप हूँ—इस धारण के ऊपर खड़े होइए—इस पुरुषोत्तम की उच्चतम अनुष्ठान-प्रणालियों की सहायता से उपासना कीजिए।

कारण, ईश्वर जड़ वस्तु नहीं है, वे चैतन्यस्वरूप हैं, आत्मस्वरूप हैं, और आत्मरूप से तथा सत्य-रूप से उनकी यथार्थ उपासना करनी होगी। पहले साधक उपासना की निम्नतम प्रणाली का अवलंबन करे, उपासना करते-करते जड़ विषय की चिंता से उच्च सोपान पर आरोहण करके आध्यात्मिक उपासना के राज्य में उपनीत होता है, तभी अंत में आत्मा के माध्यम से और आत्मा के उस अखंड, अनंत समष्टिस्वरूप भगवान् की यथार्थ उपासना संभव होती है। जो कुछ शांत है, वह जड़ ही है। चैतन्य ही केवल अनंत-स्वरूप है, ईश्वर चैतन्यस्वरूप है। इसीलिए वे अनंत हैं; मानव चैतन्यस्वरूप हैं—मानव भी अनंत हैं और अनंत ही केवल अनंत की उपासना में समर्थ हैं। हम उसी अनंत की उपासना करेंगे, यही सर्वोच्च आध्यात्मिक उपासना है। इन सब भावों का अनुभव करना बहुत बड़ी बात है और कठिन है। मैं मत-मतांतर की बात कह रहा हूँ, दार्शनिक विचार कर रहा हूँ, कितनी बकबक कर रहा हूँ; इतने में कुछ मेरे प्रतिकूल घटना घटी—मैं अज्ञान से क्रुद्ध हो उठा, तब भूल गया कि इस विश्व ब्रह्मांड में इस क्षुद्र ससीम मुझे छोड़ और भी कुछ है। मैं तब कहना भूल गया, "मैं चैतन्यस्वरूप हूँ—इस अकिंचित्कार बात से मेरा प्रयोजन है—मैं चैतन्यस्वरूप हूँ।" मैं तब भूल जाता हूँ कि यह सब मेरी ही लीला है, मैं ईश्वर को भूल जाता हूँ और मुक्ति की बात भी भूल जाता हूँ।

क्षुरस्य धारा निशिता दुरस्त्यया दुर्गं पथस्तत् कवयो वदन्ति।

ऋषियों ने बार-बार कहा है—मुक्ति का पथ उस्तरे की भाँति तीक्ष्ण, दीर्घ

और कठिन है—इसे अतिक्रमण करना कठिन है। किंतु पथ कठिन हो, सैकड़ों दुर्बलताएँ आएँ, सैकड़ों बार उद्यम विफल हो, परंतु वे आपको अपने मुक्तिपथ पर अग्रसर होने में हतोत्साह न करें। उपनिषदों की घोषणा है—'उतिष्ठत जाग्रत् प्राप्य वरान् निबोधत' उठो जागो, जब तक उस लक्ष्य पर नहीं पहुँचते, तब तक रुको मत। यद्यपि वह पथ उस्तरे की धार की तरह तीक्ष्ण है—यद्यपि वह पथ दीर्घ है, दूरवर्ती और कठिन है, किंतु हम उस पथ का अवश्य ही अतिक्रमण करेंगे। मनुष्य साधना के बल से एक दिन देव और असुर दोनों का ही प्रभु हो सकता है। हमारे दुःख के लिए स्वयं हमारे सिवा और कोई उत्तरदायी नहीं है। आप क्या समझते हैं कि मनुष्य यदि अमृत के लिए चेष्टा करे, तो वह उसके बदले में विष लाभ करेगा ? नहीं, अमृत है—उसकी प्राप्ति के निमित्त प्रयत्नशील प्रत्येक मनुष्य के लिए वह है। प्रभु ने स्वयं कहा है—

सर्वधर्मान् परित्यज्य मामेकं शरणं व्रज।
अहं त्वां सर्वपापेभ्यो मोक्षयिष्यामि मा शुचः॥

'सभी धर्मों का परित्याग कर एक मेरी शरण में आ। मैं तुझे समस्त पापों के पार लगा दूँगा। भय न कर।' हम जगत् के सब शास्त्रों को एक स्वर से इसी वाणी की घोषणा करते हुए सुन रहे हैं। यह वाणी ही हमसे कह रही है—"जैसी स्वर्ग में, तद्रूप ही मृत्युलोक में भी तेरी इच्छा पूर्ण हो; कारण, सर्वत्र तेरा ही राजत्व है, तेरी ही शक्ति और तेरी ही महिमा है।" कठिन, बड़ी कठिन बात है। अभी कहा, "हे प्रभु, मैंने अभी तेरी शरण ली—प्रेममय! तेरे चरणों पर सर्वस्य समर्पण किया। तुम्हारी वेदी पर, जो कुछ भी सत् है, जो कुछ भी पुण्य है, सभी कुछ स्थापन किया। मेरा पाप-ताप, भला-बुरा कार्य कुछ तेरे ही चरणों पर मैं समर्पण करता हूँ। तू सब ग्रहण कर। मैं अब तुझे कभी नहीं भूलूँगा।" अभी कहा, "तेरी इच्छा पूर्ण हो।" पर दूसरे मुहूर्त में ही जब एक परीक्षा में पड़ गया, तब हमारा वह ज्ञान लोप हो गया, मैं क्रोध में अंधा हो गया।

सब धर्मों का एक ही लक्ष्य है, परंतु विभिन्न आचार्य विभिन्न भाषाओं का व्यवहार करते रहते हैं। सबकी चेष्टा इस झूठे 'अहम्' या कच्चे 'अहम्' का विनाश करना है। तब फिर सत्य के 'अहम्' , पक्के 'अहम्'—स्वरूप,

एकमात्र वे प्रभु ही रहेंगे। हिब्रू शास्त्र कहता है—"तुम्हारा प्रभु ईर्ष्यापरायण ईश्वर है। तुम दूसरे किसी ईश्वर की उपासना नहीं करने पाओगे।" हमारे हृदय में एकमात्र ईश्वर ही राज्य करें। हमको कहना होगा, "नाहम, नाहम, तुहूँ तुहूँ।" तब उस प्रभु को छोड़ हमें सर्वस्व त्यागना होगा; केवल वे ही राज्य करेंगे। माना हमने खूब कठोर साधना की, परंतु दूसरे मुहूर्त में हमारा पैर फिसल गया और तब हमने माँ के निकट हाथ बढ़ाने की चेष्टा की। समझ गए कि निज चेष्टा द्वारा अकंपित भाव से खड़ा होना असंभव है। हमारा अनंत जीवंत जीवन मानो वह अध्याय समन्वित ग्रंथ है, जिसका एक अध्याय यह है कि "तुम्हारी इच्छा पूर्ण हो।" किंतु यदि हम उस जीवन ग्रंथ के सब अध्यायों का मर्म ग्रहण न करें, तो समुदय जीवन का अनुभव नहीं कर सकते। "तुम्हारी इच्छा पूर्ण हो।" प्रतिमुहूर्त ही विश्वासघाती मन इन सब भावों के विरुद्ध खड़ा हो रहा है, परंतु हमें यदि इस कच्चे 'अहम्' को जीतना ही हो। तो बार-बार उस बात की आवृत्ति करनी होगी।

हम एक विश्वासघाती की सेवा करें और परित्राण पा जाएँ—यह कभी हो नहीं सकता। सबका परित्राण है, केवल विश्वासघाती का परित्राण नहीं है और हमारे ऊपर तो विश्वासघाती की छाप लगी है। हम अपनी आत्मा के विरुद्ध विश्वासघाती हैं, हम जब अपने यथार्थ 'अहम्' की वाणी का अनुसरण करने को असम्मत होते हैं, तब हम उस जगन्माता की महिमा के विरुद्ध विश्वासघात करते हैं। अतएव चाहे जो कुछ भी हो, हमें अपनी देह और मन को उस परम इच्छामय की इच्छा में मिला देना पड़ेगा। किसी हिंदू दार्शनिक ने ठीक कहा है कि यदि मनुष्य—"तुम्हारी इच्छा पूर्ण हो।" बस और क्या प्रयोजन है ? इसे दो बार कहने की आवश्यकता ही क्या है ? जो अच्छा है, वह तो अच्छा है ही, एक बार जब कह दिया "तुम्हारी इच्छा पूर्ण हो।" तब तो यह बात लौटाई नहीं जा सकती। "स्वर्ग की भाँति मृत्युलोक में भी तुम्हारी इच्छा पूर्ण हो। कारण, तुम्हारा ही समुदय राजत्व है, तुम्हारी ही सब शक्ति है, तुम्हारी ही सब महिमा है—चिरकाल तक।"

□

सार्वभौमिक धर्म का ज्ञान

हमारी इंद्रियाँ चाहे किसी वस्तु को क्यों न ग्रहण करें, हमारा मन चाहे किसी विषय की कल्पना क्यों न करे, सभी जगह हम दो शक्तियों की क्रिया-प्रतिक्रिया देखते हैं। ये एक-दूसरे के विरुद्ध काम करती हैं और हमारे चारों ओर बाह्य जगत् में दिखाई देने वाली तथा अंतर्जगत् में उपलब्ध होने वाली समस्त जटिल घटनाओं की निरंतर क्रीड़ा की कारण हैं। ये ही दो विपरीत शक्तियाँ बाह्य जगत् में आकर्षण-विकर्षण अथवा केंद्राभिमुख-केंद्रविमुख शक्तियों के रूप से और अंतर्जगत् में राग-द्वेष या शुभाशुभ के रूप में प्रकाशित होती हैं। हम कितनी ही चीजों को अपने सामने से हटा देते हैं और कितनी ही को अपने सामने खींच लाते हैं, किसी की ओर आकृष्ट होते हैं और किसी से दूर रहना चाहते हैं। हमारे जीवन में ऐसा अनेक बार होता है कि हमारा मन किसी की ओर हमें बलात् आकृष्ट करता है, पर इस आकर्षण का कारण हमें ज्ञात नहीं होता और किसी समय किसी आदमी को देखते ही बिना किसी कारण मन भागने की इच्छा करता है। इस बात का अनुभव सभी को है। और इस क्षेत्र का कार्यक्षेत्र जितना ऊँचा होगा, इन दो विपरीत शक्तियों का प्रभाव उतनी ही तीव्र और परिस्फुट होगा।

धर्म ही मनुष्य के चिंतन और जीवन का सबसे उच्च स्तर है और हम देखते हैं कि धर्मजगत् में इन दो शक्तियों की क्रिया सबसे अधिक परिस्फुट हुई है। मानव जाति को जिस तीव्रतम प्रेम का ज्ञान है, वह धर्म से ही उत्पन्न हुआ है। और वह घोरतम विद्वेष का भाव, जिसे मानव जाति ने कभी अनुभव किया

है, उसका भी जन्मस्थान धर्म ही है। संसार ने कभी भी जो महत्तम शांति की वाणी सुनी है, वह धर्म-राज्य के लोगों के मुख से ही निकली हुई है और जगत् में कभी भी जो तीव्रतम निंदा और अभिशाप सुना है, वह भी धर्म-राज्य के मनुष्यों के मुख से उच्चरित हुआ है। किसी धर्म का उद्देश्य जितना उच्चतर है, उसकी कार्यप्रणाली जितनी सूक्ष्म है, उसकी क्रियाशीलता भी उतनी ही अद्भुत होती है। धर्म-प्रेरणा से मनुष्यों ने संसार में जितनी खून की नदियाँ बहाई हैं, मनुष्य के हृदय की और किसी प्रेरणा ने वैसा नहीं किया। और धर्म-प्रेरणा से मनुष्यों ने जितने चिकित्सालय, धर्मशाला, अन्न-क्षेत्र आदि बनाए, उतने और किसी प्रेरणा से नहीं। मनुष्य-हृदय की और कोई वृत्ति उसे सारी मानवजाति की ही नहीं, निकृष्टतम प्राणियों तक की सेवा करने को प्रवृत्त नहीं करती। धर्म-प्रेरणा से मनुष्य जितना कोमल हो जाता है, उतना और किसी प्रवृत्ति से नहीं। अतीत में ऐसी ही हुआ है और बहुत संभव है कि भविष्य में भी ऐसा ही हो। तथापि विभिन्न धर्मों और संप्रदायों के संघर्ष से निकले हुए इस द्वंद्व-कोलाहल, विवाद, अविश्वास और ईर्ष्या-द्वेष से समय-समय पर इस प्रकार की वज्र-गंभीर वाणी निकली है, जिसने इस सारे कोलाहल को दबाकर संसार में शांति और मेल की तीव्र घोषणा कर दी थी। उत्तरी ध्रुव से दक्षिणी ध्रुव तक उसके वज्र-गंभीर आह्वान को सुनने के लिए मानवजाति बाध्य हुई है। क्या संसार में किसी समय इस शांति समन्वय का राज्य स्थापित होगा ?

धर्मराज्य के इस प्रबल संघर्ष के बीच क्या कभी अविच्छिन्न सामंजस्य का होना संभव है ? वर्तमान शताब्दी के अंत में इस समन्वय की समस्या को लेकर संसार में एक विवाद चल पड़ा है। इस समस्या का समाधान करने के लिए समाज में कई प्रकार की योजनाएँ सोची जा रही हैं और उन्हें कार्य रूप में परिणत करने के लिए नाना प्रकार की चेष्टाएँ हो रही हैं। हम सभी लोग जानते हैं कि यह कितना कठिन है। लोग पाते हैं कि जीवन संग्राम की भीषणता को, मानव में जो प्रबल स्नायविक उत्तेजना है, उसको शांत करना लगभग असंभव है। जीवन का जो स्थूल एवं बाह्यांश मात्र है, उस बाह्य जगत् में साम्य और शांति स्थापित करना यदि इतना कठिन है, तो मनुष्य के अंतर्जगत् में शांति

और साम्य स्थापित करना उससे हजार गुना कठिन है। आप लोगों को थोड़ी देर के लिए शब्दजाल से बाहर आना होगा।

हम सभी लोग बाल्यकाल से ही प्रेम, शांति, मैत्री, साम्य, सार्वजनीन भ्रातृभाव इत्यादि अनेक बातें सुनते आ रहे हैं। किंतु इन सभी बातों में से हमारे निकट कितनी ही निरर्थक हो जाती हैं। हम लोग उन्हें तोते की तरह रट लेते हैं और यह मानो हम लोगों का स्वभाव हो गया है। हम ऐसा किए बिना रह नहीं सकते। जिन सब महापुरुषों ने पहले अपने हृदय में इन महान् तत्त्वों की उपलब्धि की थी, उन्हीं ने इन शब्दों की रचना की है। उस समय बहुत से लोग इसका अर्थ समझते थे। आगे चलकर मूर्ख लोगों ने इन सब बातों को लेकर उनसे खिलवाड़ आरंभ कर दिया और अंत में धर्म को केवल बातों की मारपेंच कर दिया—लोग इस बात को भूल गए कि धर्म जीवन में परिणत करने की वस्तु है। धर्म अब 'पैतृक धर्म', 'जातीय धर्म', 'देशीय धर्म' इत्यादि के रूप में परिणत हो गया है। अंत में किसी धर्म में विश्वास करना देशाभिमान का एक अंग हो जाता है और देशाभिमान सदा एकदेशीय होता है। विभिन्न धर्मों में सामंजस्य विधान करना बहुत ही कठिन काम है, फिर भी हम इस धर्मसमन्वय-समस्या की आलोचना करेंगे।

हम देखते हैं कि प्रत्येक धर्म के तीन भाग होते हैं। मैं अवश्य ही प्रसिद्ध और प्रचलित बात करता हूँ। पहला है, दार्शनिक भाग—इसमें उस धर्म का सारा विषय अर्थात् मूलतत्त्व, उद्देश्य और उनकी प्राप्ति के उपाय निहित होते हैं। दूसरा है, पौराणिक भाग—यह स्थूल उदाहरणों द्वारा दार्शनिक भाग को स्पष्ट करता है। इसमें मनुष्यों एवं अलौकिक पुरुषों के जीवन के उपाख्यान आदि होते हैं। इसमें सूक्ष्म दार्शनिक तत्त्व, मनुष्यों या अतिप्राकृतिक पुरुषों के थोड़े-बहुत काल्पनिक जीवन के उदाहरणों द्वारा समझाए जाते हैं। तीसरा है, आनुष्ठानिक भाग—यह धर्म का स्थूल भाग है। इसमें पूजा-पद्धति, आचार, अनुष्ठान, विविध शारीरिक अंग-विन्यास, पुष्प, धूप, धूनि इत्यादि नाना प्रकार की इंद्रियग्राह्य वस्तुएँ हैं। इन सबको मिलाकर आनुष्ठानिक धर्म का संगठन होता है।

आप देख सकते हैं कि सारे विख्यात धर्मों के ये तीन विभाग होते हैं। कोई धर्म दार्शनिक भाग पर अधिक जोर देता है, कोई अन्य दूसरे भागों पर। पहले दार्शनिक भाग की बातें लेनी चाहिए; प्रश्न उठता है कोई सार्वजनीन दर्शन है या नहीं? अभी तक तो नहीं है। प्रत्येक धर्म वाले अपने मतों की व्याख्या करके उसी को एकमात्र सत्य कहकर उसमें विश्वास करने के लिए आग्रह करते हैं। वे सिर्फ इतना ही करके शांत नहीं होते, वरन् समझते हैं कि जो उनके मत में विश्वास नहीं करते, वे किसी भयानक स्थान में अवश्य जाएँगे। कोई-कोई तो दूसरों को अपने मत में लाने के लिए तलवार तक काम में लाते हैं। वे ऐसा दुष्टता से करते हों, सो नहीं। मानव-मस्तिष्क प्रसूत धार्मिक कट्टरता नामक व्याधि-विशेष की प्रेरणा से वे ऐसा करते हैं। ये धर्मांध सर्वथा कपटहीन होते हैं, मनुष्यों में सबसे अधिक कपटहीन होते हैं, किंतु संसार के दूसरे पागलों की भाँति उन्हें उचित-अनुचित का ज्ञान नहीं होता। यह धर्मांधता एक भयानक बीमारी है। मनुष्यों में जितनी दुष्ट बुद्धि है, वह सभी धार्मिक कट्टरता द्वारा जगाई गई है। उसके द्वारा क्रोध उत्पन्न होता है, स्नायु-समूह अतिशय चंचल होता है और मनुष्य शेर की तरह हो जाता है।

विभिन्न धर्मों के पुराणों में क्या कोई सादृश्य या ऐक्य है? क्या ऐसा कोई सार्वभौमिक पौराणिक तत्त्व है, जिसे सभी धर्म वाले ग्रहण कर सकें? निश्चय ही नहीं है। सभी धर्मों का अपना-अपना पुराण-साहित्य है, किंतु सभी कहते हैं—"केवल हमारी पुराणोक्त कथाएँ कपोलकल्पित उपकथा मात्र नहीं हैं।" इस बात को मैं उदाहरण द्वारा समझाने की चेष्टा करता हूँ। मेरा उद्देश्य—मेरी कहीं बातों को उदाहरण द्वारा समझाना मात्र है, किसी धर्म की समालोचना करना नहीं। ईसाई विश्वास करते हैं कि ईश्वर पंडुक (कपोत जाति का एक पक्षी; फाख्ता) का रूप धारण कर पृथ्वी में अवतीर्ण हुए थे। उनके निकट यह ऐतिहासिक सत्य है—पौराणिक कहानी नहीं। हिंदू लोग गाय को भगवती के आविर्भाव के रूप में मानते हैं। ईसाई कहता है कि इस प्रकार के विश्वास का कोई ऐतिहासिक प्रमाण नहीं है। यह केवल पौराणिक कहानी और अंधविश्वास मात्र है। यहूदी समझते हैं, यदि एक संदूक के दो

पल्लों में दो देवदूतों की मूर्तियाँ स्थापित की जाएँ, तो उस प्रतीक को मंदिर के सबसे भीतरी, बहुत छिपे हुए और अत्यंत पवित्र स्थान में स्थापित किया जा सकता है। वह जिहोवा की दृष्टि से परम पवित्र होगा; किंतु यदि किसी सुंदर स्त्री या पुरुष की मूर्ति हो तो वे कहते हैं, "यह एक बीभत्स प्रतिमा मात्र है। इसे तोड़ डालो।" यही है हमारा पौराणिक सामंजस्य! यदि कोई खड़ा होकर कहे, "हमारे अवतारों ने इन आश्चर्यजनक कामों को किया," तो दूसरे लोग कहेंगे, "यह केवल अंधविश्वास मात्र है।" किंतु उसी समय वे लोग कहेंगे कि हमारे अवतारों ने उसकी अपेक्षा और भी अधिक आश्चर्यजनक व्यापार किए थे और वे उन्हें ऐतिहासिक सत्य समझने का दावा करते हैं। मैंने जहाँ तक देखा है, इस पृथ्वी पर ऐसा कोई नहीं, जो इन सब मनुष्यों के मस्तिष्क में रहने वाले इतिहास और पुराण के सूक्ष्म पार्थक्य को पकड़ सके। इस प्रकार की कहानियाँ—वे चाहे किसी भी धर्म की क्यों न हों—सर्वथा पौराणिक होने पर भी कभी-कभी उनमें भी कुछ ऐतिहासिक सत्य हो सकता है।

इसके बाद आनुष्ठानिक भाग आता है। संप्रदायविशेष की विशेष प्रकार की अनुष्ठान-पद्धति होती है और उस संप्रदाय के अनुयायी उसी को धर्म-संगत समझकर विश्वास करते हैं तथा दूसरे संप्रदायों की अनुष्ठान-पद्धति को घोर अंधविश्वास समझते हैं। यदि एक संप्रदाय किसी विशेष प्रकार की प्रतिमा की उपासना करता है, तो दूसरे संप्रदाय वाले कह बैठते हैं—"आह, यह कितना बीभत्स है!" एक साधारण प्रतीक की ही बात लीजिए, लिंगोपासना में व्यवहृत मूर्ति निश्चय ही पुरुष-चिह्न है, किंतु क्रमश: उसका यह पक्ष लोग भूल गए हैं और उसका इस समय ईश्वर के स्रष्टा-भाव के प्रतीक के रूप में ग्रहण होता है। जिन जातियों ने उसे मूर्ति के रूप में ग्रहण किया है, वे कभी भी उसे पुरुष-चिह्न नहीं समझते। वह भी दूसरी मूर्तियों की तरह एक मूर्ति है—बस इतना ही। किंतु दूसरी जाति या संप्रदाय का एक मनुष्य उसे पुरुष-चिह्न के अतिरिक्त और कुछ नहीं समझ सकता। इसीलिए वह उसकी निंदा आरंभ करता है। किंतु यह भी संभव है कि स्वयं वह कुछ ऐसा करता है, जो लिंगोपासकों की दृष्टि में बीभत्स है। लिंगोपासना और सैक्रेमेंट नामक

ईसाई धर्म के अनुष्ठान-विशेष की बात कही जा सकती है। ईसाइयों के लिए लिंगोपासना में व्यवहृत मूर्ति अति कुत्सित है और हिंदुओं के लिए ईसाइयों का सैक्रेमेंट बीभत्स है। हिंदू कहते हैं कि किसी मनुष्य की सद्गुणावली पाने के अभिप्राय से उसकी हत्या करके उसके मांस को खाना और खून को पीना पैशाचिक नृशंसता है। कोई-कोई जंगली जातियाँ भी ऐसा ही करती हैं। यदि कोई आदमी बहुत साहसी होता है, तो वे लोग उसकी हत्या करके उसके हृदय को खाते हैं। कारण, वे समझते हैं, उसके द्वारा उन्हें उस व्यक्ति का साहस और वीरत्व आदि गुण प्राप्त होगा। सर जॉन लूबक की तरह के भक्त ईसाई भी इस बात को स्वीकार करते हैं कि जंगली जातियों के इस रिवाज के आधार पर ही ईसाइयों के इस अनुष्ठान की रचना हुई है। दूसरे ईसाई अवश्य ही इस अनुष्ठान के उद्भव के संबंध में इस मत को स्वीकार नहीं करते और उसके द्वारा इस प्रकार के भाव का आभास मिलता है, यह भी उनकी समझ में नहीं आता। वह एक पवित्र वस्तु की मूर्ति है, इतना ही वे जानना चाहते हैं। इसलिए आनुष्ठानिक भाग में भी इसी प्रकार कोई साधारण मूर्ति नहीं है, जिसे सब धर्म वाले स्वीकार और ग्रहण कर सकें। ऐसा होने से धर्म के संबंध में सबका सार्वभौमिकत्व कहाँ है ? सार्वभौमिक धर्म किस प्रकार संभव है ? है, किंतु वह पहले से ही विद्यमान है। अब देखा जाए वह क्या है ?

हम सभी लोग सार्वजनीन भ्रातृभाव की, विश्वबंधुत्व की बात सुनते हैं और विभिन्न संप्रदाय के लोगों में उनके प्रचार के लिए कितना उत्साह है, यह भी देखते हैं। मुझे एक पुराना किस्सा याद आता है। भारतवर्ष में शराबखोरी बहुत ही नीच समझी जाती है। दो भाई थे, उन दोनों ने रात्रि के समय छिपकर शराब पीने का इरादा किया। बगल के कमरे में उनके चाचा सोए थे, जो बहुत निष्ठावान व्यक्ति थे, इसलिए शराब पीने के पहले वे लोग सलाह करने लगे, 'हम लोगों को खूब चुपचाप पीना होगा, नहीं तो चाचा जाग जाएँगे।' वे लोग शराब पीने के पहले बार-बार 'चुप, चुप, जाग जाएगा' की आवाज करके एक-दूसरे को चुप कराने लगे। इस गड़बड़ में चाचा की नींद खुल गई। उन्होंने कमरे में घुसकर कुछ देख लिया। हम लोग भी ठीक इन मतवालों की तरह

सार्वजनीन भ्रातृभाव का शोर करते हैं। "हम सभी लोग समान हैं, इसलिए हम लोग एक दल का संगठन करें।" किंतु ध्यान रहे, ज्योंही आप लोगों ने किसी दल का संगठन किया, त्योंही आप समता के विरुद्ध हो गए और उसी समय समता नामक कोई चीज आपके पास नहीं रह जाएगी। मुसलमान सार्वजनीन भ्रातृभाव का शोर मचाते हैं। किंतु वास्तविकता में वे भ्रातृभाव से कितने दूर हैं! जो मुसलमान नहीं हैं, वे भ्रातृसंघ में शामिल नहीं किए जाएँगे। उनके गले काटे जाने ही की अधिक संभावना है। ईसाई भी सार्वजनीन भ्रातृभाव की बातें करते हैं, किंतु जो ईसाई नहीं हैं, उसके लिए अनंत नरक का द्वार खुला है।

इस प्रकार हम लोग सार्वजनीन भ्रातृभाव और समता के अनुसंधान में सारी पृथ्वी पर घूमते-फिरते हैं। जिस समय आप लोग कहीं पर इस भाव की बातें सुनें, उसी समय मेरा अनुरोध है, आप थोड़ा धैर्य रखें और सतर्क हो जाएँ, कारण, इन सब बातों के भीतर प्रायः घोर स्वार्थपरता छिपी रहती है। कहावत प्रसिद्ध है, 'जो गरजता है, सो बरसता नहीं।' इसी प्रकार जो लोग यथार्थ कर्मी हैं और अपने हृदय में विश्वबंधुत्व का अनुभव करते हैं, वे लंबी-चौड़ी बातें नहीं करते, न उस निमित्त संप्रदायों की रचना करते हैं; किंतु उनके क्रियाकलाप, गतिविधि और सारे जीवन के ऊपर ध्यान देने से यह स्पष्ट समझ में आ जाएगा कि उनके हृदय सचमुच ही मानवजाति के प्रति बंधुता से परिपूर्ण हैं, वे सबसे प्रेम करते हैं और सबके दुःखों से दुःखी होते हैं; वे केवल बातें न बनाकर काम करके दिखाते हैं—आदर्श के अनुसार जीवन व्यतीत करते हैं। सारी दुनिया में लंबी-चौड़ी बातों की मात्रा इतनी अधिक है कि सारी पृथ्वी उसके नीचे दब जाएगी। हम चाहते हैं कि बातें बनाना कम होकर यथार्थ काम कुछ अधिक हो।

अभी तक हम लोगों ने देखा है कि धर्म के संबंध में कोई सार्वभौमिक भाव खोज निकालना जरा टेढ़ी खीर है, तथापि हम जानते हैं कि ऐसा भाव वर्तमान है। हम सभी लोग मनुष्य तो अवश्य हैं, किंतु क्या सभी समान हैं? निश्चय ही नहीं। कौन कहता है, हम सब समान हैं? केवल पागल। क्या हम बल, बुद्धि, शरीर में समान हैं? एक व्यक्ति दूसरे की अपेक्षा बलवान, एक

मनुष्य की बुद्धि दूसरे की अपेक्षा अधिक तीक्ष्ण है। यदि हम सब लोग समान ही होते, तो यह असमानता कैसी ? किसने यह असमानता उपस्थित की ? हम लोगों ने स्वयं ही। हम लोगों में क्षमता, विद्या, बुद्धि और शारीरिक बल का तारतम्य होने के कारण निश्चय ही पार्थक्य है। फिर भी हम लोग जानते हैं कि समता का यह सिद्धांत हम लोगों के हृदय को स्पर्श करता है। हम सब लोग मनुष्य अवश्य हैं, किंतु हम लोगों में कुछ पुरुष और कुछ स्त्रियाँ हैं; कोई काले हैं और कोई गोरे, किंतु सभी मनुष्य हैं, सभी एक मनुष्यजाति के अंतर्गत हैं। हम लोगों का चेहरा भी कई प्रकार का है। दो मनुष्यों का मुँह ठीक एक तरह का नहीं देख पाते, तथापि हम सब लोग मनुष्य हैं। मनुष्यत्व रूपी एक सामान्य तत्त्व कहाँ है ? मैंने जिस किसी काले या गोरे स्त्री या पुरुष को देखा, उन सबके मुँह पर मनुष्यत्व रूपी एक समान अमूर्त भाव है, जो सबमें वर्तमान है। जिस समय मैं उसे पकड़ने की चेष्टा करता हूँ, उसे इंद्रियगोचर करना चाहता हूँ, उसे बाहर प्रत्यक्ष करना चाहता हूँ, उसे उस समय देख भी नहीं सकता; किंतु यदि किसी वस्तु के अस्तित्व के संबंध में हमें निश्चित ज्ञान है, तो वह हममें मनुष्यत्व रूपी जो साधारण भाव है, उसी का है। पहले मनुष्यत्व का साधारण ज्ञान होता है, इसके बाद ही मैं आप लोगों को स्त्री और पुरुष के रूप में जान पाता हूँ। सार्वजनीन धर्म के संबंध में भी यही बात है, वह ईश्वर-रूप से पृथ्वी के सभी विभिन्न धर्मों में विद्यमान है। यह अनंतकाल से वर्तमान है और अनंतकाल तक रहेगा। भगवान् ने कहा है—"मयि सर्वमिदं प्रोतं, सूत्रे मणिगणा इव।" अर्थात् मैं इस जगत् में मणियों के भीतर सूत्र की भाँति वर्तमान हूँ। प्रत्येक मणि को एक विशेष धर्म, मत या संप्रदाय कहा जा सकता है। पृथक्-पृथक् मणियाँ एक-एक धर्म हैं और प्रभु ही सूत्ररूप से उन सबमें वर्तमान हैं। तिस पर भी अधिकांश लोग इस संबंध में सर्वथा अज्ञ हैं।

बहुत्व के बीच में एकत्व का होना सृष्टि का नियम है। हम सब लोग मनुष्य होते हुए भी परस्पर पृथक् हैं। मनुष्यजाति के अंश के रूप में हम और आप एक हैं, किंतु जब हम व्यक्तिविशेष होते हैं, तब हम आपसे पृथक् होते हैं। पुरुष होने से आप स्त्री से भिन्न हैं, किंतु मनुष्य होने के नाते स्त्री

और पुरुष एक ही हैं। मनुष्य होने से आप जीव-जंतु से पृथक् हैं, किंतु प्राणी होने के नाते स्त्री-पुरुष, जीव-जंतु और उद्‌भिज, सभी समान हैं एवं सत्ता के नाते आपका विराट् विश्व के साथ एकत्व है। भगवान् ही वह विराट् सत्ता हैं—इस विचित्रित जगत्प्रपंच का चरम एकत्व; वे ही इस विचित्रित जगत्प्रपंच के रूप में प्रकट हुए हैं। उस ईश्वर में हम सभी लोग एक हैं, किंतु व्यक्त प्रपंच में यह भेद अवश्य चिरकाल तक विद्यमान रहेगा। हमारे प्रत्येक बाहरी कार्य में और चेष्टा में यह सदा ही विद्यमान रहेगा। इसलिए सार्वजनीन धर्म का यदि यह अर्थ हो कि किसी विशेष मत में संसार के सभी लोग विश्वास करें, तो यह सर्वथा असंभव है। यह कभी नहीं हो सकता। ऐसा समय कभी नहीं आएगा, जब सब लोगों का मुँह एक रंग का हो जाए। और यदि हम आशा करें कि समस्त संसार एक ही पौराणिक तत्त्व में विश्वास करेगा, तो यह भी असंभव है, यह कभी नहीं हो सकता। उसी प्रकार समस्त संसार में कभी भी एक प्रकार की अनुष्ठान-पद्धति प्रचलित हो नहीं सकती। ऐसा किसी समय हो नहीं सकता, अगर कभी हो जाए, तो सृष्टि लुप्त हो जाएगी। कारण, विचित्रितता ही जीवन की मूल भित्ति है। हम लोगों का आकार किसने बनाया ? वैषम्य ने।

संपूर्ण साम्यभाव होने से ही हमारा विनाश अवश्यंभावी है। समान परिणाम और संपूर्ण रूप से विसरण होना ही उत्ताप का धर्म है। मान लीजिए, इस घर का सारा उत्ताप उस तरह विसरित हो जाए, तो ऐसा होने पर कार्यतः वहाँ उत्ताप नामक कोई चीज बाकी नहीं रहेगी। इस संसार की गति किस कारण संभव होती है ? समता-च्युति इसका कारण है। जिस समय इस संसार का ध्वंस होगा, उसी समय चरम साम्य आ सकेगा, अन्यथा ऐसा होना असंभव है। केवल इतना ही नहीं, ऐसा होना विपज्जनक भी है। हम सभी लोग एक प्रकार का विचार करेंगे, ऐसा सोचना भी उचित नहीं है। ऐसा होने से विचार करने की कोई चीज न रह जाएगी। अजायबघर में रखी हुई मिस्र देश की ममियों की तरह हम सभी लोग एक प्रकार के हो जाएँगे और एक-दूसरे को देखते रहेंगे। हमारे मन में कोई भाव ही न उठेगा। यही भिन्नता, यही वैषम्य, हममें परस्पर

यही असाम्य-भाव हमारी उन्नति का प्राण—हमारे समस्त चिंतन का स्रष्टा है। यह वैचित्र्य सदा ही रहेगा।

सार्वभौमिक धर्म का अर्थ फिर मैं क्या समझता हूँ ? कोई सार्वभौमिक दार्शनिक तत्त्व, कोई सार्वभौमिक पौराणिक तत्त्व या कोई सार्वभौमिक अनुष्ठान-पद्धति, जिसको मानकर सबको चलना पड़ेगा—मेरा अभिप्राय नहीं है। कारण, मैं जानता हूँ कि तरह-तरह के चक्र-समवायों से गठित, बड़ा ही जटिल और आश्चर्यजनक यह जो विश्वरूपी दुर्बोध और विशाल यंत्र है, वह सदा ही चलता रहेगा। फिर हम लोग क्या कर सकते हैं ? हम इस यंत्र को अच्छी तरह से चला सकते हैं, इसमें घर्षण कम कर सकते हैं—इसके चक्कों में तेल डाल सकते हैं। वह कैसे ? वैषम्य की नैसर्गिक अनिवार्यता को स्वीकार करते हुए। जैसे हम सबने स्वाभाविक रूप से एकत्व को स्वीकार किया है, उसी प्रकार हमको वैषम्य भी स्वीकार करना पड़ेगा। हमको यह शिक्षा लेनी होगी कि एक ही सत्य का प्रकाश लाखों प्रकार से होता है और प्रत्येक भाव ही अपनी निर्दिष्ट सीमा के अंदर प्रकृत सत्य है—हमको यह सीखना होगा कि किसी भी विषय को सैकड़ों प्रकार की विभिन्न दृष्टि से देखने पर वह एक ही वस्तु रहती है।

उदाहरणार्थ सूर्य को लीजिए, कोई मनुष्य भूतल पर से सूर्योदय देख रहा है; उसको पहले एक गोलाकार वस्तु दिखाई पड़ेगी। अब मान लीजिए, उसने एक कैमरा लेकर सूर्य की ओर यात्रा की और जब तक सूर्य के निकट न पहुँचा, तब तक बार-बार सूर्य की प्रतिच्छवि लेने लगा। एक स्थान से लिया हुआ सूर्य का चित्र दूसरे स्थानों से लिये हुए सूर्य के चित्र से भिन्न है—वह जब लौट आएगा, तब उसे मालूम होगा कि मानो वे सब भिन्न-भिन्न सूर्यों के चित्र हैं। परंतु हम जानते हैं कि वह अपने गंतव्य पथ के भिन्न-भिन्न स्थानों से एक ही सूर्य के अनेक चित्र लेकर लौटा है। ईश्वर के संबंध में भी ठीक ऐसा ही होता है। उच्च अथवा निकृष्ट दर्शन से ही हो, सूक्ष्म अथवा स्थूल पौराणिक कथाओं के अनुसार ही हो या सुसंस्कृत क्रियाकांड अथवा भूतोपासना द्वारा ही हो—प्रत्येक संप्रदाय, प्रत्येक व्यक्ति, प्रत्येक धर्म और प्रत्येक जाति, जाने या

अनजाने में अग्रसर होने की चेष्टा करते हुए ईश्वर की ओर बढ़ रही है। मनुष्य चाहे जितने प्रकार के सत्य की उपलब्धि करे, उसका प्रत्येक सत्य भगवान् के दर्शन के सिवा और कुछ नहीं है। मान लीजिए, हम जलपात्र लेकर जलाशय से जल भरने आएँ—कोई कटोरी लाया, कोई घड़ा लाया, कोई बाल्टी लाया, इत्यादि। अब जब हमने जल भर लिया, तो क्या देखते हैं कि प्रत्येक पात्र के जल ने स्वभावत: अपने-अपने पात्र का आकार धारण किया है। परंतु प्रत्येक पात्र में वही एक जल है, जो सबके पास है। धर्म के संबंध में भी ऐसा ही कहा जा सकता है। हमारे मन भी ठीक पूर्वोक्त पात्रों के समान हैं। हम सब ईश्वर-प्राप्ति ईश्वर चेष्टा कर रहे हैं। पात्रों में जो जल भरा हुआ है, ईश्वर उसी जल के समान हैं—प्रत्येक पात्र में भगवद्दर्शन उस पात्र के आकार के अनुसार हैं, फिर भी वे सर्वत्र एक ही हैं। वे घट-घट में विराजमान हैं। सार्वभौमिक भाव का भी हम यही एकमात्र परिचय पा सकते हैं।

सैद्धांतिक दृष्टि से यहाँ तक तो सब ठीक है, परंतु धर्म के समन्वय विधान को कार्यरूप में परिणत करने का भी क्या कोई उपाय है ? हम देखते हैं—'सब धर्ममत सत्य हैं।' यह बात बहुत पुराने समय से ही मनुष्य स्वीकार करते आए हैं। भारतवर्ष, अलेक्जेंड्रिया, यूरोप, चीन, जापान, तिब्बत, यहाँ तक कि अमेरिका आदि स्थानों में भी सर्ववादीसम्मत धर्ममत गठन करके सब धर्मों को एक ही प्रेम-सूत्र में ग्रंथित करने की सैकड़ों चेष्टाएँ हो चुकीं, परंतु सब व्यर्थ हुईं, क्योंकि उन्होंने किसी व्यावहारिक प्रणाली का अवलंबन नहीं किया। संसार के सभी धर्म सत्य हैं, यह तो अनेक ने स्वीकार किया है, परंतु उन सबको एकत्र करने का उन्होंने कोई ऐसा उपाय नहीं दिखाया, जिससे वे इस समन्वय के भीतर रहते हुए भी अपनी विशिष्टता को बचा रखें। वही उपाय यथार्थ में कार्यकारी हो सकता है, जो किसी धर्मावलंबी व्यक्ति की विशिष्टता को नष्ट न करते हुए उसको औरों के साथ सम्मिलित होने का पथ बता दे। परंतु अब तक जिन-जिन उपायों से धर्म-जगत् में एकता-विधान की चेष्टा की गई है, उनमें 'सभी धर्म सत्य हैं ', यह सिद्धांत मान लेने पर भी ज्ञात होगा कि यथार्थ में उसको कुछ निर्दिष्ट मतविशेषों में आबद्ध रखने की चेष्टा की

गई है और परिणास्वरूप कितने ही परस्पर झगड़ने वाले ईर्ष्यापरायण नए-नए दलों की सृष्टि हो गई है।

मेरी भी एक छोटी से कार्यप्रणाली है। मैं नहीं जानता कि वह कार्यकारी होगी या नहीं, परंतु मैं उसको विचारार्थ आपके सामने रखता हूँ। मेरी कार्यप्रणाली क्या है? सर्वप्रथम मैं मनुष्यजाति से यह मान लेने का अनुरोध करता हूँ कि कुछ नष्ट न करो। विनाशक-सुधारक लोग संसार का कुछ भी उपकार नहीं कर सकते। किसी वस्तु को भी तोड़कर धूल में मत मिलाओ, वरन् उसका गठन करो। यदि हो सके तो सहायता करो, नहीं तो चुपचाप हाथ उठाकर खड़े हो जाओ और देखो, मामला कहाँ तक जाता है! यदि सहायता न कर सको, तो अनिष्ट मत करो। जब तक मनुष्य कपटहीन रहे, तब तक उसके विश्वास के विरुद्ध एक भी शब्द न कहो। दूसरी बात यह है कि जो जहाँ पर है, उसको वहीं से ऊपर उठाने की चेष्टा करो। यदि यह सत्य है कि ईश्वर सब धर्मों के केंद्रस्वरूप हैं और हममें से प्रत्येक एक-एक व्यासार्ध से उनकी ओर अग्रसर हो रहा है, तो हम सब निश्चय ही उस केंद्र में पहुँचेंगे और सब व्यासार्धों के मिलनस्थान में हमारे सब वैषम्य दूर हो जाएँगे। परंतु जब तक हम वहाँ नहीं पहुँचते, तब तक वैषम्य कदापि दूर नहीं हो सकता। सब व्यासार्ध एक ही केंद्र में सम्मिलित होते हैं। कोई अपने स्वभावानुसार एक व्यासार्ध से अग्रसर होता है और कोई किसी दूसरे व्यासार्ध से। इसी तरह हम सब अपने व्यासार्ध द्वारा आगे बढ़ें, तब अवश्य ही हम एक ही केंद्र में पहुँचेंगे। कहावत भी ऐसी है कि "सब रास्ते रोम में पहुँचते हैं।" प्रत्येक अपनी-अपनी प्रकृति के अनुसार बढ़ रहा है और पुष्ट हो रहा है—प्रत्येक व्यक्ति उचित समय पर चरम सत्य की उपलब्धि करेगा; कारण, अंत में देखा जाता है कि मनुष्य स्वयं ही अपना शिक्षक है।

तुम क्या कर सकते हो और मैं भी क्या कर सकता हूँ? क्या तुम यह समझते हो कि तुम एक शिशु को भी कुछ सिखा सकते हो? नहीं, तुम नहीं सिखा सकते, शिशु स्वयं ही शिक्षा लाभ करता है, तुम्हारा कर्तव्य है सुयोग देना और बाधा दूर करना। एक वृक्ष बढ़ रहा है। क्या तुम उस वृक्ष को बढ़ा

सकते हो? तुम्हारा कर्तव्य है, वृक्ष के चारों ओर घेरा बना देना, जिससे चौपाए उस वृक्ष को कहीं न चर जाएँ, बस, वहीं तुम्हारे कर्तव्य का अंत हो गया—वृक्ष स्वयं ही बढ़ता है। मनुष्य की आध्यात्मिक उन्नति का रूप भी ठीक ऐसा ही है। न कोई तुम्हें शिक्षा दे सकता है और न कोई तुम्हारी आध्यात्मिक उन्नति कर सकता है। तुमको स्वयं ही शिक्षा लेनी होगी, तुम्हारी उन्नति तुम्हारे ही भीतर से होगी। बाहरी शिक्षा देने वाले क्या कर सकते हैं? वे ज्ञानलाभ की बाधाओं को थोड़ा दूर कर सकते हैं, बस! वहीं उनका कर्तव्य समाप्त हो जाता है। इसीलिए यदि हो सके तो सहायता करो; नहीं तो विनाश मत करो। तुम इस धारणा का त्याग करो कि तुम किसी को आध्यात्मिक शक्तिसंपन्न कर सकते हो। यह असंभव है। यह स्वीकार करो कि तुम्हारी आत्मा को छोड़ तुम्हारा और कोई शिक्षक नहीं है। फिर देखो क्या फल मिलता है! समाज में हम भिन्न-भिन्न प्रकार के लोगों को देखते हैं, संसार में सहस्त्रों प्रकार के मन और संस्कार के लोग वर्तमान हैं। उन सबका संपूर्ण सामान्यकरण असंभव है, परंतु हमारे प्रयोजन के लिए उनको चार श्रेणियों में विभक्त किया जा सकता है। प्रथम, कर्मठ व्यक्ति, जो कर्मेच्छुक हैं। उसके स्नायुयों और मांसपेशियों में विपुल शक्ति है। उसका उद्‌देश्य है काम करना, अस्पताल तैयार करना, सत्कार्य करना, रास्ता बनाना, कार्यप्रणाली स्थिर करके संघबद्ध होना। द्वितीय है, भावुक, जो उदात्त और सुंदर को सर्वान्तःकरण से प्रेम करता है। वह प्रकृति के मनोरम दृश्यों का उपभोग करने के लिए सौंदर्य का चिंतन करता है; और प्रेममय भगवान् की पूजा करने के लिए प्रेम करता है। वह विश्व के तमाम महापुरुषों और भगवान् के अवतारों पर विश्वास करते हुए सबकी सर्वान्तःकरण से पूजा करता है, सबसे प्रेम करता है। ईसा मसीह और बुद्ध यथार्थ में थे या नहीं, इसके प्रमाणों की वह परवाह ही नहीं करता। ईसा मसीह का दिया हुआ 'शैलोपदेश' कब प्रचारित हुआ था? अथवा श्रीकृष्ण ने कौन सी तारीख को जन्मग्रहण किया था? इसकी उसे चिंता नहीं। उसके निकट तो उनका व्यक्तित्व, उनकी मनोहर मूर्तियाँ ही रुचि का विषय है, यही उसका आदर्श है, एक प्रेमी भावप्रवण मानव का यही स्वभाव है। तृतीय, योगमार्गी

व्यक्ति, जो अपना आत्मविश्लेषण करना और मनुष्य के मन की क्रियाओं को जानना चाहता है। मन में कौन-कौन शक्ति काम कर रही हैं और उन शक्तियों को पहचानने का या उनको परिचालित करने का अथवा उनको वशीभूत करने का क्या उपाय है ? यही सब जानने को वह उत्सुक रहता है। चतुर्थ, दार्शनिक, जो प्रत्येक विषय का भावग्रहण करना चाहता है, प्रत्येक विषय की परीक्षा करना चाहता है और अपनी बुद्धि द्वारा, मानवीय दर्शन द्वारा, जहाँ तक जाना संभव है, उसके भी परे जाने की इच्छा रखता है।

अब बात यह है कि यदि किसी धर्म को सर्वापेक्षा अधिक लोगों के लिए उपयोगी होना हो तो उसमें इतनी क्षमता होनी आवश्यक है कि वह इन सब भिन्न-भिन्न लोगों के लिए उपयुक्त सामग्री जुटाएँ और जिस धर्म में इस क्षमता का अभाव है, उस धर्म के अंतर्गत जो-जो संप्रदाय हैं, वे सब एकदेशीय ही रह जाते हैं। मान लीजिए, आप किसी भक्त-संप्रदाय के पास गए। वे गाते हैं, रोते हैं और भक्ति का प्रचार करते हैं, परंतु यदि आपने उनसे कहा, “मित्र, आप जो कहते हैं, वह ठीक है, परंतु मैं इससे भी कुछ अधिक प्रखर तत्त्व की आशा रखता हूँ। मैं कुछ युक्ति, कुछ दर्शनात्मक आलोचना और विचारपूर्वक इन विषयों को थोड़ा क्रमबद्ध ढंग से तथा अधिक तर्कबुद्धिसंगत ढंग से समझना चाहता हूँ,” तो वे फौरन आपको बाहर निकाल देंगे; और केवल इतना ही नहीं कि आपको चले जाने को ही कहें, वरन् हो सका तो एकदम आपको भवसागर के पार ही भेज देंगे! अब इससे यह फल निकलता है कि वह संप्रदाय केवल भावनाप्रधान लोगों की सहायता कर सकता है। दूसरों की तो वे सहायता कर ही नहीं सकते, बल्कि वे उनको विनष्ट करने की चेष्टा करते हैं। सहायता की बात तो दूर रही, वे दूसरों की ईमानदारी पर भी विश्वास नहीं रखते और यही सबसे भयानक बात है।

अगली श्रेणी ज्ञानियों की है। वे भारत और प्राच्य के ज्ञान की बड़ाई करते हैं और खूब लंबे-चौड़े पारिभाषिक शब्दों का व्यवहार करते हैं। परंतु मेरे जैसा कोई साधारण आदमी उनके पास जाकर कहे कि “आप मुझे कुछ आध्यात्मिक उपदेश दे सकते हैं ?” तो वे जरा मुसकराकर यही कहेंगे,

"अजी, तुम बुद्धि में अभी हमसे बहुत नीचे हो, तुम आध्यात्मिकता को क्या समझोगे?" वे बड़े ऊँचे दर्जे के दार्शनिक हैं! वे तुमको केवल बाहर निकल जाने का आदेश दे सकते हैं, बस!

एक और दल है—योगप्रिय। वे जीवन की विभिन्न भूमिकाओं, मन के विभिन्न स्तरों, मानसिक शक्ति की क्षमता इत्यादि कई बातें तुमसे कहेंगे, और यदि तुम साधारण आदमी की तरह उनसे कहो कि 'मुझको कुछ अच्छी बातें बतलाइए, जो मैं कार्यरूप में परिणत कर सकूँ, मैं उतना कल्पनाप्रिय नहीं हूँ, क्या आप कुछ ऐसा मुझे दे सकते हैं, जो मेरे लिए उपयोगी हो? तो वे हँसकर कहेंगे, "सुनते हो, क्या कह रहा है यह निर्बोध? कुछ भी समझ नहीं है—अहमक का जीवन ही व्यर्थ है।" संसार में सर्वत्र यही हाल है। मैं इन सब भिन्न-भिन्न संप्रदायों के चुने-चुने धर्म-ध्वजियों को एकत्र कर एक कमरे में बंद कर उनके सुंदर विद्रूपव्यंजक हास्य का फोटोग्राफ लेना चाहता हूँ।

यही धर्म की वर्तमान अवस्था है, और यही सबका वर्तमान मनोभाव है। मैं एक ऐसे धर्म का प्रचार करना चाहता हूँ, जो सब प्रकार की मानसिक अवस्था वाले लोगों के लिए उपयोगी हो, इसमें ज्ञान, भक्ति, योग और कर्म समभाव से रहेंगे। यदि कॉलेज से वैज्ञानिक पदार्थविद् अध्यापकगण आएँ, तो वे युक्ति विचार पसंद करेंगे। उनको जहाँ तक संभव हो, युक्तिविचार करने दो, अंत में वे एक ऐसी स्थिति पर पहुँचेंगे, जहाँ से युक्ति-विचार की धारा अविच्छिन्न रखकर वे और आगे बढ़ ही नहीं सकते, यह वे समझ लेंगे, वे कह उठेंगे, "ईश्वर, मुक्ति इत्यादि धारणाएँ अंधविश्वास हैं—उन सबको छोड़ दो।"

मैं कहता हूँ, "हे दार्शनिकवर, तुम्हारी यह पंचभौतिक देह तो उससे भी बड़ा अंधविश्वास है, इसका परित्याग करो। आहार करने के लिए घर में या अध्यापन के लिए दर्शन-क्लास में अब तुम मत जाओ। शरीर छोड़ दो और यदि ऐसा न हो सके तो चुपचाप बैठकर जोर-जोर से रोओ।" क्योंकि धर्म को जगत् के एकत्व और एक ही सत्य के अस्तित्व की सम्यक् उपलब्धि करने का उपाय अवश्य बताना पड़ेगा। इसी तरह यदि कोई योगप्रिय व्यक्ति आए, तो हम आदर के साथ उसकी अभ्यर्थना करके वैज्ञानिक भाव से मनस्तत्व-

विश्लेषण कर देने और उसकी आँखों के सामने उसका प्रयोग दिखाने को प्रस्तुत रहेंगे। यदि भक्त लोग आएँ, तो हम उनके साथ एकत्र बैठकर भगवान् के लिए हँसेंगे और रोएँगे, प्रेम का प्याला पीकर उन्मत्त हो जाएँगे। यदि एक पुरुषार्थी कर्मी आए, तो उसके साथ यथासाध्य काम करेंगे। भक्ति, योग, ज्ञान और कर्म के इस प्रकार का समन्वय सार्वभौमिक धर्म का अत्यंत निकटतम आदर्श होगा।

भगवान् की इच्छा से यदि सब लोगों के मन में इस ज्ञान, योग, भक्ति और कर्म का प्रत्येक भाव ही पूर्णमात्रा में और साथ ही समभाव से विद्यमान रहे, तो मेरे मत से मानव का सर्वश्रेष्ठ आदर्श यही होगा। जिसके चरित्र में इन भावों में से एक या दो प्रस्फुटित हुए हैं, मैं उनको 'एकदेशीय' कहता हूँ और सारा संसार ऐसे ही 'एकदेशीय' लोगों से भरा हुआ है, जो केवल अपना ही रास्ता जानते हैं। इसके सिवाय अन्य जो कुछ है, वह सब उनके निकट विपत्तिकर और भयंकर है। इस तरह चारों ओर समभाव से विकास लाभ करना ही मेरे कहे हुए धर्म का आदर्श है और भारतवर्ष में हम जिसको योग कहते हैं, उसी के द्वारा इस आदर्श धर्म को प्राप्त किया जा सकता है। कर्मी के लिए यह मनुष्य के साथ मनुष्य-जाति का योग है, योगी के लिए निम्न तथा उच्च अहं का योग, भक्त के लिए अपने साथ प्रेममय भगवान् का योग और ज्ञानी के लिए बहुत्व के बीच एकत्वानुभूतिरूप योग है। 'योग' शब्द से यही अर्थ निकलता है। जो कर्म के माध्यम से इस योग का साधन करते हैं, उन्हें कर्मयोगी कहते हैं। जो भगवद्-दर्शन प्रेम द्वारा योग का साधन करते हैं, उन्हें भक्तियोगी कहते हैं। जो पातंजलि आदि योगमार्ग द्वारा इस योग का साधन करते हैं, उन्हें राजयोगी कहते हैं और जो ज्ञान-विचार द्वारा इस योग का साधन करते हैं, उन्हें ज्ञानयोगी कहते हैं। अतएव यह योगी शब्द इन सभी को समाविष्ट करता है।

हमारे प्रत्यक्ष ज्ञान के मूलभूत कारण जड़ और शक्ति की बात लीजिए। जड़ क्या है? जिस पर शक्ति कार्य करती है। और शक्ति क्या है? जो जड़ पर कार्य करती है। आप लोग अवश्य समझ गए होंगे कि जटिलता क्या

है? न्यायशास्त्रविद् इसको 'अन्योन्याश्रय दोष' कहते हैं—पहले का भाव दूसरे पर निर्भर हो रहा है—और दूसरे का भाव पहले पर निर्भर हो रहा है। इसीलिए आपकी युक्ति के पथ में एक बड़ी भारी बाधा दिखाई पड़ रही है, जिसको लाँघकर बुद्धि अग्रसर हो नहीं सकती, तथापि इसके परे, जो अनंत राज्य विद्यमान है, वहाँ पहुँचने के लिए बुद्धि सदा व्यस्त रहती है। कहने का तात्पर्य है कि पंचेंद्रियगम्य और मन का विषयीभूत यह जगत्—हमारी चेतन-भूमि पर प्रक्षिप्त यह विश्व मानो उस अनंत सत्ता का एक कणमात्र है; और चेतनरूप जाल से घिरे हुए, इस विश्व-जगत् के क्षुद्र से घेरे के भीतर ही हमारी विचार-शक्ति काम करती है, उसके परे नहीं जा सकती। इस कारण इसके परे जाने के लिए और किसी साधन का प्रयोजन है। अतींद्रियबोध वह साधन है। अतएव सहज ज्ञान, विचार-शक्ति और अतींद्रियबोध, ये तीनों ही ज्ञानलाभ के साधन हैं। पशुओं में सहज ज्ञान, मनुष्यों में विचार-शक्ति और देव मानव में अतींद्रियबोध दिखाई पड़ता है। परंतु सब मनुष्यों में ही इन तीन साधनों का बीज थोड़ा-बहुत प्रस्फुटित दिखाई पड़ता है। इन सब मानसिक शक्तियों का विकास होने के लिए उनके बीजों का भी मन में विद्यमान रहना आवश्यक है और यह भी स्मरण रखना कर्तव्य है कि एक शक्ति दूसरी शक्ति की विकसित अवस्था ही है, इसलिए वे परस्पर-विरोधी नहीं हैं। विचार-शक्ति ही प्रस्फुटित होकर अतींद्रियबोध में परिणत हो जाती है, इसीलिए अतींद्रियबोध विचार-शक्ति का परिपंथी नहीं है, परंतु उसका पूरक है। जो-जो विषय विचार-शक्ति द्वारा समझ में नहीं आते, उन सबको अतींद्रियबोध द्वारा समझाना पड़ता है और वह विचार-शक्ति का विरोधी नहीं है। वृद्ध बालक का विरोधी नहीं है, परंतु उसी की पूर्ण परिणति है। अतएव आपको सर्वदा स्मरण रखना होगा कि निम्न श्रेणी की शक्ति को उच्च श्रेणी की शक्ति कहकर, जो भूल की जाती है, उससे भयानक विपद की संभावना है। अनेक बार सहज ज्ञान को अतींद्रियबोध कह दिया जाता है और साथ ही भविष्यवक्ता बनने का झूठा दावा भी किया जाता है। एक निर्बोध या अर्धोन्मत्त आदमी समझता है कि उसके दिमाग में जो पागलपन है, वह अतींद्रिय ज्ञान है और वह चाहता है कि लोग उसका

अनुसरण करें। संसार में अति परस्पर-विरोधी युक्तिहीन जो अनाप-शनाप प्रचारित हुआ है, वह केवल पागलों के विकृत मस्तिष्कों के सहज-वृत्तिक अनर्गल प्रलाप की अंतर्प्रेरणा अर्थात् अतींद्रियबोध की अभिव्यक्ति का ढोंग रचने का प्रयास मात्र है।

संसार में ऐसे लोग बहुत देखे जाते हैं, जिन्होंने मानो किसी-न-किसी प्रकार का काम करने के लिए ही जन्म ग्रहण किया है। उनका मन केवल चिंतन-राज्य में ही एकाग्र होकर नहीं रह सकता। वे केवल कार्य को समझते हैं, जो आँखों से देखा जा सकता है और हाथों से किया जा सकता है। इस प्रकार के लोगों के लिए एक जीवन-विज्ञान की आवश्यकता है। हममें से प्रत्येक ही किसी-न-किसी प्रकार का काम कर रहा है, परंतु हम लोगों में अधिकतर लोग अपनी अधिकांश शक्ति का अपक्षय कर रहे हैं। कारण यह है कि हमें कर्म का रहस्य ज्ञात नहीं है। कर्मयोग इस रहस्य को समझा देता है और यह शिक्षा देता है कि कहाँ, किस भाव से कार्य करना होगा एवं उपस्थित कर्म में किस भाव से हमारी समस्त शक्ति का प्रयोग करने से सर्वापेक्षा अधिक फल-लाभ होगा। हाँ, कर्म के विरुद्ध यह कहकर, जो प्रबल आपत्ति उठाई जाती है कि वह दुःखजनक है, इसका भी विचार करना होगा। सब दुःख और कष्ट आसक्ति से आते हैं। मैं काम करना चाहता हूँ, मैं किसी मनुष्य का उपकार करना चाहता हूँ, अब प्रायः यही देखा जाता है कि मैंने जिसकी सहायता की है, वह व्यक्ति सारे उपकारों को भूलकर मुझसे शत्रुता करेगा—फल यह होगा कि मुझे कष्ट मिलता है। ऐसी घटनाओं के फल से ही मनुष्य कर्म से विरत हो जाता है और इन दुःखों और कष्टों का भय ही मनुष्य के कर्म और उद्यम को अधिक नष्ट कर देता है। किसकी सहायता की जा रही है अथवा किस कारण से सहायता की जा रही है, इत्यादि विषयों पर ध्यान न रखते हुए अनासक्त भाव से केवल कर्म के लिए कर्म करना चाहिए—कर्मयोग यही शिक्षा देता है। कर्मयोगी कर्म करते हैं। कारण, यह उनका स्वभाव है, वे अपने दिल में इसका अनुभव करते हैं कि ऐसा करना ही उनके लिए कल्याणजनक है। इसको छोड़ उनका और कोई उद्‌देश्य नहीं रहता। वे संसार

में सर्वदा दाता का आसन ग्रहण करते हैं, कभी किसी वस्तु की प्रत्याशा नहीं रखते। वे जानबूझकर दान करते जाते हैं, परंतु प्रतिदान-स्वरूप वे कुछ नहीं चाहते। इसी कारण वे दुःखों के हाथ से रक्षा पाते हैं। जब दुःख हमको ग्रसित करता है, तब यही समझना होगा कि यह केवल 'आसक्ति' की प्रतिक्रिया है।

भावुक और प्रेमी लोगों के लिए भक्तियोग है। भक्त चाहते हैं, भगवान् से प्रेम करना। वे धर्म के अंगस्वरूप क्रियाकलापों की सहायता लेते हैं और पुष्प, गंध, सुरम्य मंदिर, मूर्ति इत्यादि नाना प्रकार के द्रव्यों से संबंध रखते हैं। आप लोग क्या यह कहना चाहते हैं कि वे भूल करते हैं? मैं आपसे एक सच्ची बात कहना चाहता हूँ। वह आप लोगों को, विशेषकर इस देश में स्मरण रखना उचित है। जो सब धर्मसंप्रदाय अनुष्ठान और पौराणिक तत्त्व-संपद् से समृद्ध हैं, विश्व के श्रेष्ठ आध्यात्मिक-शक्ति-संपन्न महापुरुषों ने उन्हीं संप्रदायों में जन्म ग्रहण किया है। और जो सब संप्रदाय, किसी प्रतीक या अनुष्ठानविशेष की सहायता बिना ही भगवान् की उपासना की चेष्टा करते हैं, जो धर्म की सारी सुंदरता, महानता तथा और सबकुछ निर्मम भाव से पददलित करते हैं, अत्यंत सूक्ष्म दृष्टि से देखने पर भी उनका धर्म केवल कट्टरता है, शुष्क है। जगत् का इतिहास इसका ज्वलंत साक्षी है। इसलिए इन सब अनुष्ठानों तथा पुराणों आदि को गाली मत दीजिए। जो लोग इन्हें लेकर रहना चाहते हैं, उन्हें रहने दीजिए। आप व्यर्थ ही व्यंग्यात्मक हँसी हँसकर यह मत कहिए कि "वे मूर्ख हैं, उन्हें उसी को लेकर रहने दो।" यह बात कदापि नहीं है; मैंने जीवन में जिन सब आध्यात्मिक शक्तिसंपन्न श्रेष्ठ महापुरुषों के दर्शन किए हैं, वे सब इन्हीं अनुष्ठानादि नियमों के माध्यम से अग्रसर हुए हैं। मैं अपने को उनके पैरों तले बैठने के योग्य भी नहीं समझता और उस पर भला मैं उनकी समालोचना करूँ? ये सब भाव मानव-मन में किस तरह कार्य करते हैं और उनमें से कौन सा हमारे लिए ग्राह्य है तथा कौन सा त्याज्य है, इसे मैं कैसे समझूँ? हम उचित-अनुचित न समझते हुए भी संसार की सारी वस्तुओं की समालोचना करते रहते हैं। लोगों की जितनी इच्छा हो, उन्हें इन सब सुंदर उद्दीपनपूर्ण पुराणादि को ग्रहण करने दीजिए। कारण, आपको सर्वदा स्मरण

रखना उचित है कि भावुक लोग सत्य की कुछ नीरस परिभाषामात्र को लेकर रहना, बिल्कुल पसंद नहीं करते। भगवान् उनके निकट 'धरने-छूने की' वस्तु है, मूर्त वस्तु है, वही एकमात्र सत्य वस्तु है। उसे वे अनुभव करते हैं, उससे वे बात सुनते हैं, उसे वे देखते हैं, उससे वे प्रेम करते हैं। वे अपने भगवान् को ही लेकर रहें। आपका युक्तिवाद भक्त के निकट उसी प्रकार निर्बोध है, जैसे कोई व्यक्ति एक सुंदर मूर्ति को देखते ही उसे चूर्ण कर यह देखना चाहता है कि वह किस पदार्थ से निर्मित है। भक्तियोग उनको निस्स्वार्थ भाव से प्रेम करने की शिक्षा देता है। कोई गूढ़ अभिसंधि न रहे। लोकैषणा, पुत्रैषणा, वित्तैषणा, कोई भी इच्छा न रहे। केवल भगवान् से अथवा जो मंगलमय है, उसी से केवल प्रेम के लिए प्रेम करना; प्रेम-ही-प्रेम का श्रेष्ठ प्रतिदान है और भगवान् ही प्रेमस्वरूप हैं—यही भक्तियोग की शिक्षा है।

भगवान् सृष्टिकर्ता, सर्वव्यापी, सर्वज्ञ, सर्वशक्तिमान, शास्ता और पिता-माता हैं, यह कहकर उनके प्रति हृदय की सारी भक्ति और श्रद्धा अर्पण की ही शिक्षा भक्तियोग देता है। भाषा उनका जो सर्वश्रेष्ठ प्रकाश कर सकती है अथवा मनुष्य उनके संबंध में जो सर्वोच्च धारणा कर सकता है, वह यह है कि वे प्रेममय हैं! "जहाँ कहीं भी किसी प्रकार का प्रेम है, वही वे हैं, वहीं प्रभु विद्यमान हैं।" पति जब स्त्री का चुंबन करता है, उस चुंबन में भी वे विद्यमान हैं। माता जब शिशु को चुंबन करती है, तो उसमें भी वे वर्तमान हैं। मित्रों के करमर्दन में भी प्रभु विद्यमान हैं। जब कोई महापुरुष मानवजाति के प्रेम के वशीभूत हो उनका कल्याण करने की इच्छा करते हैं, तब प्रभु ही अपने मानवप्रेम-भंडार से मुक्त-हस्त होकर प्रेम वितरण करते हैं। जहाँ हृदय का विकास है, वहीं उनका प्रकाश है। भक्तियोग से इन्हीं सब बातों की शिक्षा मिलती है।

अब मैं ज्ञानयोगी की बात की आलोचना करूँगा—वे दार्शनिक और चिंताशील हैं, जो इस दृश्य जगत् के परे जाना चाहते हैं। वे संसार की तुच्छ वस्तुओं को लेकर संतुष्ट नहीं रह सकते। प्रतिदिन के आहारादि नित्य-कर्म के परे चले जाना चाहते हैं—हजारों पुस्तकें पढ़ने पर भी उनकी शांति नहीं

होती, यहाँ तक कि समग्र भौतिक विज्ञान भी उनको परितृप्त नहीं कर सकता। कारण, वे बहुत प्रयत्न करने पर इस क्षुद्र पृथ्वी का ही ज्ञानगोचर कर सकते हैं। बाह्य ऐसा क्या है, जो उनका संतोष कर सके? कोटि-कोटि सौरजगत् भी उनको संतुष्ट नहीं कर सकते; उनकी दृष्टि में वे 'सत्'-संधु में केवल एक बिंदु हैं। उनकी आत्मा इन सबके पार—सब अस्तित्वों का जो सार है, उसी में डूब जाना चाहती है। सत्यस्वरूप को प्रत्यक्ष करना चाहती है। वे इसकी उपलब्धि करना चाहते हैं, उसके साथ तादात्म्य लाभ करना चाहते हैं, उस विराट् सत्ता के साथ एक हो जाना चाहते हैं। वे ही ज्ञानी हैं। भगवान्, जगत् के पिता, माता, सृष्टिकर्ता, रक्षाकर्ता, पथदर्शक इत्यादि वाक्यों द्वारा भगवान् की महिमा प्रकाश करने में वे असमर्थ हैं। वे सोचते हैं, भगवान् उनके प्राणों के प्राण, आत्मा की आत्मा हैं; भगवान् उनकी ही आत्मा हैं; भगवान् को छोड़कर और कोई भी वस्तु नहीं है। उनका समुदय नश्वर-अंश विचारों के प्रबल आघात से चूर्ण-विचूर्ण होकर उड़ जाता है। अंत में जो सचमुच ही विद्यमान रहता है, वही स्वयं भगवान् है।

आत्मा की ब्रह्मस्वरूपता को जान लेना, तद्रूप हो जाना—उसका साक्षात्कार करना, यही धर्म है—यह केवल सुनने या मान लेने की चीज नहीं है। समस्त मन-प्राण विश्वास की वस्तु के साथ एक हो जाएगा, यह धर्म है।

□

सांख्यीय ब्रह्मांड तत्त्व

हमारे सम्मुख दो शब्द हैं—क्षुद्र ब्रह्मांड और बृहत् ब्रह्मांड; अंत: और बहि:, हम अनुभूति द्वारा ही इन दोनों से सत्य का लाभ करते हैं; आभ्यंतर अनुभूति और बाह्य अनुभूति। आभ्यंतर अनुभूति द्वारा संगृहीत सत्यसमूह—मनोविज्ञान, दर्शन और धर्म के नाम से परिचित हैं और बाह्य अनुभूति से भौतिक विज्ञान की उत्पत्ति हुई है। अब बात यह है कि जो संपूर्ण सत्य है, उसका इन दोनों लोकों की अनुभूति के साथ समन्वय होगा। क्षुद्र ब्रह्मांड बृहत् ब्रह्मांड के सत्यसमूह की साक्षी प्रदान करेगा, उसी प्रकार बृहत् ब्रह्मांड भी क्षुद्र ब्रह्मांड के सत्य को स्वीकार करेगा। भौतिक सत्य की अविकल छवि अंतर्जगत् में रहनी चाहिए और अंतर्जगत् के सत्य का प्रमाण भी बहिर्जगत् में मिलना चाहिए। तथापि हम कार्य रूप में देखते हैं, इन सब सत्यों का अधिकांश ही सर्वदा परस्पर विरोधी है। जगत् के इतिहास के एक युग में दिखाई पड़ता है—ज्योंही 'अंतर्वादी' की प्रधानता हुई; त्योंही उन्होंने 'बहिर्वादी' के साथ विवाद आरंभ किया। वर्तमान काल में 'बहिर्वादी' अर्थात् जड़ वैज्ञानिकों ने प्रधानता प्राप्त की है और उन्होंने मनस्तत्त्ववित् और दार्शनिकगण के अनेक सिद्धांतों को उड़ा दिया है। अपने क्षुद्र ज्ञान से हमने जो कुछ समझा है, उसके अनुसार हम देखते हैं कि मनोविज्ञान के प्रकृत सारभाग के साथ आधुनिक जड़ विज्ञान के सारभाग का संपूर्ण सामंजस्य है।

सब व्यक्तियों को सब विषयों में बड़ा बनने की शक्ति प्रकृति ने नहीं दी है; इसी प्रकार उसने सब जातियों का गठन इस रूप में नहीं किया है कि वे

सब प्रकार की विद्या का अनुसंधान करने में समान शक्तिसंपन्न हों। आधुनिक यूरोपीय जातियाँ बाह्य भौतिक तत्त्व के अनुसंधान में सुदक्ष हैं; किंतु प्राचीन यूरोपीयगण मनुष्य के आभ्यंतर भाग के अनुसंधान में उतने पटु नहीं थे। दूसरी ओर प्राच्यगण भी बाह्य भौतिक जगत् के अनुसंधान में उतने दक्ष नहीं थे, किंतु अंतस्तत्त्व की गवेषणा में उन्होंने विशेष दक्षता का परिचय दिया है। इसीलिए हम देखते हैं, प्राच्य जाति के भौतिक जगत् के तत्त्वसंबंधीय मत के साथ पाश्चात्य वैज्ञानिकों का मत नहीं मिलता और पाश्चात्य मनोविज्ञान प्राच्य जाति के तत्त्व संबंधीय उपदेशों से नहीं मिलता। पाश्चात्य वैज्ञानिकों ने प्राच्य भूतविज्ञानवादियों की समालोचना की है। तिस पर भी दोनों ही सत्य की भित्ति पर प्रतिष्ठित हैं और हम जैसा पहले ही निर्धारित कर चुके हैं, चाहे जिस विद्या में हो, प्रकृत सत्य में कभी परस्पर विरोध रह नहीं सकता, आभ्यंतर सत्यसमूह के साथ बाह्य सत्य का समन्वय है।

आधुनिक ज्योतिर्विद् और वैज्ञानिकों का ब्रह्मांड की सृष्टि के संबंध में क्या मत है, यह हम जानते हैं और यह भी जानते हैं कि उस मत ने प्राचीन दल के धर्मवादियों की किस प्रकार भयानक क्षति की है; ज्यों-ज्यों एक-एक, नया-नया वैज्ञानिक आविष्कार होता है, त्यों-त्यों ही मानो उनके घर में एक-एक करके बम गिरता जाता है, इसीलिए उन्होंने सब युग में इन समस्त वैज्ञानिक अनुसंधानों को बंद कर देने का यत्न किया है। प्रथमतः हम यह आलोचना करेंगे कि ब्रह्मांड तत्त्व और उसके आनुषंगिक विषय के संबंध में मनस्तत्त्व और विज्ञान की दृष्टि से प्राच्य जाति की धारणा क्या थी; तब दिखाई पड़ेगा कि आधुनिक विज्ञान की सभी आधुनिकतम आविष्क्रियाओं के साथ उनका कितना आश्चर्यप्रद सामंजस्य है, और यदि कहीं कुछ असंपूर्ण रह जाता है, तो वह आधुनिक विज्ञान की ही दिशा में। अंग्रेजी में हम सब 'नेचर' शब्द का व्यवहार करते हैं। प्राचीन हिंदू दार्शनिकगण उसके लिए दो विभिन्न संज्ञाओं का प्रयोग करते थे; प्रथम 'प्रकृति' अंग्रेजी के 'नेचर' शब्द के साथ प्रायः समानार्थक है; और दूसरा उसकी अपेक्षा अधिक वैज्ञानिक नाम है—'अव्यक्त', जो व्यक्त अथवा प्रकाशित अथवा भेदात्मक नहीं है, उससे

ही सब पदार्थ उत्पन्न हुए हैं, उससे अणु-परमाणु सब आए हैं; उससे ही भूत, शक्ति, मन, बुद्धि सब आए हैं। यह अत्यंत विस्मयकारक है कि भारतीय दार्शनिकगण अनेक युग पहले ही कह गए हैं कि मन सूक्ष्म जड़ मात्र है; क्योंकि हमारे आधुनिक जड़वादियों ने देह जिस प्रकार प्रकृति से उत्पन्न है, मन भी उसी प्रकार है—इसके अतिरिक्त और अधिक क्या दिखाने का यत्न किया है? चिंतन के संबंध में भी यही बात है और क्रमशः हम देखेंगे, बुद्धि भी उसी एक ही अव्यक्त नामधेय प्रकृति से उत्पन्न हुई है।

प्राचीन आचार्यगण ने इस अव्यक्त का लक्षण बताया है—"तीन शक्तियों की साम्यावस्था।" उनमें से एक का नाम सत्त्व, दूसरी का रज और तीसरी का तम है। तम निम्नतम शक्ति है—आकर्षणस्वरूप; रजः उसकी अपेक्षा किंचित् उच्चतर है—विकर्षणस्वरूप तथा सर्वोच्च शक्ति है, वह इन दोनों की संयमस्वरूप है—वही सत्त्व है। अतएव ज्योंही ये आकर्षण और विकर्षण दोनों शक्तियाँ सत्त्व द्वारा पूर्णतः संयत होती हैं अथवा संपूर्ण साम्यावस्था में रहती हैं, तब सृष्टि अथवा विकार का अस्तित्व नहीं रहता, किंतु ज्योंही यह साम्यावस्था नष्ट होती है, ज्योंही उनका सामंजस्य नष्ट होता है और उनमें से एक शक्ति दूसरी शक्तियों की अपेक्षा प्रबलतर हो उठती है, त्योंही परिवर्तन तथा गति का आरंभ होता है और इन सब का परिणाम चलता रहता है। इसी प्रकार का व्यापार चक्रगति से चल रहा है। अर्थात् एक समय आता है, जब साम्यावस्था भंग होती है, तब ये विभिन्न शक्तिसमूह विभिन्न रूप से सम्मिलित होने लगते हैं और तभी यह ब्रह्मांड बहिर्गत होता है। और समय आता है, जब सब वस्तुओं का ही उसी आदिम साम्यावस्था में फिर से लौटने का उपक्रम चलता है और ऐसा भी समय आता है, जब जो कुछ व्यक्तभावापन्न है, उस सब का संपूर्ण अभाव हो जाता है। फिर कुछ समय के पश्चात् यह अवस्था नष्ट हो जाती है तथा शक्तियों के बाहर की ओर प्रसारित होने का उपक्रम आरंभ होता है तथा ब्रह्मांड धीरे-धीरे तरंगाकार में बहिर्गत होता है। जगत् की सब गति तरंग के आकार में ही होती है—एक बार उत्थान, फिर पतन।

प्राचीन दार्शनिकगण में से किसी-किसी का मत यह है कि समग्र ब्रह्मांड ही एकदम कुछ दिनों के लिए लयप्राप्त होता है; और अन्य किसी का मत है कि ब्रह्मांड के अंशविशेष में ही यह प्रलय का व्यापार संघटित होता है। अर्थात् मान लीजिए, हमारा यह सौरजगत् लयप्राप्त होकर अव्यक्त अवस्था में चला गया, किंतु उसी समय अन्यान्य सहस्र-सहस्र जगत् में उसके ठीक विपरीत कांड चल रहा है। हम दूसरे मत के अर्थात् प्रलय एक साथ सब जगत् में संघटित नहीं होता, विभिन्न जगत् में विभिन्न व्यापार चलता रहता है, इस मत के ही अधिक पक्षपाती हैं। जो भी हो, मूल बात दोनों में एक है, अर्थात् जो कुछ हम देख रहे हैं, यह समग्र प्रकृति ही क्रम-क्रम से उत्थान-पतन के नियम से अग्रसर हो रही है। इसी संपूर्ण साम्यावस्था में गमन को 'कल्पांत' कहते हैं। समग्र कल्प की इस क्रमविकास और क्रमसंकोच की तुलना भारत के ईश्वरादिगण ने ईश्वर के निःश्वास-प्रश्वास से की है। मानो ईश्वर के प्रश्वास त्याग करने से उनसे यह जगत् बहिर्गत होता है और वह उनमें ही फिर लौट जाता है। जब प्रलय होता है, तब जगत् की अवस्था क्या होती है? यह उस समय भी वर्तमान रहता है, परंतु सूक्ष्म रूप में अथवा कारणावस्था में रहता है। देश-काल-निमित्त वहाँ भी वर्तमान है, तथापि वे केवल अव्यक्त भाव को प्राप्त हो गए हैं। इस अव्यक्तावस्था में प्रत्यावर्तन को क्रमसंकोच अथवा प्रलय कहते हैं। प्रलय और सृष्टि अथवा क्रमसंकोच और क्रम-अभिव्यक्ति अनंत काल से चल रहे हैं। अतएव हम जब आदि अथवा आरंभ की बात करते हैं, तब हम एक कल्प-आरंभ की बात करते हैं, तब हम एक कल्प-आरंभ की ओर लक्ष्य रखते हैं।

ब्रह्मांड के संपूर्ण बाह्य भाग को आजकल हम जिसे 'स्थूल जड़' कहते हैं—प्राचीन हिंदूगण भूत कहते थे, उनके मतानुसार उनमें से एक ही, शेष सबका कारण है; क्योंकि अन्यान्य सब भूत इसी भूत से उत्पन्न हुए हैं। इस भूत को आकाश की संज्ञा प्राप्त है। आजकल 'ईश्वर' शब्द से जो व्यक्त होता है, वह बहुत कुछ उसके सदृश है, यद्यपि पूर्णतः एक नहीं है। आकाश ही आदिभूत है। उसी से सब स्थूल वस्तुएँ उत्पन्न हुई हैं तथा उसके साथ

प्राण नाम की और एक वस्तु रहती है। हम क्रमशः देखेंगे वह क्या है ? जितने दिन सृष्टि रहती है, उतने दिन ये प्राण और आकाश रहते हैं। उन्होंने नाना रूप में मिलकर इन सब स्थूल प्रपंचों का गठन किया है, अंत में कल्पांत में ये लयप्राप्त होकर आकाश और प्राण के अव्यक्त रूप में प्रत्यावर्तन करते हैं। जगत् में प्राचीनतम शास्त्र ऋग्वेद में सृष्टिवर्णनात्मक अपूर्व कवित्वमय श्लोक है; यथा—

नासदासीन्नो सदासीत्तदानीं···किंमावरीवः···
तम आसीत्तमसा गूढमग्रेऽप्रकेतम्···।

अर्थात् जब सत् भी नहीं था, असत् भी नहीं था, तम द्वारा तम घिरा था, तब क्या था ? और इसका उत्तर दिया गया है—'आनीदवातम्' इत्यादि।

ये (वे ही अनादि अनंत पुरुष) गतिशून्य अथवा निश्चेष्ट भाव में थे।

प्राण और आकाश तब उसी अनंत पुरुष में सुप्त भाव में थे, किंतु किसी प्रकार का व्यक्त प्रपंच नहीं था। इस अवस्था को 'अव्यक्त' कहते हैं। उसका ठीक शब्दार्थ स्पंदनरहित अथवा अप्रकाशित है। क्रमविकास के लिए एक नूतन कल के आरंभ में यह अव्यक्त स्पंदित होता रहता है और आकाश के ऊपर प्राण के क्रमागत घात के पश्चात् घात देते-देते क्रमशः वह स्थूल होता रहता है और क्रमशः आकर्षण-विकर्षण दोनों शक्तियों के बल से परमाणु गठित होते हैं। ये फिर अधिक स्थूल होकर द्वयणुकादि का रूप धारण करते हैं और सबसे अंत में प्राकृतिक प्रत्येक पदार्थ, जिसके द्वारा निर्मित हैं, उन्हीं सब विभिन्न स्थूल भूतों का रूप धारण करते हैं, अर्थात् परिणत होते हैं।

हम साधारणतः देखते हैं, लोग इन सब बातों का अंग्रेजी में अत्यंत अद्भुत अनुवाद किया करते हैं। अनुवादकगण अनुवाद के लिए प्राचीन दार्शनिकगण और उनके टीकाकारगण की सहायता ग्रहण नहीं करते और उनमें इतनी विद्या भी नहीं है कि वे स्वतः यह सब समझ सकें। वे भूतसमूह का वायु, अग्नि इत्यादि के रूप में अनुवाद करते हैं। यदि वे भाष्यकारगण के भाष्यों की आलोचना करते, तो देख पाते कि उन्होंने इन सबकी ओर लक्ष्य नहीं किया है। प्राण के बार-बार आघात द्वारा आकाश से वायु अथवा आकाश

की स्पंदनहीन अवस्था उपस्थित होती है और उसके द्वारा ही फिर वाष्पीय भूत की उत्पत्ति होती है और स्पंदन के क्रमशः द्रुत से द्रुततर होते रहने पर उत्ताप अथवा तेज की उत्पत्ति होती है। क्रमशः उत्ताप कम होकर शीतल होता रहता है, तब यह वाष्पीय पदार्थ तरल भाव धारण करता है, उसे 'अप्' कहते हैं। अंत में वह कठिन आकार प्राप्त करता है, उसका नाम पृथ्वी है। सबसे पहले आकाश की स्पंदनशील अवस्था होती है, उसके पश्चात् उत्ताप उत्पन्न होता है, उसके पश्चात् वह तरल हो जाता है तथा जब और अधिक घनीभूत होता है, तब वह कठिन ज़ड़ पदार्थ का आकार धारण करता है। ठीक इसके विपरीत क्रम में सब अव्यक्तावस्था को प्राप्त होते हैं। सब कठिन वस्तुएँ तरल आकार में परिणत होती हैं, तरलावस्था लुप्त होकर केवल उत्तापराशि के रूप में परिणत होती है, वह फिर धीरे-धीरे वाष्पीय भाव धारण करती है, फिर परमाणुसमूह विश्लिष्ट होना आरंभ करते हैं और सबसे अंत में सब शक्तियों की सामंजस्य-अवस्था उपस्थित होती है। तब स्पंदन बंद होता है। इसी प्रकार कल्पांत होता है। हमें आधुनिक ज्योतिष से ज्ञात होता है कि हमारी इस पृथ्वी और सूर्य का यही अवस्था-परिवर्तन चल रहा है, अंत में यह कठिन आकार की पृथ्वी गलकर तरल आकार और अंत में वाष्प का आकार धारण करेगी।

प्राण स्वयं आकाश की सहायता के अभाव में कोई काम नहीं कर पाता। उसके संबंध में हम केवल इतना जानते हैं कि यह गति अथवा स्पंदन है। हम जो कुछ गति देख पाते हैं, वह इस प्राण का ही विकारस्वरूप है और जड़ अथवा भूत पदार्थ के नाम से जो कुछ हम जानते हैं, जो कुछ आकृतिमान अथवा बाधात्मक है, वह इसी आकाश का विकार है। यह प्राण स्वयं नहीं रह सकता अथवा किसी मध्यवर्ती के बिना काम नहीं कर सकता और किसी अवस्था में वह केवल प्राण रूप में ही वर्तमान रहे या गुरुत्वाकर्षण अथवा केंद्रातिगा-शक्तिरूप प्राकृतिक अन्यान्य शक्ति में ही परिणत हो जाए—वह कभी आकाश से पृथक् नहीं रह सकता। आपने कभी भूत के बिना शक्ति अथवा शक्ति के बिना भूत नहीं देखा है। हम जिन सबको भूत अथवा शक्ति कहते हैं, वे केवल इन दोनों के स्थूल प्रकाश मात्र हैं और इनकी अति

सूक्ष्मावस्था को ही प्राचीन दार्शनिकगण ने प्राण और आकाश की संज्ञा दी है। प्राण को आप जीवनीशक्ति कह सकते हैं, किंतु उसको केवल मनुष्य के जीवन में सीमाबद्ध करने से अथवा आत्मा के साथ अभिन्न समझने से भी काम नहीं चलेगा। अतएव सृष्टि प्राण और आकाश के संयोग से उत्पन्न है तथा उसका आदि भी नहीं है, अंत भी नहीं है; उसका आदि-अंत कुछ भी नहीं रह सकता, क्योंकि अनंत काल से वह चल रही है।

इसके पश्चात् और एक अत्यंत दुरूह और जटिल प्रश्न उत्पन्न होता है। अनेक यूरोपीय दार्शनिकगण ने कहा है, 'हम' हैं, इसीलिए यह जगत् है और यदि न रहें, तो यह जगत् भी नहीं रहेगा। कभी-कभी यह बात इस प्रकार प्रकाशित की जाती है—यथा यदि जगत् के सब व्यक्ति मर जाएँ, मनुष्यजाति फिर यदि न रहे, अनुभूति और बुद्धिशक्ति से संपन्न कोई प्राणी यदि जीवित न रहे, तो यह जगत्प्रपंच भी अधिक जीवित नहीं रहेगा। यह बात असंभव के समान प्रतीत हो सकती है, किंतु क्रमश: हम स्पष्ट देखेंगे कि इसे प्रमाणित किया जा सकता है। किंतु ये यूरोपीय दार्शनिकगण यह तत्त्व जानते हुए भी मनोविज्ञान के अनुसार उसकी व्याख्या नहीं कर पाते।

प्रथमत: इन प्राचीन मनोवैज्ञानिकों की और एक सिद्धांत लेकर आलोचना करेंगे। वह भी कुछ अद्भुत प्रकार की है—वह यह है कि स्थूल भूत सूक्ष्म भूत से उत्पन्न है। जो भी स्थूल है, वह कुछ सूक्ष्म वस्तुओं का समावायस्वरूप है। अतएव स्थूल भूतसमूह भी कुछ सूक्ष्म वस्तुओं से गठित है। इन्हें संस्कृत भाषा में 'तन्मात्रा' कहते हैं। हम एक फूल सूँघ रहे हैं, उसकी गंध प्राप्त करना चाहने पर कुछ अवयव हमारी नाक के संस्पर्श में आ रहा है। फूल विद्यमान है—वह 'कुछ' हमारी ओर चला आ रहा है, हम देख नहीं पा रहे हैं; किंतु यदि कुछ हमारी नाक के संस्पर्श में न आता हो तो हम गंध किस प्रकार प्राप्त कर रहे हैं? उस फूल से जो कुछ निकलकर हमारी नाक के संस्पर्श में आ रहा है, वही तन्मात्रा है, उस फूल का ही अत्यंत सूक्ष्म परमाणु; वह इतना सूक्ष्म है कि यदि हम सारे दिन सब मिलकर उसकी गंध सूँघें, फिर भी उस फूल के परिमाण का कोई ह्रसबोध नहीं होगा। ताप, आलोक एवं अन्यान्य

सब वस्तुओं के संबंध में भी यही एक ही बात है। ये तन्मात्राएँ फिर परमाणु रूप में पुन: विभक्त हो सकती हैं, इस परमाणु के परिमाण के बारे में विभिन्न दार्शनिकगण के विभिन्न मत हैं; किंतु हम जानते हैं, वे सब मतवाद मात्र हैं, इसलिए हमने विचार के स्थल में उन सबका परित्याग कर दिया। हमारे लिए इतना ही जानना यथेष्ट है कि जो कुछ स्थूल है, वह सब अत्यंत सूक्ष्म पदार्थ द्वारा निर्मित है। पहले हम प्राप्त करते हैं स्थूल भूत—हम उसे बाहर अनुभव करते हैं, उसके पश्चात् स्थूल भूत इस सूक्ष्म भूत द्वारा ही स्थूल भूत गठित है, उसके ही साथ हमारी इंद्रियों का अर्थात् नाक, कान, आँख आदि के स्नायुओं का संयोग होता है। जो ईथर-तरंग हमारी आँखों को स्पर्श करती हैं, उसे हम देख नहीं पाते, तथापि हम जानते हैं कि आलोक देख पाने के पहले आँखों के स्नायुओं के साथ उसका संयोग आवश्यक है। श्रवण के संबंध में भी ऐसा ही है। हमारे कान के संस्पर्श में जो तन्मात्राएँ आती हैं, उन्हें हम देख नहीं पाते, किंतु हम जानते हैं, वे हैं अवश्य। इन तन्मात्राओं का फिर कारण क्या है? हमारे मनस्तत्त्वविद्गण ने इसका एक अद्भुत और विस्मयजनक उत्तर दिया है। वे कहते हैं, तन्मात्राओं का कारण 'अहंकार' या 'अहंतत्त्व' अथवा 'अहंज्ञान' है। यही इन सब सूक्ष्म भूतसमूह और इंद्रियगण का कारण है। इंद्रियाँ कौन हैं? यह आँख विद्यमान है, किंतु आँख देखती नहीं है। यदि आँख देखती होती, तो मनुष्य की जब मृत्यु होती है, तब आँख तो अविकृत रहती है, तो फिर वह उस समय भी देख पाती। किसी स्थान पर कुछ परिवर्तन हुआ है। कोई 'कुछ' मनुष्य के भीतर से चला गया है और वही कुछ, जो प्रकृत रूप में देखता है, आँख जिसका यंत्रस्वरूप मात्र है, वही यथार्थ इंद्रिय है। इसी प्रकार यह नाक भी एक यंत्रमात्र है, उसके साथ संबंधयुक्त एक इंद्रिय है। आधुनिक शरीरविज्ञान शास्त्र से आपको ज्ञात हो जाएगा, वह क्या है! वह मस्तिष्क के भीतर का एक स्नायु-केंद्र मात्र है। आँख, कान आदि केवल बाहर के यंत्र हैं। अतएव यह स्नायुकेंद्र अथवा इंद्रियगण ही अनुभूति के यथार्थ स्थान हैं।

नाक के लिए एक, आँख के लिए एक, इसी प्रकार प्रत्येक के लिए एक पृथक्-पृथक् स्नायु-केंद्र अथवा इंद्रिय होने का प्रयोजन क्या है? एक से ही

कार्य क्यों नहीं होता? यह आगे स्पष्ट रूप से समझाया जा रहा है। हम बात कर रहे हैं, आप हमारी बात सुन रहे हैं; आप लोग यह देख नहीं पा रहे हैं कि आपके चारों ओर क्या हो रहा है, क्योंकि मन केवल श्रवणेंद्रिय में ही संयुक्त हुआ है, उसने चक्षुंद्रिय से आपको पृथक् कर दिया है। यदि केवल एक ही स्नायु-केंद्र होता, अर्थात् एक ही इंद्रिय होती, तो मन को एक समय में ही देखना, सुनना और सूँघना होता और उसके पक्ष में एक ही समय में ये तीनों काम करना असंभव होता। अतएव प्रत्येक के लिए पृथक्-पृथक् स्नायु-केंद्र आवश्यक हैं। आधुनिक शरीरविज्ञान शास्त्र भी इस संबंध में अपनी साक्षी देते हैं। अवश्य हमारे पक्ष में एक ही समय में देखना और सुनना संभव है, किंतु उसका कारण है—मन दोनों केंद्रों में आंशिक भाव से संयुक्त होता है। तब यंत्र कौन से हुए? हम देखते हैं, वे सब बाहर की वस्तुएँ हैं। और स्थूल भूत से निर्मित हैं—ये ही हमारी आँख, कान, नाक आदि हैं। और ये स्नायु-केंद्र समूह किससे बने हैं? वे सूक्ष्मतर भूत से निर्मित हैं और अनुभूति के केंद्रस्वरूप होने के कारण, वे भीतर की वस्तुएँ हैं। जिस प्रकार प्राण को विभिन्न स्थूल शक्तियों से परिणत करने के लिए यह देह स्थूल भूत से गठित हुई है, उसी प्रकार इस शरीर के पश्चात् जो स्नायु-केंद्र समूह विद्यमान हैं, वे भी प्राण को सूक्ष्म अनुभूति की शक्ति में परिणत करने के लिए सूक्ष्मतर उपादान से निर्मित हैं। इन सब इंद्रियों और अंत:करण की समष्टि को एकत्र रूप में लिंग—शरीर अथवा सूक्ष्म-शरीर कहते हैं।

प्रकृत पक्ष में इस सूक्ष्म-शरीर का एक आकार है, क्योंकि भौतिक जो कुछ है, उसका एक आकार अवश्य ही रहेगा। इंद्रियगण के पश्चात् मन अर्थात् वृत्ति से युक्त चित्त है, उसे 'चित्त की स्पंदनशील अथवा अस्थिर अवस्था' कहा जा सकता है। यदि एक स्थिर जलाशय में एक पत्थर फेंका जाए, तो पहले उसमें स्पंदन अथवा कंपन उपस्थित होगा, उसके पश्चात् उससे बाधा अथवा प्रतिक्रिया उपस्थित होगी। एक क्षण के लिए उसका पानी स्पंदित होगा, फिर वह उस पत्थर पर प्रतिक्रिया करेगा। इसी प्रकार चित्त पर ज्योंही किसी बाह्य विषय का आघात आता है, त्योंही वह कुछ स्पंदित होता

है। चित्त की इसी अवस्था को 'मन' कहते हैं। उसके पश्चात् उससे प्रतिक्रिया होती है, उसका नाम बुद्धि है। इस बुद्धि के पश्चात् और एक वस्तु है, वह मन की सब क्रियाओं के साथ ही विद्यमान रहती है, उसे 'अहंकार' कहते हैं—इस अहंकार का अर्थ है अहंज्ञान, जिससे सर्वदा 'मैं हूँ' यह ज्ञान होता है। उसके पश्चात् महत् अथवा बुद्धितत्त्व—वह प्राकृतिक सब वस्तुओं से श्रेष्ठ है। इसके पश्चात् हैं पुरुष—ये ही मनुष्य के यथार्थ स्वरूप हैं, शुद्ध, पूर्ण, ये ही एकमात्र द्रष्टा हैं और इनके लिए ही यह सब परिणाम है। पुरुष यह सब परिणाम की परंपरा देख रहे हैं। वे स्वत: कभी अशुद्ध नहीं हैं, किंतु अभ्यास अथवा प्रतिबिंब द्वारा वे वैसे दिखाई पड़ते हैं, जैसे—स्फटिक के एक खंड के ऊपर एक लाल फूल रखने पर स्फटिक लाल दिखाई पड़ेगा, फिर नीला फूल रखने पर नीला दिखाई पड़ेगा। किंतु वास्तव में स्फटिक का कोई वर्ण नहीं है। पुरुष अथवा आत्मा अनेक हैं, प्रत्येक शुद्ध और पूर्ण है। और ये स्थूल, सूक्ष्म नाना प्रकार के विभक्त भूत उन पर प्रतिबिंबित होकर उन्हें नाना वर्ण का दिखाते हैं। प्रकृति क्यों यह सब करती है?

प्रकृति का यह सब परिणाम पुरुष अथवा आत्मा के भोग और अपवर्ग के लिए है, जिससे मनुष्य अपना मुक्त स्वभाव जान सके। मनुष्य के समक्ष यह जगत्प्रपंच सुबृहत् ग्रंथ विस्तारित है, जिससे मनुष्य इस ग्रंथ का पाठ करके परिणाम में सर्वज्ञ और सर्वशक्तिमान पुरुष के रूप में जगत् के बाहर आ सके। हमें यहाँ अवश्य ही कहना होगा कि आप लोग जिस प्रकार सगुण अथवा व्यक्तिभावापन्न ईश्वर के प्रति विश्वास करते हैं, हमारे अनेक मनस्तत्त्वविद्गण उस प्रकार उनके प्रति विश्वास नहीं करते।

सब मनस्तत्त्वविद्गण के पिता-स्वरूप कपिल सृष्टिकर्ता ईश्वर का अस्तित्व अस्वीकार करते हैं। उनकी धारणा है कि सगुण ईश्वर को स्वीकार करने का कोई प्रयोजन नहीं है; जो कुछ सुंदर है, प्रकृति ही वह सब करने में समर्थ है। उन्होंने तथाकथित 'कौशलवाद' का खंडन किया है। इस मतवाद के समान लड़कपन का मत जगत् में और कोई भी प्रचारित नहीं हुआ। तो भी वे एक विशेष प्रकार के ईश्वर को स्वीकार करते हैं। वे कहते हैं—हम

सभी मुक्त होने के लिए यत्न कर रहे हैं और इस प्रकार का यत्न करते-करते जब मानवात्मा मुक्त हो जाती है, तब वह मानो कुछ दिन के लिए प्रकृति में लीन होकर रह सकती है। आगामी कल्प के प्रारंभ में वही एक सर्वज्ञ और सर्वशक्तिमान पुरुष के रूप में आविर्भूत होकर उस कल्प का शासनकर्ता हो सकती है। इस अर्थ से उसे 'ईश्वर' कहा जा सकता है। इसी प्रकार आप, हम और अत्यंत साधारण व्यक्ति तक विभिन्न कल्प में ईश्वर हो सकते हैं। कपिल कहते हैं, इस प्रकार के 'जन्य-ईश्वर' हो सकते हैं, किंतु नित्य ईश्वर अर्थात् नित्य, सर्वशक्तिमान, जगत् के शासनकर्ता कदापि नहीं हो सकते। इस प्रकार ईश्वर स्वीकार करने पर एक आपत्ति उपस्थित होती है—ईश्वर को या तो बद्ध अथवा मुक्त दोनों में से एक स्वीकार करना होगा। यदि ईश्वर मुक्त हों तो वे सृष्टि नहीं करेंगे, क्योंकि उनके सृष्टि करने का कोई प्रयोजन नहीं है। और यदि वे बद्ध हों, तो भी उनका सृष्टि-कर्तृत्व असंभव होगा; क्योंकि बद्ध होने के कारण उनकी शक्ति का अभाव है, इसलिए उनमें सृष्टि-कर्तृत्व की क्षमता नहीं रहेगी। इसलिए दोनों पक्ष से ही सिद्ध हुआ, नित्य, सर्वशक्तिमान और सर्वज्ञ ईश्वर रह नहीं सकते। इसी कारण कपिल कहते हैं, हमारे शास्त्र में, वेद में जहाँ कहीं भी ईश्वर शब्द का प्रयोग है, उसमें जो सब आत्माएँ पूर्णता और मुक्ति को प्राप्त हुई हैं, उन सबको व्यक्त किया गया है।

सांख्यदर्शन सब आत्माओं के एकत्व के प्रति विश्वासी नहीं है। वेदांत के मतानुसार सब जीवात्माएँ ब्रह्मनामधेय एक विश्वात्मा में अभिन्न हैं, किंतु सांख्यदर्शन के प्रतिष्ठाता कपिल द्वैतवादी थे। अवश्य उन्होंने जगत् का विश्लेषण जहाँ तक किया है, वह अत्यंत अद्‍भुत है। वे हिंदू परिणामवादियों के जनकस्वरूप हैं और परवर्ती सब दार्शनिक शास्त्र उनकी ही चिंतन-प्रणाली के परिणाम मात्र हैं।

सांख्यदर्शन के मतानुसार सब आत्माएँ ही अपनी स्वाधीनता अथवा मुक्ति एवं सर्वशक्तिमत्ता और सर्वज्ञता रूप स्वाभाविक अधिकार पुनः प्राप्त करेंगी। यहाँ प्रश्न उपस्थित हो सकता है, तब फिर यह बंधन कहाँ

से आया? सांख्य कहता है, यह अनादि है। किंतु उससे यह आपत्ति उपस्थित होती है कि यदि यह बंधन अनादि हो तो वह अनंत भी होगा, और फिर हम कभी मुक्ति प्राप्त नहीं कर सकेंगे। कपिल इसके उत्तर में कहते हैं, यहाँ इस 'अनादि' से नित्य अनादि नहीं समझना होगा। प्रकृति अनादि और अनंत है, परंतु आत्मा व पुरुष जिस अर्थ में अनादि अनंत हैं, उस अर्थ में नहीं, क्योंकि प्रकृति में व्यक्तित्व नहीं है। जिस प्रकार हमारे सम्मुख एक नदी बह रही है। प्रत्येक क्षण उसमें नई-नई जलराशि आ रही है और इस जलराशि का नाम ही नदी है, किंतु नदी कोई एक वस्तु नहीं हुई। इसी प्रकार प्रकृति के अंतर्गत जो कुछ है, उसका सर्वदा परिवर्तन हो रहा है, किंतु आत्मा का कभी परिवर्तन नहीं होता। अतएव प्रकृति जब सदा ही परिणाम प्राप्त कर रही है, तब आत्मा के पक्ष में प्रकृति के बंधन से मुक्त होना संभव है।

सांख्यवादियों का एक मत अनन्य साधारण है। उनके मतानुसार, एक मनुष्य अथवा कोई भी एक प्राणी, जिस नियम से गठित है, समग्र विश्व ब्रह्मांड भी ठीक उसी नियम से विरचित है। इसलिए हमारा जैसे एक मन है, उसी प्रकार एक विश्व-मन भी है। जब इस बृहद् ब्रह्मांड का क्रमविकास होता है, तब पहले महत् अथवा बुद्धितत्त्व, फिर अहंकार, फिर तन्मात्रा, इंद्रिय और अंत में स्थूल भूत की उत्पत्ति होती है। कपिल का मत है कि समग्र ब्रह्मांड ही एक शरीरस्वरूप है। जो कुछ हम देखते हैं, वे सब स्थूल शरीर हैं, उन सबके पश्चात् सूक्ष्म शरीरसमूह और उनके पश्चात् समष्टि अहंतत्त्व, उसके भी पश्चात् समष्टि बुद्धि है। किंतु यह सब ही प्रकृति के अंतर्गत है, सबकी प्रकृति का विकास है, इनमें से कुछ भी उसके बाहर नहीं है। हममें से सभी उसी विश्वचैतन्य के अंशस्वरूप हैं। समष्टि में बुद्धितत्त्व विद्यमान है, उसमें से जो हमारे प्रयोजन का है, हम ग्रहण कर रहे हैं; इसी प्रकार जगत् के भीतर समष्टि मनस्तत्त्व विद्यमान है, उससे भी हम चिरकाल से प्रयोजन के अनुसार ले रहे हैं। किंतु देह का बीज माता-पिता से प्राप्त होना चाहिए। इससे वंश की आनुक्रमिकत और पुनर्जन्मवाद दोनों ही तत्त्व

स्वीकृत हो जाते हैं। आत्मा को देह का निर्माण करने के लिए उपादान देना होता है, किंतु वह उपादान वंश के आनुक्रमिक संचार द्वारा माता-पिता से प्राप्त किया जाता है।

अब हम इस सिद्धांत की आलोचना तक आ पहुँचे हैं कि सांख्य मत के अनुसार सृष्टि अथवा क्रमविकास और प्रलय अथवा क्रमसंकोच—ये तीनों ही स्वीकृत हुए हैं। सभी उसी अव्यक्त प्रकृति के क्रमविकास से उत्पन्न हैं, और ये सब क्रमसंकुचित होकर व्यक्त आकार धारण करते हैं। सांख्य मत के अनुसार, ऐसी किसी जड़ अथवा भौतिक वस्तु का अस्तित्व संभव नहीं है, ज्ञान का कोई अंशविशेष जिसका उपदान न हो। ज्ञान ही वह उपादान है, जिससे यह सब प्रपंच निर्मित हुआ है।

मान लीजिए, हमारे सम्मुख एक मेज है। इस मेज का स्वरूप क्या है, हम यह नहीं जानते; यह केवल हमारे ऊपर एक प्रकार का संस्कार मात्र उत्पन्न कर रहा है। वह पहले आँखों के सामने आता है, उसके पश्चात् दर्शनेंद्रिय में गमन करता है, उसके पश्चात् मन के निकट आता है। तब मन पुनः उस पर प्रतिक्रिया करता है, इस प्रतिक्रिया को ही हम मेज की संज्ञा देते हैं। यह घटना ठीक सरोवर में पत्थर का एक टुकड़ा फेंकने के सदृश है। वह सरोवर पत्थर की ओर एक तरंग निक्षेप करता है, और उस तरंग से ही हमारा परिचय होता है। मन के तरंगसमूह, जो बाहर की ओर आते रहते हैं, उन्हें ही हम जानते हैं। इस प्रकार यह जो दीवाल खड़ी है, उसकी आकृति हमारे मन में है; बाहर यथार्थ में क्या है, यह कोई नहीं जानता। जब हम उसे जानने का यत्न करते हैं, तब हम उसे जो उपादान प्रदान करते हैं, उसे तदनुरूप बनना पड़ता है। हमने अपने निज के मन द्वारा अपनी आँखों की उपादानभूत वस्तु दी है, और बाहर जो है, वह केवल उद्दीपक अथवा उत्तेजक कारण मात्र है। वही उत्तेजक कारण आने पर हम अपने मन को उसकी दिशा में प्रक्षेप करते हैं और हमारी द्रष्टव्य वस्तु का आकार धारण कर लेता है। अब प्रश्न यह है कि हम सभी एक वस्तु किस प्रकार देखते हैं ? इसका कारण यह है कि हम सबके भीतर इसी विश्व-मन का

एक-एक अंश है। जिनके मन हैं, वे ही वस्तु देखेंगे, जिनके नहीं हैं, वे सब यह नहीं देखेंगे। इससे यही प्रमाणित हुआ, जितने दिनों से जगत् है, उतने दिनों से मन का अभाव—उस एक विश्व-मन का अभाव—कभी नहीं हुआ। प्रत्येक मानव, प्रत्येक प्राणी उस विश्व-मन से ही निर्मित हो रहा है, क्योंकि वह सदा ही वर्तमान है और उन सबके निर्माण के लिए उपादान प्रदान कर रहा है।

□

स्वामी विवेकानंद : महत्त्वपूर्ण तिथियाँ

- 12 जनवरी, 1863 : कलकत्ता में जन्म
- सन् 1879 : प्रेसिडेंसी कॉलेज में प्रवेश
- सन् 1880 : जनरल एसेंबली इंस्टीट्यूशन में प्रवेश
- नवंबर 1881 : श्रीरामकृष्ण परमहंस से प्रथम भेंट
- सन् 1882-1886 : श्रीरामकृष्ण परमहंस से संबद्ध
- सन् 1884 : स्नातक परीक्षा उत्तीर्ण; पिता का स्वर्गवास
- सन् 1885 : श्रीरामकृष्ण परमहंस की अंतिम बीमारी
- 16 अगस्त, सन् 1886 : श्रीरामकृष्ण परमहंस का निधन
- सन् 1886 : वराह नगर मठ की स्थापना
- जनवरी 1887 : वराह नगर मठ में संन्यास की औपचारिक प्रतिज्ञा
- सन् 1890-1893 : परिव्राजक के रूप में भारत भ्रमण
- 24 दिसंबर, 1892 : कन्याकुमारी में
- 13 फरवरी, 1893 : प्रथम सार्वजनिक व्याख्यान, सिंकदराबाद में
- 31 मई, 1893 : मुंबई से अमेरिका रवाना
- 25 जुलाई, 1893 : वैंकूवर, कनाडा पहुँचे
- 30 जुलाई, 1893 : शिकागो आगमन

- अगस्त 1893 : हार्वर्ड विश्वविद्यालय के प्रो. जॉन राइट से भेंट
- 11 सितंबर, 1893 : धर्म महासभा, शिकागो में प्रथम व्याख्यान
- 27 सितंबर, 1893 : धर्म महासभा, शिकागो में अंतिम व्याख्यान
- 16 मई, 1894 : हार्वर्ड विश्वविद्यालय में संभाषण
- नवंबर 1894 : न्यूयॉर्क में वेदांत समिति की स्थापना
- जनवरी 1895 : न्यूयॉर्क में धर्म-कक्षाओं का संचालन आरंभ
- अगस्त 1895 : पेरिस में
- अक्तूबर 1895 : लंदन में व्याख्यान
- 6 दिसंबर, 1895 : वापस न्यूयॉर्क
- 22-25 मार्च, 1896 : हार्वर्ड विश्वविद्यालय में व्याख्यान
- 15 अप्रैल, 1896 : वापस लंदन
- मई-जुलाई 1896 : लंदन में धार्मिक-कक्षाएँ
- 28 मई, 1896 : ऑक्सफोर्ड में मैक्समुलर से भेंट
- 30 दिसंबर, 1896 : नेपल्स से भारत की ओर रवाना
- 15 जनवरी, 1897 : कोलंबो, श्रीलंका आगमन
- 6-15 फरवरी, 1897 : मद्रास में
- 19 फरवरी, 1897 : कलकत्ता आगमन
- 1 मई, 1897 : रामकृष्ण मिशन की स्थापना
- मई-दिसंबर 1897 : उत्तर भारत की यात्रा
- जनवरी 1898 : कलकत्ता वापसी
- 19 मार्च, 1899 : मायावती में अद्वैत आश्रम की स्थापना
- 20 जून, 1899 : पश्चिमी देशों की दूसरी यात्रा
- 31 जुलाई, 1899 : लंदन आगमन

- 28 अगस्त, 1899 : न्यूयॉर्क आगमन
- 22 फरवरी, 1900 : सैन फ्रांसिस्को में
- 14 अप्रैल, 1900 : सैन फ्रांसिस्को में वेदांत समिति की स्थापना
- जून 1900 : न्यूयॉर्क में अंतिम कक्षा
- 26 जुलाई, 1900 : यूरोप रवाना
- 24 अक्तूबर, 1900 : वियना, हंगरी, कुस्तुंतुनिया, ग्रीस, मिस्र आदि देशों की यात्रा
- 26 नवंबर, 1900 : भारत को रवाना
- 9 दिसंबर, 1900 : बेलूड़ मठ आगमन
- जनवरी 1901 : मायावती की यात्रा
- मार्च–मई 1901 : पूर्वी बंगाल और असम की तीर्थयात्रा
- जनवरी–फरवरी 1902 : बोध गया और वाराणसी की यात्रा
- मार्च 1902 : बेलूड़ मठ में वापसी
- 4 जुलाई, 1902 : महासमाधि

□□□